| 소설 |

광개토태왕

광개토대왕

초판 1쇄 인쇄 ㅣ 2007년 9월 10일
초판 1쇄 발행 ㅣ 2007년 9월 15일

지은이 ㅣ 박창수
펴낸이 ㅣ 진성옥 · 오광수
펴낸곳 ㅣ 꿈과희망
디자인 · 편집 ㅣ 김창숙, 박희진
마케팅 ㅣ 이복자, 이창원
인   쇄 ㅣ 보련각(김영선)
출판등록 ㅣ 제1-3077호

주소 ㅣ 서울특별시 용산구 원효로 1가 119-9
전화 ㅣ 02)2681-2832
팩스 ㅣ 02)943-0935
http://www.dreamnhope.com
e-mail ㅣ jinsungok@empal.com

ISBN ㅣ 978-89-90790-69-9 03810
값 9,000원

소설

광개토 태왕

박창수 지음

꿈과 희망

대제국의 주인공 광개토태왕

기나긴 세월 동안 만주 벌판에 우뚝 서 있던 거대한 돌덩어리 하나가 있었다. 오랜 세월을 버티고 선 탓인지 돌덩어리 사방에는 풀과 잡초들이 휘감고 있어 그 돌의 정체는 베일에 쌓여 있었다.

그러던 돌덩어리가 어느덧 베일을 벗고 우리 앞에 그 모습을 드러냈을 때 사람들은 놀라지 않을 수 없었다. 광활한 영토를 정복하고 대고구려의 위상을 떨쳐 동북아에 대제국을 건설한 광개토태왕의 비석이었던 것이다.

그후 많은 사람들이 그 비문에 새겨진 광개토태왕의 업적을 해석하는 과정에서 네 것이 옳으니 내 것이 옳으니 하며 자기 주장을 펴고 있다.

작은 비문 하나 글자 하나 올바르게 해석하여 당시 고구려의 역사를 올바르게 찾아내는 것은 앞으로 우리에게 주어진 사명일 것이다.

다만 모든 사람이 인정할 수밖에 없는 것은 바로 광개토태왕이 고구려의 역사를 전 세계 속에 우뚝 서게 만들었고, 대제국의 영토를 차지하였다는 사실이다.

'사람은 가고 없지만, 그 흔적은 남아 있다.'

역사를 알아야 하는 이유 중 하나가 앞으로 어떻게 살아가야 하는지

그 지혜를 찾기 위해서이다.

지금 우리는 굉장히 민감한 시대를 살고 있다. 중국은 동북공정으로 역사 자체를 뒤흔들고 있으며, 두 눈 멀쩡히 뜨고 있는 지금도 이웃 일본은 독도를 자기네 것이라고 억지 주장을 펴고 있다.

교묘하면서도 끊임없이 진행되고 있는 주변 국가들의 우리 역사 흠집내기는 앞으로 우리의 미래가 어떻게 전개될지 암울한 미래를 예상하게 하고 있다.

역사는 멈추지 않고 끊임없이 흘러갈 것이다. 지나온 역사를 올바르게 해석하고 앞으로 우리가 어떤 삶을 살아갈지 이제 우리의 선택만 남아 있는 것이다.

지금의 땅덩어리의 몇 배에 해당하는 영토를 차지했던 대제국 고구려의 주인공 광개토태왕은 바로 그런 우리 역사를 실증할 수 있는 주인공이다.

비록 소설의 형식으로나마 다시 한 번 광개토태왕의 위대함과 인간적인 면을 들여다보면서 앞으로 우리의 미래를 어떻게 만들어갈지 심사숙고하는 시간이 되길 바란다.

| 차례 |

〈읽기 전에〉

- 이 책은 소설 형식을 바탕으로 써내려간 것으로, 역사소설의 특성상 생존 인물과 함께 가
  공의 인물도 등장합니다.
- 현재까지 수많은 논란의 여지들이 있는 역사적 기록을 바탕으로 하지만 소설의 형식에서
  출발했음을 밝혀둡니다.
- 역사소설의 기본은 기록입니다. 광개토대왕과 고구려, 나아가 우리 역사를 사랑하는 분들
  을 위해 광개토대왕 등 당시 고구려를 둘러싼 관련 역사 기록들을 인터넷과 여러 자료에서
  모아 부록으로 실었습니다.

광개토태왕

1

궁 밖으로 나돌던 소년

가을이 되자 담덕은 사흘이 멀다하고 궁 밖으로 나가 산으로 강으로 돌아다녔다. 국내성(지금의 중국 집안시)은 가까이에 산이 있어서 사냥하기도 좋은 곳이었다. 높은 산과 넓은 들은 마치 그림을 그려놓은 듯 울긋불긋 물들어 있었고 궁에서 멀리 보이는 북쪽의 대우산 산등성이의 하얀 바위는 빨리 오라며 웃고 있는 듯했다. 담덕에게는 유일한 친구가 하나 있었는데 까무잡잡하고 마른 듯한 소년 현돌이였다.

담덕은 궁 밖에 사는 친구 현돌이와 어울려 다니기를 좋아해서 늘 그를 데리고 다녔다. 신분이 평민인 현돌은 감히 왕자와는 지낼 수 없는 법이었다. 하지만 우연한 기회에 둘은 친구가 되었다. 담덕이 1년 전 저자거리 구경을 다녀오다 갑자기 쏟아지는 폭우를 피하고 들어갔던 집에서 현돌이를 만났고 그때부터 친구가 되었다. 다른 사람들은 담덕의 앞에 서면 왕자라는 신분 때문에 절절 매고 눈치를 보느라 안절부절못하곤 했다. 그러나 현돌은 거침없이 또래의 친구 대하듯 담덕을 대하는 것이었다. 담덕은 왕자라는 지위가 싫을 때가 많았다. 여름이면 여느 아이들처럼 개울에 나가 고기도 잡고 미역도 감고 싶었고 겨울에는 들로 산으로 사냥을 다니고 아이들과 떼지어 다니며 이런저런 놀이에 빠져 보고도 싶었다. 늘 궁 안에서 갇힌 듯 살아야 한다는 것이 어린 담덕을 짜증나게 했다.

특히 궁 안에서의 삶이라는 것이 하루의 대부분을 책을 읽어야 하는 틀에 박힌 생활인지라 외향적인 담덕에게는 몸이 뒤틀리는 생활일 수밖에 없었다. 한 나라의 군주로서 자질을 키워 지도자의 길을 배워야 하는 경학 시간보다 심신을 단련시키는 무예를 배우는 시간이 훨씬 더 신나고 즐거웠다.

당시 궁을 출입하는 주요 관리와 왕족들은 태학에 들어가 경학·문학·무예를 배웠지만 왕자들은 별도로 스승이 궁으로 들어가 학문을 가르쳤다. 담덕은 타고난 기질이 무인 쪽에 가까웠던 터라 경학과 문학에는 큰 흥미를 느끼지 못했다. 때문에 그를 가르치는 스승들은 그날 그날 아이의 상태를 보고 교육을 시켜야만 했다.

현돌을 만나던 날도 평소 늘 자신을 깍듯이 챙겨주는 궁에 있는 경비대 무사 중 진노기를 졸라서 이루어진 일이었다. 진노기는 담덕의 무예를 담당하는 스승이지만 천방지축인 담덕에게 진노기는 스승이 아닌 의지하기 좋은 마음씨 좋은 아저씨였다. 이런 담덕은 궁 밖으로 나가기 위해 종종 평민 옷으로 갈아 입고 아픈 아이처럼 진노기의 등에 업힌 후 보자기로 몸을 가리고 궁을 빠져나갔었다.

책 읽기에는 관심이 없고 오로지 밖으로만 나도는 왕자의 무인 기질에 왕은 담덕의 궁 밖으로의 외출을 적당히 눈감아주고 있었다. 이날도 담덕은 진노기를 졸라 궁 밖으로 나올 수 있었다. 그러나 궁 밖으로 나온 이후에도 항상 진노기가 그림자처럼 따라다녀 완전한 자유는 누릴 수가 없었다. 담덕은 자신의 뒤를 그림자처럼 쫓아다니는 그에게 사정을 했다.

"오늘 사냥은 나 혼자 다녀오고 싶습니다."

"혼자 사냥을 가다니오 아니되옵니다. 저와 함께 가십시다."

"너무 걱정 마십시오. 이 몸 하나는 스스로 보존할 수 있는 무예 실력은 됩니다."

"이렇게 궁 밖으로 나온 것도 궁에서 알면 큰일날 일이옵니다. 절대 왕자님의 곁을 떠날 수 없습니다. 그러니 떼쓰시지 마시고 사냥하러 가시지요."

"이리도 저의 마음을 몰라 주십니까. 누구의 도움 없이 스스로 사냥을 해보고 싶단 말씀입니다. 진정한 무인이라면 자기 목숨을 스스로 지켜야 한다고 가르쳐 주지 않으셨습니까. 이번 한 번만 나 혼자 사냥을 다녀오게 해주세요."

'음, 마냥 어리시고 개구쟁이인 줄만 알았는데, 속이 꽉 차셨구나. 역시 군왕의 자질을 타고 나셨어.'

"좋습니다. 정히 그러시다면 왕자님 뜻대로 하시옵소서."

"와! 오늘은 맹수 한 마리를 너끈히 잡을 수 있을 것 같습니다."

진노기와 헤어진 담덕은 며칠 전 현돌과 약속했던 언덕으로 갔다. 그리고 이십여 리는 족히 걸어서 산속으로 들어갔다. 나이가 어린지라 사냥 실력이 아주 뛰어나진 않았지만 열한 살짜리 아이의 솜씨로는 꽤 실력 발휘를 하곤 했다. 가끔씩 토끼를 잡는다든가 노루를 뒤쫓다 놓치기는 했지만 활쏘기 실력은 제법 어른 흉내를 냈다. 다만 말 타기에는 약하여 말을 타고 활을 쏘는 정도의 실력은 못되었다. 평소 말 타기를 좋아했으나 한 번 말에서 낙마한 이후 이상하게 다시 말에 오르기가 쉽지 않았다.

둘은 계곡을 따라 산 깊숙이 걸어 들어갔다. 맑은 물이 고여 있는 곳에 앉아 주먹밥을 먹고 여느 아이들처럼 웃고 떠들었다. 담덕은 마음껏 사냥을 하여 진노기를 놀래주고 싶었지만 이날 사냥은 헛수고였다. 노루를 보고 화살을 쏘던 현돌이 다리를 삐끗 하여 빨리 걷지를 못하는데다 오늘따라 담덕의 호기를 알았는지 좀처럼 짐승들의 모습이 보이지 않았다.

해가 넘어가려는 듯 찬바람이 두 아이의 볼을 스치고 지나갔
다. 담덕은 절룩거리는 현돌과 함께 궁으로 돌아가기 위해 좁은
산길을 따라 내려왔다. 하지만 현돌이 절룩거리면서 걸음이 뒤처
지는가하면 통증이 심한지 인상을 찡그렸다. 두 아이는 산 중턱
을 조금 더 내려와 주인 없는 묘인 듯 풀이 제멋대로 자란 묘 옆
의 널따란 터에서 잠시 쉬기로 하고 땅바닥에 주저앉았다. 멀리
해는 서산 위에 붉은 노을이 되어 걸려 있었다. 발목이 아프다고
하면서도 현돌은 담덕과 함께 열심히 재잘거렸다. 그때였다. 짐
보따리를 등에 진 사내 둘이 나타나더니 바로 옆자리에 짐을 풀
었다. 그들도 쉬어가려는 눈치인 듯했다.
　"아니 어린애들이 어쩌다 이 산속까지 들어왔는고."
　"저녁 때 다 됐으니 서둘러 집으로 가거라. 집에서는 너희들을
찾느라 난리가 났겠다 이 녀석들아. 쯧쯧."
　보따리 장돌뱅이들은 놀라운 듯 걱정스러운 듯 혀를 찼다. 하
지만 담덕은 호기어린 표정으로 마치 무시하듯 말했다.
　"아, 아저씨들 볼 일이나 보소. 우리는 어린애들이 아닙니다."
　사내들은 어이가 없다는 듯 다시 담덕과 현돌을 멍하니 바라보
았다. 이제 열두어 살 아래위인 녀석들이 어둠이 내리는 산속에
있어 걱정해 준 말인데 자기들이 아이들이 아니라니 우습기도 하
고 괘씸하게만 보였던 것이다. 워낙 말들이 걸죽한 장돌뱅이들이
가만히 있을 리가 없었다.
　"허허. 저 버르장머리하고는. 어른한테 말버릇이 그게 뭔고. 아
무리 천민의 자식이라 해도 그렇지 막돼먹은 녀석 같으니라구."

"이 조무래기 녀석들이 어디서 말대꾸인고. 잔말 말고 어서 후
딱 집구석으로 가거라."

아무리 나이가 어려도 왕자인데 천민인데다 장돌뱅이들이 하
는 말이 버릇없다 싶어 현돌이 나서서 한 마디하려고 하는 순간,
후닥닥 소리를 내며 길 옆에서 뭔가가 튀어나왔다. 진노기와 무
사 두 명이었다.

"네 이놈들, 어디서 주둥아리를 함부로 놀리는 거냐."

"너희들은 목숨이 서너 개라도 되는가 보구나. 이분이 누구신
줄 알고 함부로 주둥아리를 놀리는 거냐. 이 분은 궁 안에 계신
분이시다."

한 사람이 칼을 빼려고 하자 진노기가 이를 저지했다. 담덕에
게 자유로이 사냥을 하게 해주었으나 걱정되어 왕자가 눈치채지
못하게 멀찌감치 떨어져서 뒤를 밟고 있었던 것이다. 담덕은 투
정하듯 입을 열었다.

"우리 둘이서만 돌아다니게 내버려 두랬잖아요."

"왕자님, 이곳은 워낙 험한 곳이라서 어떤 일이 벌어질지 모릅
니다. 그래서……."

"우릴 그렇게 뒤쫓아 오니 날짐승들이 보일 리가 없지요. 있다
가도 다 도망쳤겠지."

"왕자님, 어서 말에 올라타시지요. 날이 너무 어두워졌습니
다."

"대체 언제나 돼야 맘 놓고 사냥 한번 해볼까. 에잇!"

담덕과 현돌은 각각 무사들의 말 뒤에 올라탔다. 말은 내리막

길을 쏜살같이 내려갔고 그제서야 놀라서 땅 바닥에 머리를 조아리고 엎어져 있던 장돌뱅이들은 고개를 들었다.

"자네도 들었는가. 왕자님이라고 했는가. 잘못 들은 건 아니겠지."

"내레 시방 꿈인지 생시인지 모르겠구먼. 이러다 일 치를 뻔했소."

"그러고 보니 얼굴이 생김새가 다르긴 다르게 보였어. 목소리에 힘이 들어간 것 하며, 우리를 쳐다볼 때 부릅뜬 눈빛 하며 여느 어린애들하고는 뭔가 달라보였어."

"아따 이참에 주둥이 봉하고 살아야겠구먼. 내레 한순간에 이 모가지 날라 가는 줄 알았네."

2

왕의 아들 길들이기

하늘이 어두워져서야 궁으로 돌아온 담덕은 왕에게 불려갔다. 분명 싫은 소리를 들을 거라는 생각에 잔뜩 긴장했다. 그의 아버지 고국양왕은 쉽게 언성을 높이지는 않았으나, 매사에 한 치의 빈틈이 없을 만큼 정확하고 다소 차가운 인물이었다. 아들이 들어와 고개를 숙이자 왕은 다짜고짜 물었다.

"오늘은 어느 산으로 사냥을 다녀왔느냐?"

"네, 대우산에 갔다 왔습니다."

"그래 왕자는 경학과 문학은 그리 배우기가 싫은가. 오늘도 또 말도 없이 걸어서 사냥을 나갔는가."

"그, 그렇습니다."

"오! 이런…… 사내대장부가 어이하여 말에서 한 번 떨어져 놓고 말을 두려워하는가. 허-허, 아니 될 일이구나. 내일부터 당장 말 타기 먼저 배우도록 해라. 무사 진노기는 들어라."

"예, 폐하."

"담덕에게 말 타기를 완벽하게 가르치거라. 고구려인이 말타기를 두려워한대서야 말이 되느냐. 당당한 고구려인이 되려면 드넓은 벌판과 산을 내 집 안마당처럼 다룰 줄 알아야 하느니라. 끊임없이 벌어지는 전쟁터에서 이기기 위해서는 드넓은 벌판을 짐승처럼 달릴 줄 알아야 하고 산세를 이용해 적을 격멸할 수 있어야 하느니라. 창과 방패만으로 전쟁터에 나가는 장군이 있는가? 이 나라를 이끌 태자가 말을 타지 아니하고서야 어찌 남으로 북으로 땅을 넓힐 수 있겠는가."

"분부대로 거행하겠습니다, 폐하."

"무예라는 것은 정신통일이 기본이 되어야 하느니라. 마음이 흩어진 상태에서 무예를 한다는 것은 매우 위험한 일이니라. 담덕아, 이리 가까이 오너라."

부드러운 왕의 목소리에 어린 담덕은 부왕 가까이 다가갔다.

"담덕아, 궁 안에서 경학을 배우는 것보다 사냥하는 것이 그리

좋으냐?"

"네, 사냥을 하면 가슴이 뻥 뚫리는 것 같고 시원하옵니다. 아주 신나고 즐겁사옵니다."

"오호! 역시 왕자다운 기개로다. 무릇 사나이라면 산을 휘젓고 다닐 줄 알아야 하느니라. 그런데 왕자."

부왕은 어린 담덕의 마음을 헤아리면서 왕자로서 해야 할 일을 잊지 않게 하였다.

"사냥이 신난다고 해서 마구 놀기만 한다면 그것은 일개 힘만 센 무지랭이밖에 되지 않느니라. 어찌 생각하느냐."

"음, 저도 그리 생각하옵니다."

"힘도 세고 지혜까지 겸비한다면 이 세상을 호령하는데 두려움이 없게 될 것이다. 우리 고구려인은 저 만주 벌판과 수많은 험난한 산악지대를 호령해야만 한단다. 그러기 위해서는 경학도 게을리해서는 아니되고 무예 역시 최고가 되어야 하느니라. 알겠느냐?"

"네, 이제부터 경학도 열심히 하겠사옵니다."

"암, 그래야지. 하지만 왕자가 가장 좋아하는 사냥을 잘 하기 위해서는 무예를 잘 해야 하느니라. 특히 말 타기는 무예의 기본이니 진노기와 함께 이번 기회에 무예를 완전히 닦도록 하거라."

"네, 알겠사옵니다."

"무예를 한다는 것은 몸만 열심히 한다고 해서 되는 일은 아니란다. 무예란 정신통일이 기본이 되어야 하느니라. 마음이 흩어지면 부상을 당하게 되는 것이니라. 이제부터 진노기를 스승으로 모시고 무예를 닦되 실력을 갖출 때까지는 궁 밖에 나가는 것을 삼가고 마음을 모아야 하느니라. 알겠느냐?"

"네, 알겠사옵니다."

담덕은 궁 밖으로 나가지 말라는 부왕의 말씀에 현돌의 얼굴이 떠올랐지만 감히 거스를 수가 없었다. 그만큼 부왕의 말씀은 하나하나 가슴에 담아두어야 할 내용이었다.

담덕은 문학과 경학 스승들을 골탕 먹이면서 공부에 관심을 두지 않았기에 그날도 말없이 산으로 들로 돌아다니는 자신의 행동에 대해 왕으로부터 따끔한 소리를 들을 줄 알았건만 그게 아니었다. 왕은 경학과 문학에 관심이 없으면 그 시간은 줄이고 차라리 무예를 닦는데 더 많은 시간을 쏟으라고 명했다. 하지만 왕의 목소리는 달래듯 차분하면서도 굳은 결심을 한 듯한 눈치였다.

이튿날부터 담덕은 진노기를 스승으로 하여 무사들이 훈련을 하는 궁 앞의 벌판에서 말 타기와 활쏘기에 몰두했다. 말 타기에 있어서는 타의 추종을 불허하는 경지에 오른 진노기는 담덕에게 말의 상태를 살피는 법부터 말을 다루는 법 등 무예를 하기에 앞서서 말과 친해지는 법을 가르쳐주었다.

"왕자님! 말은 한낮 짐승에 불과하지만 자기를 잘 대해주고 다루는 사람에게는 최선을 다하고 함부로 다루거나 막 대하는 사람에게는 말도 거칠어질 수밖에 없사옵니다."

"하지만 말에서 떨어질까 봐 두려움이 생기는 것은 어찌하면 고칠 수 있는가."

"두려움은 마음에서 오는 것이옵니다. 말 위에 오르기 전에 두

려워하게 되면 말을 부릴 수가 없게 되옵니다. 말도 자기가 순종해야 할 사람과 함부로 해도 될 것 같은 사람을 느낄 수가 있사옵니다. 말은 아주 예민한 동물이기 때문에 항상 말을 돌보고 말과 친해지면 천군만마보다 더 소중한 존재가 될 것이옵니다."

그날부터 무예 훈련이 시작되었다. 담덕이 타는 말은 흑마였다. 얼마나 잘 키웠는지 털은 윤기가 흘렀고 달리는 속도는 마치 바람처럼 날쌔고 빨랐다. 담덕은 가능하면 흑마와 자주 만났고, 마치 친구를 만나듯 다가갔다. 그러나 워낙 우수종인 흑마를 타기 위해서는 수많은 시련을 견뎌야만 했다. 자칫 고삐를 늦추는 날에는 말에서 떨어지기 십상이었다. 담덕이 떨어지려고 하면 어느 샌가 진노기가 뒤쫓아와 말의 고삐를 낚아챘다. 하루 종일 말타기만 하다 보니 사흘이 안 되어서 담덕의 손은 고삐를 잡는 강한 끈으로 인해 진물이 나올 정도가 되었고 말 안장에 올라탄 상태로 계속 달리기를 하다 보니 두 다리 허벅지 사이는 무언가에 두들겨 맞은 듯 피멍이 들었다. 좋은 안장을 사용했지만 정신없이 뛰는 말 위에서 담덕의 가벼운 몸은 광대가 외줄을 타듯 올라갔다 다시 안장에 부딪히고 다시 올라가는가하면 금새 떨어져 내리기를 반복했기 때문이다.

하지만 가랑이가 아프고 손바닥이 쓰라린 것보다 어린 그를 더 이상 참지 못하게 하는 것은 현돌이었다. 하루도 현돌을 만나지 않으면 안 될 정도로 친한 친구 사이인지라 어린 담덕은 친구 현돌을 보지 못해 안달이 났다. 진노기와의 말을 나누는 것은 편안하기만 할 뿐 생각이 서로 다르니 재미가 없었다. 현돌은 궁궐에서 들려주지 않는 전혀 다른 세계의 이야기를 들려주곤 했다. 그러나 그런 이야기들이 남의 이야기가 아니라 사람이 살아가는 일들이라는 것을 담덕은 익히 느끼고 있었다. 현돌은 어느 날 밤에 오줌을 싼 줄 알고 깨어났더니 아랫도리가 허전하게 옷이 젖어 있었는데 그것이 몽정이라고 말해 주는가 하면 자신의 누이동생은 얼굴은 예쁘지만 성깔이 못되어서 늘 싸운다거나 가끔씩 아픈 데도 없으면서 똥간을 들락날락하며 신경질을 부린다는 둥 이런 저런 재미있는 이야기를 해주곤 했었다. 궁 안에서는 전혀 듣지도 볼 수도 없는 것들에 대한 이야기들을 아주 흥미롭게 말해 주곤 했다.

하지만 말을 타고 달리면서 활을 쏠 때까지는 절대 누구도 만날 수 없으며 오로지 그것에만 몰두하라는 왕의 명이 내려진 이상 아무리 진노기에게 사정을 한들 들어줄 리가 없었다. 어명을 따르지 않는 날에는 진노기의 목숨이 끝날 판이었다.

말 타기 연습은 활쏘기 연습과 동시에 이루어졌다. 흑마는 시간이 흐르면서 담덕을 제 주인으로 받아들였다. 처음에는 올라 타기도 전에 소리를 지르던 흑마는 주인의 냄새를 맡는 건지 두어 달이 지나면서부터는 코를 킁킁거리며 오히려 담덕을 반기는 쪽으로 기울어졌다. 평지에서의 말 타기가 안정되자 다음은 좁은 산길을 오르고 개울을 건너는 연습이 이어졌고 수시로 활쏘기 연습도 병행하여 진행되었다. 눈보라가 거세게 몰아치는 날도 진노기는 훈련을 거르는 법이 없었다. 담덕이 힘들어서 하루 쉬고 싶다고 하면 폐하에게 자기 목숨이 달아나는 것을 보고 싶냐며 어떤 일이 있어도 훈련을 게을리하지 말라는 명령이 내려 졌다고 했다.

어느새 겨울이 가고 봄이 왔다. 열두 살이 된 담덕의 키도 한 뼘쯤 훌쩍 컸고 어느새 말 타기와 활쏘기는 그에게 자연스러운 놀이처럼 되어버렸다. 하지만 이제 그만 해도 좋다는 왕의 명령 은 아직 떨어지지 않았다.

그러던 어느 날 왕은 진노기를 불러 왕자 담덕의 활쏘기 실력 을 보겠다며 날을 잡으라고 했다. 담덕은 이제 좀 쉴 수 있겠구나 라는 생각에 기분이 좋아졌지만 활쏘기에서 왕이 만족하면 아마 도 다음은 칼 다루기 실력을 키우도록 지시할 것이라는 진노기의 말을 듣고 이내 실망하고 말았다. 물론 담덕이 사냥을 좋아하고 들과 산을 돌아다니는 야생마적인 기질이 강해 칼 다루기를 배우 는 것이 싫지는 않았지만 여느 아이들처럼 자신도 누군가의 구속 없이 자유롭길 원했다. 또 며칠에 한 번만이라도 현돌이 녀석과 놀기도 하고 단 둘이서 사냥을 나가면 좋겠다는 생각이 수시로 떠올랐다.

"폐하께서는 이 어린 왕자를 마굿간에서 말 키우듯 하려고 하 십니다. 내가 실상 태자가 된 것도 아닌데 이리 가두어두려는 영 문을 알 수가 없습니다."

진노기는 마치 제 자식 달래듯이 자상하게 담덕을 달랬다.

"현덕왕자님 건강이 좋아질 기미를 보이지 않습니다. 두 분 중 어느 한 분이 곧 태자에 책봉되어야 하지 않겠습니까. 폐하께서 는 멀리 앞날을 내다보시고 지금 왕자님에게 하나하나 기예를 쌓도록 하시는 것이니 너무 서운한 마음은 갖지 마십시오."

"하지만 너무 혹독하십니다. 한여름 뙤약볕 아래서 밭가는 소나 뭐가 다를 게 있습니까. 숨이 막혀 미칠 지경인데 잠시도 내 마음대로 할 수 있는 것이 없으니 이건 산 목숨이 아니라 죽은 목숨과 다를 바 없습니다."

"왕자님. 왕자님은 이제 어린아이가 아닙니다. 곧 태자가 되어 혼례도 치르고 폐하의 뒤를 이어 이 나라를 끌고 가셔야 할 막중한 책임을 지실 분이오니 이제는 그런 말씀 하시면 아니 되십니다."

담덕은 두 살 아래의 동생이 있기에 자신이 반드시 대를 이어 임금이 될 거라는 생각은 하지 않았다. 동생인 현덕은 오히려 형인 담덕보다도 글과 그림 등에 재능을 드러냈던 터였다. 하지만 현덕은 몸이 쇠약하여 허구한 날 방에 누워 있었고 담덕은 그 방 근처에도 얼씬거리지 못하게 했다. 들리는 말로는 중병이라고 하는데 어린 담덕으로서는 알 수 없는 일이었다. 다만 현덕이 자신보다는 점잖고 매사에 조심성있게 행동하는지라 그로서는 태자의 자리는 어쩌면 동생 현덕의 자리라는 생각을 갖게 했다. 그러나 무사인 진노기는 마치 앞으로 일어날 모든 일을 다 알고 있는 양 담덕이 태자가 될 것이라는 입장을 은근 슬쩍 자주 드러냈다.

며칠 후 왕은 햇빛 좋은 날을 골라 아들 담덕의 말 타기와 활쏘기를 지켜보았다.

"그동안 무예 단련을 열심히 하였을 것이다. 오늘 왕자의 실력을 마음껏 발휘해 보거라."

그동안 무예 단련을 할 때는 몰랐는데, 막상 부왕 앞에서 솜씨를 발휘하려니 담덕은 긴장하지 않을 수 없었다. 실수라도 하면 안 된다는 생각에 두 주먹을 불끈 쥐고 말고삐를 잡았다.

어린 담덕은 의연하게 말 등에 올라타 달리기부터 시작하였다. 한 번 낙마한 이후 말을 두려워했던 시절이 언제인가 싶게 흑마와 한 몸이 되어 달리는 담덕의 모습은 하늘에서 내려온 천마를 탄 신의 모습 같았다.

말을 타고 달리면서 화살을 쏘아 과녁을 맞히는 단계에서는 이곳에 모인 모든 사람들이 손에 땀을 쥐고 긴장하였으나 해모수의 핏줄을 이어받은 고구려인답게 화살을 겨누고 과녁을 지나치면서 몸을 돌려 쏘아 정확히 과녁을 맞혔다.

어린 몸이지만 무기를 들고 마상 훈련의 모습을 보일 때는 전장에 나가도 될 것 같다는 강한 인상을 부왕에게 안겨주었다.

부왕은 이런 담덕의 모습을 보면서 전쟁터에 나가 병사들을 지휘할 만한 나이는 아니지만 한창 성장하는 시기인 만큼 조금 기다리면 제 역할을 해낼 것이라는 확신을 갖게 됐다.

흑마를 탄 담덕이 부왕 앞으로 달려와 멈춰서자 왕은 흡족한 마음으로 미소를 지었다.

"그동안 훈련을 열심히 하고 있다는 말을 들었다만 이렇게 훌륭한 솜씨를 갖추게 될 줄은 몰랐구나. 그 힘든 과정을 잘 이겨내다니 기특하구나."

"감사하옵니다."

"그러나 이 정도의 실력에서 만족하고 멈추어서는 아니된다. 여기서 머무르지 말고 더욱 무예 실력을 닦아야 하느니라. 진노기는 듣거라. 앞으로는 이틀에 한 번씩은 지속적으로 말 타기 활 쏘기는 물론이고 칼 다루기를 더욱 열심히 훈련하도록 하거라."

"네, 잘 알겠사옵니다."

"그리고 궁 밖으로 나가 사냥도 하고 들에서의 훈련을 하거라. 다만 왕자가 궁 밖으로 나가는 경우에는 항상 진노기가 함께 움 직여야 한다."

"네, 그리 하도록 하겠사옵니다."

담덕으로서는 그나마 이틀에 한번인 것이 여간 다행스러운 일 이 아니었다. 하지만 궁 밖으로 사냥을 나가든 어디를 가든 늘 진 노기와 함께 움직이라고 명령했다.

친구라고는 유일했던 현돌을 만나는 일이 힘들어진 담덕은 현 돌을 볼 수 있는 방법을 만들고자 머리를 짜냈다. 진노기로부터 들은 바에 의하면 나라에서 먹여주고 녹을 주는 병사는 열네 살 부터 뽑아서 집단훈련을 시킨 후 열다섯 살이 되면 전쟁터에 나 갈 수 있다는 거였다.

'그래. 그렇게 하면 되겠다. 만일 현돌이 병사에 지원하면 나 랑 함께 훈련을 받을 수 있을 거야. 그러면 언제든지 만나고 싶을 때 만날 수 있을 거야.'

현돌의 생각은 어떠한지 모르지만 담덕은 현돌로 하여금 병사 에 지원하도록 권유하기로 마음먹었다.

그해 겨울 담덕은 열세 살이 되는 날을 열흘 남겨두고 태자로 책봉됐다. 담덕의 아버지 고국양왕은 담덕을 태자로 책봉하기 전 에 의도적으로 말 타기 활쏘기들을 시킨 것이었다. 자신의 나이가 많지는 않으나 사람의 일이란 알 수 없는 것이기에 반드시 해야 할 일은 미리미리 해두는 게 좋다는 생각을 한 것이다. 게다가 담덕의 아우인 현덕왕자가 지혜롭긴 하나 병약하여 누워 있는 터라 담덕을 태자로 책봉하는 것은 그 누구도 말릴 사람이 없었다.

3

청명스님과의 만남

한여름이 되자 비는 내리지 않고 가뭄이 들어 논은 거북이 등처럼 갈라져 벼들이 타 죽어가고 있었고, 밭작물들도 제대로 크지 못하고 바짝 오그라들어 시꺼멓게 타 죽어가고 있는 것들뿐이었다. 상황이 이쯤 되다보니 이 마을 저 마을에서는 농부들이 기우제를 지내는 일이 잦아졌다. 이런 사정을 전혀 모르는 담덕은 궁에서의 생활이 늘 답답하기만 하자 진노기를 꾀어서 평민들이 사는 고을로 바람을 쐬러 나갔다. 궁 밖을 나갈 때마다 진노기는 담덕에게 허름한 옷을 입혔다. 왕자라는 것이 사람들 눈에 쉽게 밝혀지면 결코 좋은 일만은 아니었다. 중요한 몸인 만큼 만의 하나 무슨 일이라도 생기면 큰일이기 때문이었다.

당시 궁이 자리하고 있던 고구려의 도읍지 국내성은 둘레가 2,686m이며 성벽은 잘 다듬어진 네모뿔형의 돌로 쌓여 있었다. 성벽의 높이는 5, 6m 정도로 높아 외부에서 적이 침입할 수 없게 만들어졌다. 성문은 모두 6개였는데 서문과 동문은 각각 두 개씩 있었다. 그리고 성의 네 모서리에는 각루가 세워져 있어 적이 어느 곳에서 침입해 와도 한 눈에 볼 수 있게 되어 있었다. 진노기는 담덕을 데리고 나갈 때마다 북문을 이용했다. 동문과 서문에 비해 사람의 출입이 드물었던 탓에 사람들 눈에 띄지 않고 변복한 왕자를 데리고 나가기에는 안성맞춤이었다.

궁에서 벗어나 두어 시간 정도 좁은 산길을 말을 타고 가자 높은 산자락 아래로 제법 큰 고을이 나타났다. 그런데 어찌 된 일인지 한낮인데도 논밭에서 일하는 사람 하나 보이지 않고 온 동네 사람들이 고을 어귀의 돌로 쌓은 커다란 탑 주위에 모여 있었다.

그들이 가까이 가자 주변에서 뛰놀던 아이들이 신기한 듯 두 이방인을 주시했다. 하지만 어른들은 관심을 두지 않았다. 아낙네들은 엎드려 두 손을 모으고 무어라 중얼거리며 빌었고 남자들은 탑을 바라보며 연거푸 머리를 조아려 절을 하고 있었다. 그리고 그들의 앞에는 넓은 상 위에 떡, 과자, 과일들이 놓여 있었다.

그들도 다른 고을사람들처럼 기우제를 지내고 있는 중이었다. 그 중에서도 담덕의 눈에 들어온 것은 돼지머리였다. 머리만 덩그마니 올려놓은 돼지를 보노라니 처량하기 그지없었다. 담덕은 진노기의 귀에 대고 종알거렸다.

"저 돼지머리는 왜 올려놓은 걸까요?"

"그야, 뭐. 저도 잘 모르겠습니다. 고사 지낼 때면 늘 저렇게 웃는 모습을 한 돼지머리가 올려지는데 아무래도 산신령님들도 육고기를 좋아하기 때문이 아닐까요. 아니면 돼지는 살이 쪄서 풍요로움을 상징하니까 풍년이 오게 해달라고 하는 것일지도 모르구요."

잠시 생각을 하더니 진노기는 다시 말했다.

"돼지는 새끼를 많이 낳는데다 행운을 거져다 주는 짐승이니만큼 뭔가 잘되게 해달라고 비는 게 아닐까요?"

그때 뒤에서 기침 소리가 났고 두 사람은 깜짝 놀라 뒤를 돌아다보았다. 스님이었다. 어찌 된 일인지 스님은 고개를 숙이고 합장을 한 채로 아무 말이 없었다. 머리카락이 고슴도치처럼 삐죽삐죽 올라온 머리며 장삼자락이 너덜너덜해진 것을 보아 산에서 내려와 시주를 하러 다닌 지 시간이 꽤 흐른 듯했다. 두 사람도 합장을 하고 스님을 향해 고개를 숙였다. 두 사람의 숙여진 머리 위로 스님의 말이 잔잔히 깔렸다.

"아! 장차 큰일을 하실 분이 어찌하여 이 더운 여름날 길을 나서셨는지요? 가뭄에 물이 귀하니 사람 마음도 갈라지고 있사옵니다. 발길 닿는 곳마다 인심은 험해지고 천한 것들의 사리사욕도

들끓고 있습니다. 하오니 부디 조심해서 다시 궁으로 들어가시지요? 행여 산길을 가다 도적떼라도 만나면 절대 신분을 밝히지 마시고 지나가는 나그네인양 몇 푼이라도 건네주셔야 합니다. 왕자님인 걸 알면 오히려 놈들은 해치려 들 것이옵니다. 자신들의 뒷일이 걱정스럽기 때문에 극한 상황을 자처할 수도 있습니다."

순간 진노기는 연거푸 고개를 숙이더니 스님께 시줏돈 몇 푼을 주고서는 담덕의 소매를 잡아끌었다. 그리고 말 위에 올랐다. 쨍쨍 내리쬐던 햇빛이 자취를 감추고 하늘은 갑자기 구름으로 덮이고 있었다. 부지불식간에 일어난 일이었다. 담덕은 어리둥절하여 말에 오르며 말했다.

"무사님, 기우제 구경을 왜 그만두었습니까. 내레 이것저것 지켜보는 재미가 쏠쏠했는데……."

"스님 말씀 못 들었습니까. 서둘러 궁으로 가는 게 좋겠습니다."

"그래도 나는 이런 동네에서 산신령께 절하고 비는 것을 보니 사람 사는 것 같습니다. 궁 안은 숨이 막힐 지경입니다. 후-"

"왕자님도 참으로 별스럽습니다. 평민들 기우제 지내는 게 뭐그리 대단한 일이라고 즐기려 하십니까?"

진노기는 앞장서서 조금은 빠른 속도로 길을 재촉했다. 좁은 산비탈길을 올라 고개를 막 넘으려는 순간 시꺼멓게 변해가던 하늘은 천둥번개를 치면서 비를 쏟아 부었다. 진노기는 농민들을 위해서는 참으로 다행스러운 일이라는 생각을 하면서도 아직 한시간은 족히 오가는 인적 없는 산길을 어린 왕자와 함께 갈 생각을 하니 별의별 생각이 다 들었다. 게다가 아까 마을에서 만난 스님이 하신 말씀에는 뭔가 불길한 예감이 숨어 있는 듯해 더욱 불안해졌다. 비바람이 나뭇가지들에 부딪쳐 내는 소리들은 아주 음산한 기운을 자아내곤 했다. 더욱더 빠른 속도로 달리고 싶었지만 비바람이 거센데다 산길은 이미 흙탕물이 흘러내리고 있는지라 담덕이 걱정스러웠다.

고개를 넘어 산허리를 감싸며 아래로 이어진 내리막길을 내려갈 즈음 갑자기 주위가 시끄러워지더니 어디 숨어 있었는지 떼거지로 사람들이 몰려나왔다. 산적떼였다. 순식간에 산적떼에 둘러싸인 진노기는 어린 담덕 옆에 바싹 붙어 만약의 사태에 대비하였다. 도적들은 마치 대장간의 망나니처럼 시퍼런 칼을 이리저리 휘두르면서 상황을 더욱 긴박하게 만들어갔다.

"보아하니 말들이 제법 잘 자란 걸 보니 재산 꽤나 되는 부잣집 사람들 같은데 너희들 사는 곳이 어디냐?"

"말들이 비에 젖어 제법 날쌔고 잘 자란 듯 보이지만 소인들은 그저 보통것들입네다."

"바로 대지 않겠느냐. 이 어린애 얼굴을 보아하니 부잣집 도련님 같은데."

"아니라요. 소인 소금장수라서 말이 두 마리인 것이고 이 아이 나이가 열댓 살인데 이리 작다 않습네까."

"그래. 그렇다면 소금 판 돈이라도 내놓거라."

"소인 오늘은 소금 장사를 한 게 아니구 친척집 혼례에 갔다 오는 길입네다. 하여 이거라도 받아주시고 목숨만 살려주시라요."

그러자 머리는 제멋대로 기르고 수염이 거칠게 뻗은 도적 하나가 진노기 곁으로 바짝 다가와 오른손에 든 칼을 높이 들었다. 당장 목을 베기라도 할 작정인 듯 보였다.

　진노기는 이리저리 머리를 굴려 보아도 떼거지로 몰려온 산적들을 상대로 싸우기에는 역부족이란 생각이 들었다. 만일 섣불리 싸움이 붙었다가 열세로 몰리면 자기 한 몸이야 상관없지만 곁에 계신 태자에게 불상사라도 생기는 날에는 큰일이 아닐 수 없었다. 섣불리 싸우지도 못하고 그렇다고 그냥 보내줄 것 같지도 않았다. 무슨 수를 써서라도 이 순간을 벗어나야만 했다.

　진노기는 말에서 내려 두 손으로 빌었다.

　"나리들 목숨만 살려주십시오. 이 어린애 4대 독자 아니겠습니까. 제발 살려만 주시라요."

　그러자 두목인 듯한 사내가 헛기침을 크게 하며 말했다.

　"아이와 그 애비가 같이 있거늘 아무리 우리네 돈이 급하다치더라도 이건 아니되는 일이네. 그 칼을 거두거라."

　그의 곁에는 담덕보다는 체구가 작지만 귀엽게 생긴 아이가 그의 손을 잡고 서 있었다. 도적떼들 사이에 어린아이가 있다는 건 담덕으로서는 신기한 일처럼 여겨졌다.

　"허어, 이기 오늘 또 공쳤네. 너희들은 우리 두목님 덕을 본 것이야. 어린애 봐서 이만 하겠으니 싸게 사라져 버리거라."

　"아이구, 고맙습네다. 이 은혜 잊지 않겠습네다."

　진노기는 도적떼들 마음이 변하기 전에 서둘러 그곳을 벗어나야 한다고 생각했다. 담덕을 이끌고 한참을 달린 끝에 안전하다고 생각되는 곳에서 잠시 숨을 돌렸다. 진노기의 얼굴에서는 식은땀이 흘러내렸다. 그리고 막혀 있던 숨구멍이 트이는 듯했다.

담덕으로서는 도무지 이해가 되지 않았다. 진노기의 몸놀림이라면 칼이나 활이 없어도 도적떼 몇 놈 정도는 순식간에 제거할 수 있을 텐데 마냥 고개를 조아리며 사정을 하였으니 무사답지 못하거니와 화가 나기도 했다.

"무사님은 와 본때를 보여 주지 않고 도적떼들에게 무릎을 꿇었습니까?"

"그건 다 왕자님을 위해서 그랬지요. 내레 열 놈이 대들어도 모가지 한 번씩 잡아 패대기치면 끝이지만, 내레 싸우는 동안 놈들이 왕자님을 해치거나 하는 일 있으면 모든 게 허사 아니겠습니까. 그래서 할 수 없이 참았습니다."

"에잇, 그래도 그냥 보고만 있자니 화가 치밀어 올랐습니다. 이럴 줄 알았다면 활을 들고 나왔어야 했는데 참으로 안타깝습니다."

"왕자님 분한 마음은 갖지 마십시오. 궁에 들어가면 내레 무사들을 시켜서 저 도적놈들 씨를 말려놓을 작정입니다."

"무사님 꼭 그래야 합니다. 저 도적놈들 산길 오가는 행인들을 그간 얼마나 못살게 굴었겠습니까. 에잇 오랑캐 같은 놈들 같으니라구."

담덕은 화를 못 참겠는 듯 연신 뒤를 돌아다보곤 했다. 그리고 한편으로는 진노기의 깊은 마음에 고마움을 느끼면서도 대놓고 그 고마움을 표현하지는 못했다. 아무리 자신은 왕자이고 진노기

는 궁에 몸담고 있는 한 사람에 불과하더라도 담덕을 마치 제 자식 아끼듯 하는 그의 마음은 어린 담덕에게도 진한 인간미를 느끼게 했다.

담덕은 아까 본 작은 아이가 떠올랐다. 눈이 똘망똘망한 그 아이가 머릿속에 각인된 듯 떠나지 않았다.

"무사님! 아까 도적떼와 함께 있던 그 조그만 아이는 누굴까요. 나보다도 서너 살은 적은 것 같은데."

"그야 뭐, 그 두목의 아들이거나 그러겠지요. 에구 미친놈들 애까지 데리고 다니면서 강탈을 일삼는단 말이야. 허나 어찌 됐든 생각해 보면 그 아이 때문에 우리가 위기를 벗어날 수 있었던 것 같네요."

"그게 무슨 말이에요."

"아까 그 두목이 말했잖습니까. 아이와 아버지가 함께 있어 살려준다는 식으로……."

담덕은 그제서야 고개를 끄덕였다.

"그런데 무사님, 아까 마을에서 만난 스님 있잖습니까."

"스님이 왜요?"

"스님 말씀이 딱 들어맞았잖습니까. 도둑떼를 만난다고 하더니 정말 그리 되었잖습니까."

"음……!"

"보통 스님은 아니신 듯합니다."

"맞아. 이제 생각이 났는데, 그 스님 예전에 본 적이 있습네다."

"어디서요? 아는 스님입니까?"

"왕자님께서 태어날 무렵 궁에 이상한 일이 있었습네다. 한 스님이 궁 밖에서 궁을 향해 엎드려 무언가를 읊조리고 있다가 왕의 눈에 띄어 궁으로 모시고 들어온 적이 있었지요."

"그래서요?"

담덕은 호기심에 눈을 동그랗게 뜨고 진노기의 입을 뚫어지게 보았다.

"뭘 그리 뚫어지게 보십네까. 그냥 궁에 들어와 며칠간 쉬었다가 간 스님이 있는데 그 젊은 스님과 닮았다 이겁네다."

"에이, 난 또 뭐라구. 어찌 되었든 아까 만난 스님의 뛰어난 예견은 정말 놀랍네요."

"그러게 말입네다."

진노기는 고개를 끄덕이며 옛일을 회상하는지 뭔가를 찾는 듯한 눈빛으로 허공을 바라보았다.

그날부터 쏟아지기 시작한 비는 며칠을 두고 더 내렸다. 궁 안에서도 가뭄 끝 비가 내려 백성들을 살리게 됐다며 다들 즐거워하는 눈치였다. 하지만 담덕은 비가 오는 날이 며칠 지속되자 오금이 저리는 듯하고 갑갑하기만 했다. 차라리 말을 타고 활을 쏘면서 움직이는 게 났지 궁 안에서 할 일 없이 왔다 갔다 하는 것은 도무지 성격에 맞지 않았다.

여름이 지나고 다시 가을이 찾아왔다. 왕비는 담덕의 아우인 현덕의 몸이 더욱더 쇠약해져가자 담덕에게 많은 관심을 쏟지 못한 지 오래다. 대신 담덕을 가까이서 보살펴 주는 이는 대왕대비인 할머니였다. 그녀는 담덕을 볼 때마다 혼잣말로 떠들었다. 그

것은 빨리 혼례를 치러야 된다는 거였다. 또 이제 곧 혼례를 치러 후손을 보아야 할 날이 다가올 터이니 사냥을 나가는 일도 줄이고 몸을 아끼라는 당부를 하곤 했다. 그런가하면 수랏간 여자들에게 말하기를 이제 막 어른이 되려고 한참 자라는 시기인 만큼 담덕에게는 고기와 성장에 좋은 찬으로 상을 차리라고 심심 당부하기도 했다. 이삼 일에 한 번은 반드시 손자의 방을 찾아오는 대왕대비의 사랑은 엄마의 자식 사랑 못지 않은 애정으로 궁 안에서는 왕비보다 대왕대비가 담덕과 모자지간 같다는 말이 떠돌 정도였다.

4

아우의 죽음

열네 살이 되자 궁 안에서는 일부 신하들과 대왕대비를 축으로 담덕의 혼례가 거론되었다. 하지만 왕자의 결혼은 그리 순조롭지 않았다. 신하들은 세 편으로 나뉘어 각각 자신의 친족 중에서 왕비감을 데려오려는 눈치였다. 예나 지금이나 권력과 부를 거머쥔 이에게 시집을 보내면 그 가족들과 친척들까지도 권력과 부를 얻는 일이기 때문이었다.

하지만 당시 궁 안의 모든 사람들이 슬픔에 잠기는 일이 발생했다. 동짓달 스무이렛날 둘째왕자이자 담덕의 아우인 현덕왕자가 결국 세상을 뜬 것이다. 벌써 몇 년 동안을 시름시름 앓느라 넓은 곳에서 한번 신나게 뛰어놀지도 못해 보고 저세상으로 갔으니 모두가 안타까움을 금치 못했다.

담덕도 동생의 죽음에 가슴속으로는 적잖은 슬픔을 느꼈다. 예닐곱 살 때는 서로 웃고 떠들며 간혹 싸우면서 자라기도 했지만 최근 몇 년간은 현덕의 처소가 아예 궁의 맨 끝자락의 후미진 방으로 옮겨져 왕비와 현덕왕자를 돌보는 몇몇 시녀들을 빼고는 그 누구도 출입할 수 없었던 터라 동생의 얼굴조차 볼 수가 없었다.

서로 성격이 달라서 담덕은 뛰어놀기 좋아하고 사람을 좋아했으나 동생 현덕은 책 읽고 그림 그리기를 좋아하고 수줍음을 많이 타는 내성적인 성향을 보였다. 담덕이 여덟 살 때까지만 해도 둘의 체격은 차이가 나지 않아 처음 보는 사람들은 둘을 쌍둥이로 착각할 정도였다. 늘 일을 저지르는 담덕 대신 현덕은 일을 수습하는 쪽이었다. 그러나 두 사람은 3년 전 현덕이 갑자기 앓아누운 후로는 생활 자체가 판이하게 달랐다. 게다가 형이지만 나이가 어린지라 담덕은 동생을 생각하는 마음은 있었지만 자신이 아니더라도 돌보는 사람이 한둘이 아니었기에 자연스럽게 현덕과의 사이는 멀어져갔다.

결혼을 하기 전이어서 현덕왕자의 죽음은 외부에 소리조차 낼 수 없는 일이었다. 간소하고 조용하게 장례 절차가 진행되고 무덤에 입관하는 날도 밤 늦은 시간에 이루어졌다.

이 일이 있은 후로 궁은 곳곳에서 찬바람이 가득했다. 왕비는 아들의 죽음을 슬퍼한 나머지 앓아누웠고 왕 역시 장기간 동안 앓다 간 아들을 못 잊어 한동안 술로 시간을 보내기도 했다.

이같은 상황에서 대왕대비가 혼례를 서둘러달라고 왕에게 말하자 왕비가 발끈 하고 일어난 것이다. 왕비는 평소 조용한 성격인데다 왕의 정치에 이러쿵저러쿵 떠들며 간섭하는 성품이 아니었다. 왕비로서의 체통을 중시 여기며 늘 법도를 중요시했다.

하지만 어린 자식이 중병을 앓다가 세상을 등진 지 불과 두어 달도 안 되어서 담덕의 혼례를 서두르는 것은 옳지 않은 일이라는 생각이 들었다. 어린 자식을 잃은 애미로서 부모가 아직도 슬픔에 젖어 있는데 이때 즐거워야 할 왕자의 혼례를 거론하는 것조차 시기가 적절치 않다고 생각했고 마음 또한 편치 않았던 것이다.

이 일로 왕과 왕비의 사이에도 보이지 않는 냉기류가 흘렀다. 대왕대비는 왕과 왕비 사이에 문제가 생길 만큼 큰 사건으로 비화된 모든 책임이 자신에게 있음을 감지하고 모든 게 자신 탓이라며 바깥 출입을 삼가며 깨닫는 시간을 갖기도 했다.

그런가하면 왕비는 부모를 앞세워 떠난 어린 자식의 영혼을 달래주기 위해 궁 뒤편에 있는 대우산에 자리잡고 있는 대린사로 100일기도를 다녔다.

봄이 되면서 담덕은 진노기와 함께 다시 말 타기, 활쏘기, 칼 다루기를 시작했다. 진노기는 담덕이 쑥쑥 크는 모습을 보면서 마치 자신의 아들을 보는 양 즐거워했다.

하루는 말을 타고 달리던 중 개울을 건너다 말이 돌을 잘못 밟아 미끄러지면서 말 위에 타고 있던 담덕도 그만 말에서 떨어져 온몸이 물에 젖는 일이 발생했다. 그러자 진노기는 자신의 겉 옷을 벗어 담덕의 몸을 감싸주고 불을 피워 담덕의 옷을 말렸다. 그때 진노기는 담덕의 몸을 보면서 깜짝 놀랐다. 다리와 겨드랑이, 그리고 성기 주변에 털이 검게 난데다 벗은 몸집은 제법 사나이답게 근육이 만들어지고 있었다. 게다가 언뜻 보기에도 어른의 그것 못지 않게 커진 성기가 이제는 어린아이가 아님을 느끼게 했다. 이에 진노기는 담덕에게 농담처럼 한마디 건넸다.

"왕자님, 어느새 그렇게 어른스러워졌습네까. 이제 혼례를 치러도 문제가 없겠는데요."

"무사님, 그 무슨 말씀입니까. 뭐가 어른스러워졌다고 그러시는 겁니까."

"아니 왕자님도 참 눈치가 없으십니다. 그 거시기, 왕자님 가운데 그것이 아주 실하다는 말이지요. 내레 놀랬습니다. 하, 하, 하."

그러자 담덕은 얼굴이 빨개지면서 진노기의 옷으로 가린 몸을 더욱 움츠리면서 말했다.

"무사님, 그런 말씀 함부로 하면 활쏘기나 이런 것 안 배우겠습니다. 뭐 무사님도 남자면서 왜 놀립니까. 무사님은 그게 없습니까."

"아이구 왕자님두 참. 사내대장부로서 그런 말에 부끄러워 하십니까. 그것이 실하다는 건 듣기 좋은 말 아니겠습니까. 하, 하, 하."

불에 말린 옷을 입는 담덕의 뒷모습을 훔쳐본 진노기는 나이에 비해 담덕의 체구가 매우 성숙하고 기골이 장대함을 알았다.

'음! 보통 기골이 아니시구나. 고구려의 운명이 왕자님 어깨에 달렸는데, 큰 일을 내실 분이야.'

진노기는 담덕과 함께 지내면서 다른 사람들과 달리 무예 실력이 일취월장하고 사물에 대한 판단력 등 지혜가 뛰어나다는 생각에 혀를 내두르곤 하였다. 지금 왕자의 몸을 보면서도 단순히 남성으로 변하는 모습만 본 것이 아니라 분명 앞으로 다른 나라들과의 전쟁에서 큰일을 해낼 것이라는 조짐을 읽은 것이다.

"담덕 왕자님."

"네, 무사님."

"좋은 소식 하나 전해줄까요?"

"좋은 소식요? 무슨 좋은 일이라도 있습니까?"

"왕자님에게 좋은 소식은 뭘까요."

"글쎄요……. 보고 싶은 친구나 실컷 보는 거라면 모를까, 혹시……."

"네, 맞습니다. 왕자님 친구인 현돌이 병사 모집에서 최고 성적으로 합격했답니다."

"와! 정말요? 정말 현돌이 병사 모집에 합격했다구요?"

"네. 그리 좋습네까."

"그럼요. 좋다마다요. 이제 현돌이를 실컷 만날 수 있게 됐잖아요. 그동안 현돌을 제대로 보지도 못했거든요. 무사님, 고마워요. 무사님이 도와주지 않았으면 병사 모집에 응모도 하지 못했을 거예요."

"꼭 천군만마를 얻은 모습입니다. 왕자님이 그리 즐거워 하시니 내레 함께 즐거워집네다."

드디어 2년여 동안 얼굴을 볼 수 없었던 현돌을 보게 되었다는 생각에 담덕은 하늘을 날아오를 것 같았다.

궁 밖의 남산 아래 넓은 훈련장에서는 병사들의 훈련이 지속되고 있었다. 담덕은 이미 진노기를 통해 현돌에게 병사 모집에 지원하라고 부탁을 했었던 터였고 현돌은 이런 담덕의 마음에 고마운 나머지 병사 모집 시험에 합격을 한 것이었다. 물론 담덕의 무예를 개인지도 받는 장소와는 떨어져 있었지만 진노기만 허락하면 날마다라도 현돌을 볼 수가 있게 된 것이다.

담덕은 진노기를 앞세워 병사들의 훈련장으로 가서 현돌을 불러냈다. 오랜 만에 만난 두 친구는 서로가 놀랄 만큼 훌쩍 커 있었다.

"현돌아, 정말 오랜만이다. 그동안 어찌 지냈는지 궁금했다."

"담덕왕자님, 정말 오랜만입니다. 소인도 왕자님 얼굴이 눈앞에 아른거려 한동안 혼났습네다."

"이제 병사가 되었으니 앞으로는 자주 만날 수 있을 거야."

"네, 왕자님."

"말 타기, 활쏘기 배우기가 보통 어려운 일이 아니란다. 지난해 무예 단련하다 죽다 살아났다니까."

"뭐, 사나대장부가 그깐 것도 못하면 쓰갔습니까."

"오호, 그렇지. 이번에 최고 점수로 합격했다더니 기개가 보통이 아니구나. 좋아. 앞으로 우리 무예 실력도 겨뤄보는 거야. 하, 하, 하."

"절대 봐주지 않을 겁네다. 아셨죠. 하, 하, 하."

두 사람의 대화를 옆에서 지켜보고 있던 진노기가 끼어들었다.

"왕자님, 정말 보기 좋습네다."

"아, 무사님. 나의 절친한 친구 현돌입니다. 현돌아, 진노기 무사님이셔. 인사드려."

"안녕하셨습네까. 이번 병사 모집에 합격한 현돌이라고 합네다."

"그래. 익히 자네에 대해 듣고 있네. 고구려 병사는 다른 병사들과 다르네. 기개가 하늘을 뚫고, 적군 100명도 혼자 감당해야 한다네. 할 수 있겠나?"

"네, 열심히 배워서 최고의 고구려 병사가 되겠습네다."

"음. 기개가 마음에 드는군. 저, 담덕왕자님, 오랜 만에 친구 만났으니 좀더 이야기를 나누십시오. 그동안 저는 훈련대장을 만나보고 오겠습네다."

"네, 무사님. 말씀 많이 나누시고, 천천히 오세요."

"네에~, 왕자님."

진노기는 담덕이 현돌과 오랜 만에 만나 할 얘기가 많을 듯 싶어 일부러 자리를 피해 준 것이었다.

현돌은 군대에 들어온 지 이제 두어 달 밖에 안 되었다고 했다. 규율이 어찌나 심한지 잠시 한눈 팔았다가는 매를 맞는다고 했다. 또 음식은 집에서 먹을 때보다 오히려 넉넉하고 고기도 먹게 되어 좋은데 다만 부모님과 누이동생 얼굴이 보고 싶다고 말했다. 담덕은 동생이 죽은 이야기와 손바닥이 갈라지도록 매섭게 말 타기 활쏘기 훈련을 받은 이야기를 했다. 또 산길에서 도적떼를 만났던 사건도 늘어놓았다. 두서없이 한참동안 떠들던 두 사람 사이에 무거운 분위기가 흘렀다. 그것은 현돌의 갑작스러운 질문 때문이었다.

"왕자님은 이제 혼례를 치러야 되지 않겠습니까."

"혼례라구. 이제 열네 살이다. 그새 무슨 놈의 혼례를."

"우리 같은 평민들과는 다르지 않습니까. 훗날 이 나라를 이끌어 가실 분이 아닙니까."

"하지만 동생이 죽은 이후 아직까지 어머님의 마음이 편편치 못해. 할머님께서 내 혼례 문제를 생각하시는 것 같은데, 그게 어디 내 맘대로 되는 건가. 그리고 나는 너만 옆에 있으면 돼."

"무슨 말씀이십네까. 제가 왕자님 각시라도 됩니까? 끔찍한 말씀 마십시오. 저는 나중에 아리따운 처자와 멋진 혼례를 올리고 신나는 첫날밤을 보낼 겁네다."

"뭐? 신나는 첫날밤? 너는 첫날밤을 어찌 보내는지 알고 있나?"

"그야 물론입죠. 왕자님은 혼례를 치르게 되면 첫날밤을 어찌 보내는지 모르십네까?"

"현돌아, 나는 아무것도 모른다. 어찌 보내는데."

"하하하하, 왕자님. 그거 모르면 첫날밤 보내시기 어려운데요. 새신랑이라면 꼭 알아야 하는 것 아니겠습네까. 나는 옆 집 장가

간 형이 알려줬어요. 그 뭐냐. 색시의 이마에 쓴 족두리를 벗기고 뭐 그러는 거 아닙니까."

"그 정도는 나도 알고 있어. 그것 말고 또 있을 것 아닌가."

"그야 물론입죠. 첫날밤이니까 잠을 자야 하지 않겠습니까. 그러니까 각시 옷고름을 풀어서 저고리를 벗겨주고, 치마끈을 풀어서 치마도 벗겨주고, 함께 자리에……."

"무슨 말씀을 그리 재미나게 하십니까."

"네에?!"

"아, 아무것도 아닙네다."

진노기가 훈련대장을 만나고 어느새 두 사람 가까이 나타나자 화들짝 놀란 담덕과 현돌은 병사 훈련 받을 때처럼 똑바로 섰다.

"무슨 말씀들을 나누셨길래 그리 놀라십니까, 왕자님."

"놀라긴, 누가 놀란단 말입니까. 오랜 만에 친구를 만나 이야기에 빠져 있다 보니까 그렇지요."

"현돌아, 나중에 또 만나서 얘기하자. 훈련 열심히 받아."

"네, 왕자님."

현돌은 부리나케 몸을 돌려 훈련장으로 돌아갔다.

현돌은 신이 나서 한참동안 첫날밤 얘기를 하고 있는데 잠자리에 눕는 얘기를 할 즈음 진노기가 나타나 말은 거기서 끊길 수밖에 없었다. 두 친구의 재회는 이렇게 시작되었다.

돌아오는 길에 진노기는 현돌과 무슨 재미있는 얘기를 나누었느냐고 캐물었지만 담덕은 말하지 않았다. 나이가 스무 살은 넘게 차이가 나는데다 여자와 관련된 이야기이니 더더욱 쑥스러워

말을 할 수가 없었다.

　그후로 심심한 날이 되면 담덕은 수시로 현돌을 찾아가 재미있는 얘기를 듣고 오곤 했다. 병사들의 선후배 규율이 아주 무서우며 아무말없이 이탈을 하는 날에는 그 가족들까지도 죄인 취급 당하므로 아무리 힘든 일이 있어도 마음대로 영역을 이탈하는 것은 안 된다는 얘기를 들었다. 물론 약방의 감초처럼 현돌이의 얘기 속에는 여자에 대한 얘기가 꼭 포함되어 있었다. 한참 사춘기인데다 혼례를 치를 만한 나이의 사내들만 모여 있으니 얘깃거리는 수없이 많았다. 이 사실을 진노기가 아는 날에는 현돌에게 엄청난 벌이 내려질 수도 있었다. 때문에 담덕은 늘 "늘 별 얘기 없었습니다." 라며 시치미를 떼고 둘만의 비밀을 지켰다.

5

꽃보다 아름다운 왕자비

　　그후로 2년이라는 세월이 흐르고 담덕이 제법 사내다운 늠름
한 자태를 드러낼 무렵인 열여섯 살이 되자 갑자기 혼례 얘기가
터져 나왔다. 제일 먼저 혼례 얘기를 꺼낸 이는 담덕의 할머니인
대왕대비였지만 왕이나 왕비도 이번 혼례 제의에는 공감을 했다.
이런 사실은 담덕보다도 진노기가 빨리 알아챘고 그는 담덕을 놀

려주곤 했다.

"왕자님, 이제 드디어 그 좋은 장가를 가시겠습니다."

"흠. 무사님은 또 뭔 말을 하려고 그러십니까."

"요즘 궁 안에서 온통 왕자님 혼례 얘기만 들리지 않습네까?"

담덕은 혼례에 대한 얘기라고는 현돌로부터 어슴푸레하게 들었던 게 전부였던 터라 한편으로 부담스럽기도 하고 또 한편으로는 가슴이 설레었다. 어떤 여자인지는 몰라도 이제 자신도 한 여자를 아내로 받아들여 함께 잠을 자고 자식을 낳는다는 생각을 하니 지금까지와는 전혀 다른 새로운 세상 속으로 들어가는 듯한 특별한 즐거움이 있었다. 하지만 여자라고는 궁에서 보는 시녀들과 상궁들이 전부였으니 적잖게 부담스러운 일이기도 했다. 담덕은 진노기에게 진지하게 물었다.

"무사님, 그 --뭐야. 혼례를 치르면 그 날부터는 색시와 함께 잠을 자는 것인가요?"

"아, 그야 당연지사 아니겠습니까. 뭐, 걱정되는 거라도 있습네까?"

"걱정은 무슨 그냥……. 여자라고는 궁에서 본 사람들이 다인데, 그런 여자들과 부인은 다르지 않습니까. 그런 여자가 처음이니 낯설어서 그럽니다."

"내레 왕자님이 무얼 궁금히 여기는지 다 알고 있습네다. 왕자님 그런 걱정은 붙들어 매시라요. 혼례를 치르게 되면 큰 상궁들이 일일이 다 알려드리지 않습네까."

"나도 사내대장부인데, 첫날밤 일을 큰 상궁에게 듣고 한다는 것이 얼마나 쑥스러운 일입니까. 사나이가 그것도 몰라서리 듣고 한다는 게…….”

담덕은 말을 꺼낸 자신이 오히려 쑥스럽기만 했다. 담덕이 얼굴을 붉히면서 당황스러워하자 진노기는 웃음기 어린 얼굴로 말했다.

“그렇네요. 나도 사나이지만 상궁한테 듣고 첫날밤을 보내는 것을 싫을 것입네다. 좋습네다. 왕자님 소원이라면 얼마든지 알려드리겠습네다. 다만 우리 두 사람만의 비밀로 해야 됩니다. 폐하께서 이 사실을 알게 되면 이놈은 끝입네다.”

하지만 담덕은 이런 진노기 앞에서 갑자기 체통을 지키는 왕자의 모습으로 돌아갔다. 그것은 당황스러운 순간을 모면하기 위한 것이었다.

“일 없습니다. 무사님, 말이나 한번 신나게 타볼까요. 앞장서시지요.”

“내레 상관없습네다. 후유, 큰일날 뻔 했네요. 잘못 말했다간 이 놈의 모가지 날아갈 뻔했습네다.”

진노기는 짐짓 헛웃음을 지으며 앞장서서 말을 타러 갔다. 담덕은 괜히 뻣댔다는 생각에 잠시 후회를 했지만 사내대장부 체면에 돌이킬 수가 없어 그대로 어깨를 내리고 진노기 뒤를 따랐다.

며칠 후 왕비가 담덕을 불렀다. 왕비는 얼굴에 환한 미소를 머금고 아주 조용하게 말했다.

“담덕왕자! 요새도 무예 훈련을 열심히 합니까?”

“네, 어마마마.”

"그동안 아우 때문에 마음이 많이 편치 않았습니다. 그러다 보니 왕자에 대해 많이 신경쓰지 못한 것 같아 마음이 아립니다."

"아니옵니다. 어마마마께옵서는 저로 인해 마음아파 하지 않으셔도 되옵니다. 저도 현덕의 일을 생각하면 가슴이 저려옵니다."

"정말, 기특하옵니다. 왕자는 대통을 이어갈 몸이니 강건한 마음과 백성의 마음을 헤아릴 줄 아는 너그러운 마음을 가져야 할 것이옵니다."

"네, 잘 알겠사옵니다."

"오늘 왕자를 부른 것은 다름이 아니라 왕자도 이제 한 가정을 이루어야 할 때가 온 것 같소."

"……."

"사람은 나이가 차면 혼례를 치르게 되는 법이니 이제 왕자도 왕자비를 맞이해야 되는 나이가 되었구려. 하여 내달 열하룻날 혼례를 치를 것입니다. 하오니 앞으로 보름간은 바깥 출입을 삼가하시구 왕자비 맞을 준비와 심신을 가다듬는 시간을 가져야 합니다. 이제 왕자는 어린아이가 아닙니다. 아랫사람을 다스리는 법도는 언행에서 비롯되는 만큼 말 한 마디 행동 하나에도 더욱 심중을 기해야 되겠습니다. 모든 준비는 큰 상궁이 하나둘씩 도와드릴 것이니 그리 아십시오."

그제서야 담덕은 자신이 결혼을 한다는 것이 현실임을 실감했다.

왕자의 혼례를 앞두고 궁 안은 매일같이 떠들썩거렸다. 왕자비가 머물게 될 처소가 마련되고 혼례 때 입을 의복을 만들고 음식을 장만하느라 궁 안의 여인들은 이곳저곳에 모여 일을 하곤 했다. 말 많은 여인네들의 입이 가만히 있을 리가 없었다.

담덕이 하루는 바람이나 쐬려고 궁 동쪽으로 나있는 정원을 거닐다가 우연히 수랏간에서 새어나오는 소리를 들었다.

"마, 왕비마마전 무술이들 말로는 미색이 끝내준다 하지 않더냐."

"고향이 평남 순천이라고 했나요? 평남 순천이라하믄 마 천리 길도 넘는 거리구먼요."

"천리길이 대수랴. 왕자비가 되는데 그까이 뭔 문제가 되겠는 가. 왕비가 되는데."

"내레 팔자 고친다면 압록강 너머 그 어디인들 못 가겠는겨."

"이기 이 무슨 주댕이질들이냐. 다들 입 봉하고 음식에나 정성을 쏟아야 되지 아니 되겠는가."

오랫동안 궁에서 서화를 담당했던 문장가의 먼 친척이라는 소리를 듣긴 했지만 왕자비 될 여인이 멀리 순천 땅에서 온다는 말을 처음 듣는 것이니 담덕으로서도 조금은 놀라운 일이었다. 졸본 땅 여인들은 얼굴은 동그라니 틀이 잡혔으나 워낙 춥고 비바람 거센 거친 땅에서 자란지라 분가루 칠해놓은 듯 뽀오얀 피부를 지닌 여인네들이 드물었다. 그나마 궁에 있는 여자들은 햇빛을 덜 보고 비바람을 덜 맞은지라 그다지 거칠지는 않았지만 궁 밖을 나가면 여인들의 얼굴이 붉고 푸르딩딩 하고 말이 아니었다. 언젠가 현돌을 통해 병사들 사이에서 몰래 나도는 춘화도를 본 적이 있는데 그곳의 연인들은 하나같이 배꽃만큼이나 희고 아름다웠다.

그날 밤 담덕은 꿈을 꾸었다. 꿈 속에는 아리따운 여인네가 양손에 꽃바구니를 끼고 그의 방으로 들어오더니 큰 절을 올리고는 이내 그의 품 속으로 달려들었다. 여인네의 몸은 날아갈 듯 가벼웠지만 담덕의 큰 몸을 순식간에 흐물거리는 낙지처럼 녹여버렸다. 여인을 안고 저고리를 벗기는 순간 온몸에 힘이 빠지는 듯하면서도 아랫도리는 뻐근해졌다. 벗겨진 저고리 사이에서 드러난 여인의 옥같이 하얀 살이 몸에 맞닿는 순간 꽃가루보다 부드러운 느낌에 담덕의 가슴은 두방망이질치기 시작했다. 어찌나 가슴이 벌렁거리는지 쿵쾅거리는 심장 소리가 밖으로 새어나오는 듯했다. 여인의 치마가 스르르 발 밑으로 흘러내리고 속옷이 벗겨지자 하얀 나신을 한 여인은 더욱 담덕의 가슴으로 파고들었다. 온몸이 불이 붙은 듯 열이 나면서 아랫도리는 더욱 뻐근해지는 것이 그 기운을 주체할 수가 없었다. 행여 누가 볼세라 들을세라 시선을 문 쪽으로 고정시키자 순간 문이 확 열리면서 밝은 햇살이 두 사람의 나신 위로 쏟아지는 게 아닌가?

놀라서 눈을 뜬 담덕은 그제서야 꿈인 줄 알아차리고 주변을 둘러보았다. 왕자의 침실에 감히 누가 들어와 있겠는가. 하지만 그는 저절로 놀란 가슴을 쓸어내리며 꿈속에서 만난 미색의 여인을 머릿속에 떠올렸다. 온몸이 땀에 젖고 아랫도리가 눅눅한 것을 보면서 이것이 현돌이 말한 몽정이라는 것을 알아차렸다. 한참 성장하는 시기에 한두 번쯤은 경험하는 몽정조차 없었던 담덕으로서는 참으로 해괴한 일이 아닐 수 없었다. 그 시절 담덕은 자신도 모르는 사이에 다리와 팔, 가슴, 그리고 겨드랑이와 성기 주변에 검게 자라난 것들을 보면서 누가 볼까 조금은 쑥스러워 하면서 마치 비밀을 껴안고 살 듯 자신의 신체 변화에 민감해 있던 차였다.

혼례날이 되자 궁은 잔칫집으로 바뀌었다. 아침 일찍부터 주요 관직에 있는 신하들이 몰려들었고 궁의 하녀들은 마치 자신들이 시집이라도 가는 듯 즐거운 얼굴로 정신없이 움직였다.

드디어 엿새째 먼 길을 이동해온 새색시를 태운 가마가 궁궐로 들어왔다. 궁궐 앞마당에 넓은 휘장이 쳐지고, 바닥에는 붉은 색 비단이 깔리고, 혼례상이 차려졌다. 고국양왕, 왕비, 대왕대비가 나란히 앉았다. 1~2년 사이에 갑자기 몸이 약해진 왕은 왕자의 혼례가 너무도 반가운 일인지 여느 때와는 달리 아픈 기색 없이 내내 웃는 얼굴이었다. 그도 그럴 것이 왕은 세자 책봉은 했지만 혼례도 치르지 않은 상황에서 자신이 죽기라도 하면 고구려의 미래가 여간 걱정스러운 일이 아닐 수 없는 것이다.

드디어 왕자비의 일가 친척들도 모두 자리를 하고 앉았다. 담덕은 의관을 정제하고 남쪽에서 자신의 부인이 되기 위해 먼길을 온 새색시와 함께 혼례식을 치렀다.

신께 새로운 왕자비를 맞이했다는 의식을 올린 후 고국양왕과 왕비, 대왕대비가 앉아 있는 곳으로 다가가 한 성인으로서 한 가정을 이루어 처음으로 부부가 되었음을 고했다.

궁궐 안 곳곳에 풍악이 울려퍼지면서 담덕의 혼례를 축하하는 잔치가 벌어졌다.

고국양왕이 큰 소리로 외쳤다.

"오늘은 우리 고구려의 만 백성이 함께 즐기고 경하할 날이로다. 담덕왕자가 드디어 혼례를 치러 아름다운 왕자비를 얻었으니 우리 고구려의 무한한 기쁨이 아니고 무엇이겠는가. 이 모든 것은 고구려의 무궁한 발전을 위해 신께서 축복하시는 것이니 이 즐거움을 모든 백성이 함께 누릴 수 있게 하거라."

"네, 경하드리옵니다."

그동안 가뭄으로 백성들이 힘든 생활을 해왔으나 오늘만큼은 온 고구려의 잔칫날이기 때문에 창고를 열어 곡식을 풀어 백성들에게 나누어주었다.

고구려 백성들도 담덕왕자의 혼례를 함께 즐거워하고 경하하는 날을 보내고 있었다.

"그동안 현덕왕자님의 병 치레로 궁궐이 어두웠는데, 이제 담덕왕자님이 새로운 왕자비를 맞았으니 우리 고구려도 이제 평안한 나날이 될 걸세."

"물론 그래야지. 담덕왕자님에 대한 얘기 못들었나. 그동안 얼마나 무예 실력을 쌓았는지 이제 무공을 뛰어넘을 사람이 없다는구만."

"기개와 지혜를 겸비하신 분이니, 앞으로 고구려의 미래는 환해질 걸세."

"암, 그렇고 말고. 그래야지."

"아, 오늘 같은 날이 계속되었으면 좋겠구만. 이리 신나는 날이 계속되면 고구려는 만주 벌판의 주인공이 될 게 분명해."

"하하하! 등따시고, 배불리 먹으니 걱정이 하나도 없는 것 같구만."

백성들도 삼삼오오 모여 담덕왕자의 혼례에 함께 기뻐하였다.

기나긴 잔치가 끝나고 드디어 고구려의 하늘에도 어둠이 내려 앉았다. 국내성의 어둠은 마치 오늘의 주인공인 담덕왕자와 왕자 비의 첫날밤을 위한 듯 고즈넉한 것이 왕자와 왕자비가 머물고 있 는 전각 주위에는 풀벌레조차 숨소리를 죽인 듯 고요하였다. 담덕 은 새로 맞은 왕자비와 함께 상을 두고 마주 앉아 있었다. 고요한 빛을 온몸에 받고 한 떨기 꽃처럼 앉아 있는 새색시의 모습이 살 짝 건드리기만 해도 그대로 사라져버릴 것 같이 아름다웠다.

"먼 길 오느라 곤했을 터인데, 하루 종일 큰 일 치르느라 고생 했소."

"아니옵니다. 긴장을 한 탓인지 아직 힘든 것은 모르겠사옵니 다."

목소리도 어찌나 옥구슬 구르듯이 흘러나오는지 담덕은 선녀 를 앞에 두고 있는 듯한 착각에 빠졌다.

"이곳 고구려는 왕자비가 그동안 살던 남쪽과 많이 다릅니다. 바람도 많이 불고 겨울의 날씨는 살을 에는 듯하지요."

"네, 그리 말씀하시오니 겁이 나옵니다."

"아, 부인을 겁주기 위해 하는 말이 아니오."

담덕은 왕자비의 말에 손을 내저으며 놀란 표정을 지었다.

"후훗, 왕자님께서 그리 놀래시니 제 마음이 다 편안해지옵니다. 걱정마시어요. 왕자님께 시집온 이상 이제 저도 고구려 여인입니다. 왕자님께서 이렇게 곁에 있어주신데 무엇이 걱정이겠사옵니까. 바람이 불면 왕자님께서 막아주실 것이고, 살을 에는 듯한 겨울이 오면 왕자님께서 따뜻하게 해주시겠지요."

"고맙소, 부인."

담덕은 왕자비의 말에 감동하여 덥석 손을 잡았다. 순간 왕자비의 자그마한 손이 우람한 담덕의 손 안에 쏙 들어오는 것이 마치 어린아이 손 같았다. 담덕은 왕자비의 보드라운 손을 그대로 잡고 있다가 슬며시 다가가 왕자비의 몸을 안아주었다. 현돌에게 배운 첫날밤의 순서를 그리도 되뇌었건만 왕자는 몸과 마음이 이끄는 대로 왕자비의 옷을 하나씩하나씩 벗겨냈다. 마치 한 떨기 꽃봉오리가 영글어 끝내는 활짝 피어 안에 있는 꽃술들이 드러나듯 왕자비의 백옥 같은 하얀 자태가 드러난 순간 담덕은 그대로 왕자비를 안고 침소로 쓰러졌다.

동생의 죽음과 왕의 병 치레로 인해 한동안 긴장감과 어두운 분위기에 휩싸여 있던 궁은 활기를 되찾아갔다. 더욱이 왕자비가 들어온 이후로 담덕의 태도는 매우 달라졌다. 한층 더 어른스러워지고 태자로서의 근엄한 자태를 드러냈다. 게다가 왕과 왕비 그리고 대왕대비를 섬기는 담덕의 자세는 누가 보아도 놀랄 만큼 달라져 있었다. 조석으로 문안을 드리는 것은 기본이고 병마에 시달리는 왕을 수시로 찾아가 살피는 등 각별한 정을 드러냈다. 말수 적고 그저 무덤덤하며 사냥이나 좋아하는 소년에서

철이 든 어른으로 탈바꿈한 것이다. 이 모든 것이 왕자비의 덕이
었다. 왕자비는 한 송이 연꽃 위에 살포시 앉은 나비처럼 곱고
여리고 예뻤다. 담덕은 처소에서 시중을 드는 궁녀들을 하나같
이 중년의 상궁들로 바꾸었을 만큼 왕자비 한 사람에게만 온갖
정을 쏟았다.

왕자비는 여린 여자였다. 하지만 마음이 비단결 같고 매사에
현명한 판단을 내리는 여인으로 담덕에게 부족했던 것들을 하나
둘씩 채워주기 시작했다.

담덕의 곁에서 당시 중국의 유능한 시인들이 지은 유명한 한시
를 읊어주면서 아랫사람을 다스리는 법, 부모에게 효도하는 법,
나라를 다스리는 법을 하나둘씩 익혔다. 왕자비는 법도 높은 명
문 가문의 규수답게 윗사람을 공경하고 받드는 마음이 투철하여
병석에 누워 있는 시아버지인 왕을 수시로 찾아가 직접 간병을
하는가 하면 나이가 들어 거동이 불편해진 대왕대비를 찾아가 말
동무 역할을 해주곤 했다. 이런 왕자비의 면면은 궁궐의 모든 이
들로부터 칭송이 자자하게 만들었다.

어느 날 새신랑 담덕과 새색시 왕자비는 궁궐을 산책하였다.

"부인이 궁에 들어온 것은 신께서 이 사람에게 큰 선물을 주신
거나 다름없는 일이구려."

"황공하신 말씀입니다. 어찌 저 같은 사람을 신이 내리신 선물
에 비유하시옵니까."

"그렇지 아니하오. 왕자비 그대는 마치 선녀와 같아 하루하루
가 어떻게 흘러가는지 알 수가 없구려. 왕자비와 함께 있는 시간

이 꿈인지 생시인지 혼란스러울 만큼 더없이 만족스러운 시간이니 더 이상 바랄 게 없소."

"소녀를 그리 어여삐 여기시오니 고개를 들 수 없습니다. 하오나 소녀 그리 아는 것이 없지만 한 가지 꼭 드리고 싶은 말이 있습니다. 폐하께서 저리 누워 계시오니 마음이 아프기도 하고 또 하나 이 나라의 앞날이 염려되옵니다."

"그렇소. 폐하께서 빨리 쾌차하셔야 하는데, 어찌 도와드리면 될지 걱정이오. 부인께서 이렇게 마음 씀씀이가 고우니 내가 너무 고맙구려."

"그리 말씀하시면 섭섭하옵니다. 당연히 자식된 도리인 것을 칭찬을 하시다니요."

"허허, 알았소. 내 잘못했소."

"왕자님, 저는 걱정이 따로 있사옵니다."

"걱정이라니, 무슨 걱정이 있단 말이오."

담덕은 놀란 눈을 뜨고 쳐다보았다.

"왕자님께서 밤낮 없이 소녀만 찾으시오니 그것이 걱정이옵니다."

"그야, 우리는 부부인데 당연한 일 아니오."

"궁궐 내에 소문이 돌고 있는 것을 모르시옵니까?"

"소문이라니, 무슨 소문 말이오."

"왕자님께서 소녀한테 빠져 무예도 소홀히 하시고, 경학도 읽지 않는다고들 하옵니다."

사실 그랬다. 담덕은 왕자비를 맞은 이후 왕자비와 보내는 시간이 하루의 대부분이었다.

"그래도 우리는 부부인데, 당연한 일 아니오."

"저도 왕자님께서 저를 이리 소중히 여겨주시니 얼마나 기쁜지 모르옵니다. 그러나 지금 우리 고구려는 안팎으로 많은 일들이 일어나고 있사옵니다. 지금 이북에 있는 나라들은 서로 헐뜯고 혼란스러운 시기라고 하옵니다. 또 아래로 백제와 신라는 서로 성을 빼앗느라 전쟁이 그치질 않고 있다고 하옵니다. 그러니 지금은 우리 고구려가 영토를 넓히기에 아주 적절한 시기가 아닌가 싶습니다. 소녀 어찌 지아비를 전쟁터에 내보내고 싶겠습니까. 하지만 이 나라를 생각하고 폐하를 대신하여 생각한다면 이제는 나라 일에 신경을 쓰셔야 하지 않을까 싶습니다. 큰 일을 하실 겁니다."

남자는 자고로 자신이 사랑하는 여자의 말이라면 죽는 시늉도 마다하지 않는 법이거늘 왕자비에 푹 빠진 담덕으로서는 왕자비의 이같은 조언이 아주 훌륭한 생각이라고 믿었다. 왕자비의 이런 조언이 없었더라면 담덕은 몇 년이고 궁 안에서 왕자비만 끌어안고 살았을지도 모른다. 그에게는 이제 인생의 봄이 시작되는 나이였다. 그간 여인의 품이나 사랑의 마음 따위는 전혀 몰랐던 터라 결혼과 동시에 그의 몸은 봇물 터지듯 그렇게 여인의 품속으로 빠져들고 있었던 터였다.

"과연 부인은 고구려의 여인이오. 내 그동안 부인과 함께 있는 시간에 다른 중요한 것들을 챙기지 못한 것 같소. 앞으로 무예 훈련도 더욱 열심히 하고 경학도 열심히 할 것이오. 혹여 부인에게 소원한 일이 있거들랑 하시라도 말씀을 하시오. 내 몸이 어디에 있든 내 마음은 오롯이 부인에게 있음을 절대 잊지 마시오."

태자 담덕은 그날 이후로 진노기를 불러 병사들의 훈련장으로 나갔다. 아래 위로 포진해 있는 적을 공격하든 방어를 하든 이제 자신이 나서지 않으면 안 되는 일이라고 판단했던 것이다.

더욱이 고구려는 한동안 전쟁을 치르지 않다가 태자의 혼례를 치르던 해인 390년 백제의 달솔 진가모가 고구려의 도곤성을 공격하여 200여 명을 병사를 포로로 잃은 상황이었다. 이에 고국양왕은 백제와 후연을 공격할 계획을 세웠지만 태자의 혼례와 건강 악화 등으로 백제와의 싸움을 미루어 두었던 터였다. 이를테면 백제쯤은 그다지 위협적인 존재가 아니라는 입장이었다.

6

첫 전투에서 10여 개의 성을
빼앗은 광개토대왕

392년 태자 담덕은 18세의 나이로 왕위에 즉위하였다. 고국양
왕이 세상을 떠난 것이다. 담덕이 왕위에 오른 후에는 연호를 바
꾸어 영락으로 하였다.

당시 고구려는 주변 국가들에게 막강한 국력을 자랑하는 나라
로 감히 쉽게 고구려를 침투하려는 나라가 없었다. 371년 소수림

왕이 즉위한 후 안정된 기반 위에 번창의 일로에 있었다. 소수림왕 때 고구려는 이미 압록강가 부여족의 나라를 벗어나, 낙랑군 등에 살던 중국계나 고조선계 주민은 물론 북중국의 혼란에 따라 투항한 이민족들까지 거느린 다종족 국가로 발전해 있었다.

이에 소수림왕은 국가적 위기를 기회로 활용하고자 다양한 종족들을 통합할 수 있는 통치 제도와 신앙 체계의 개혁을 단행한 것이다. 불교를 들여오고 보다 합리적인 한학(漢學) 소양을 갖춘 관리들을 양성하고자 지배층의 자제를 교육하기 위해 태학(太學)을 세운 것이 그 이유에서였다. 또 국가 통치가 체계적이고 합법적으로 이뤄지게 하고자 중국의 율령을 받아들여 반포했다. 이같은 소수림왕의 업적은 나라에 평온을 가져왔다.

광개토대왕의 아버지 고국양왕은 왕위 기간(384~391)이 매우 짧아 불과 9년 정도 밖에 왕위를 유지하지 못했다. 그는 건강이 좋지 않았던데다 소수림왕으로부터 왕위를 물려받은 것도 이른 나이는 아니었기 때문이다. 오히려 아들 광개토대왕은 아버지와 달리 18세의 이른 나이에 왕권을 잡게 된 것이다.

고국양왕은 왕위에 오른 이듬해인 385년에 요동과 현도를 함락시켰다. 하지만 다시 후연에게 요동과 현도를 빼앗기고 말았다. 그후 담덕이 왕위에 오를 때까지 고구려는 큰 싸움을 하지 않았다. 고국양왕이 그다지 전쟁을 좋아하지 않는데다 본인이 병약한 탓에 가능한 한 병사를 일으키지 않으려고 하였다.

하지만 아들 광개토대왕은 달랐다.

"우리 대 고구려는 저 북쪽까지 뻗어 있던 고조선의 강토 위에

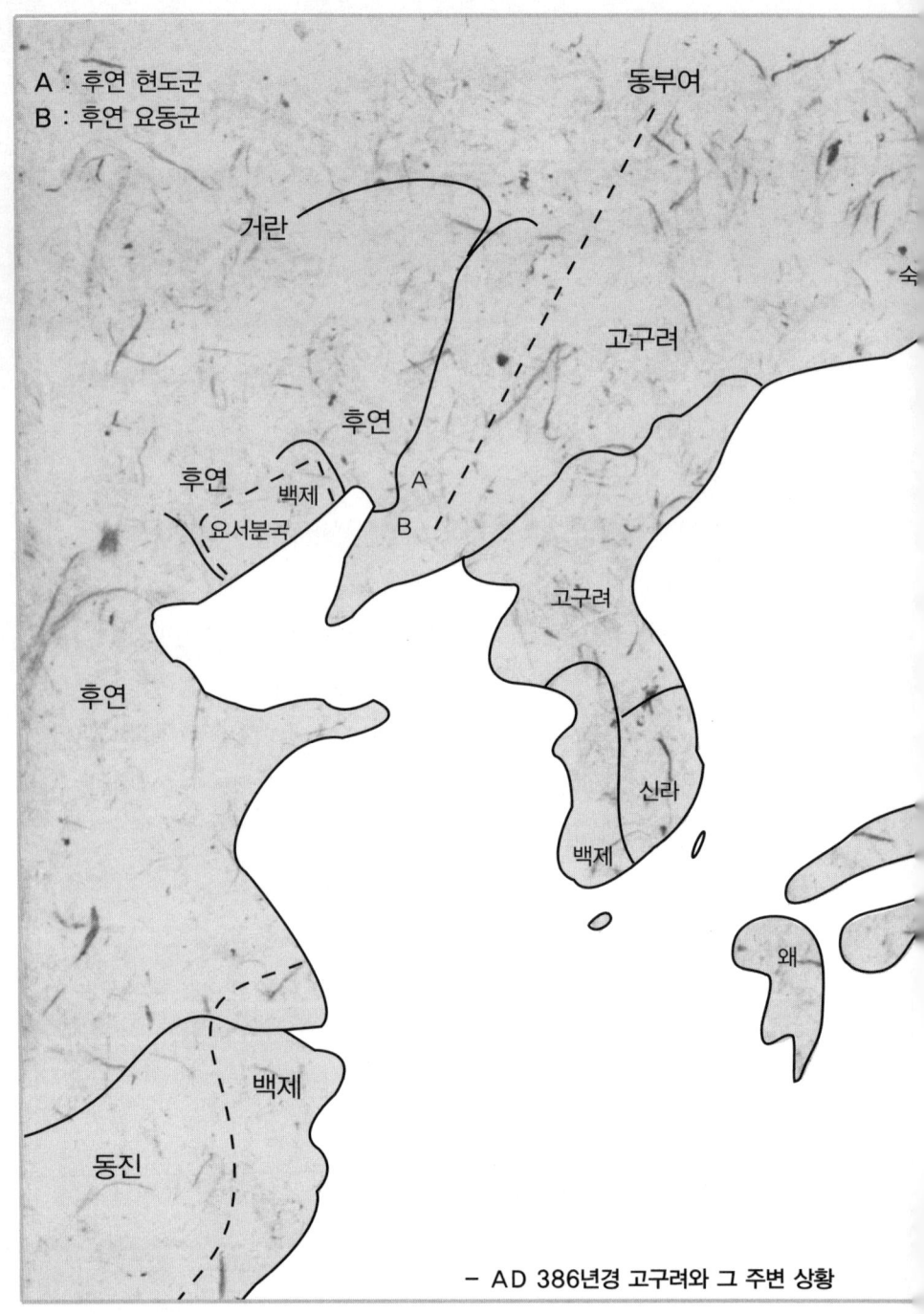

A : 후연 현도군
B : 후연 요동군

동부여

거란

고구려

숙

후연

후연   A
백제
요서분국   B

고구려

후연

신라

백제

왜

백제

동진

- AD 386년경 고구려와 그 주변 상황

오래 전 해모수께서 뜻을 세우고 동명성왕이 나라를 세우신 이후 대강토를 이루고 있도다. 이제 우리 선조들이 이룬 뜻을 다시 찾고자 하오니 고구려의 만백성은 오늘부터 옷깃을 여미고 허리를 동여매 한 몸 한 뜻으로 나의 뜻을 따라야 한다. 잃어버린 강토를 찾아 내 앞장서서 말달릴 것이니 온 백성들은 나를 따르라. 우리 고구려인이 지나가는 영토는 바로 우리 고구려의 땅이니라."

"와! 와! 고구려 만세! 영락대왕 만세!"

"이제 고구려의 시대가 열렸도다. 우리 고구려의 앞길을 가로막는 자는 가차없이 우리 발 밑에 무릎 꿇게 할 것이다. 우리의 첫 번째 목표는 바로 백제이니라. 그동안 백제의 욕심을 방관하고 있었으니 이제 그 욕심의 끝을 결판내 주겠다."

광개토대왕은 왕위에 오른 지 두 달 만인 392년 6월 한강 이북의 백제성을 공격하였다. 이미 상시 전투 인원으로 5천여 명의 병사를 확보하고 있던 고구려는 지금의 평양 지역 아래에서 공격을 개시한 지 한 달도 안 되어서 10여 개의 성을 무너뜨리고 말았다. 지금의 개풍군 청석동에 있던 석현성 등 10여 개의 성과 한강 이북의 여러 부락을 빼앗았다. 또 천연의 요새지인 지금의 경기도 교동도인 관미성도 차지하기에 이르렀다.

수년 동안 활쏘기와 칼 다루기로 훈련된 고구려의 병사들에게 백제의 병사들은 힘없이 무너졌다. 특히 이 전쟁은 광개토대왕에게는 첫 번째 전투였지만 그의 용병술은 치밀하고 뛰어났다.

"전쟁에서 이기는 방법은 전략과 전술을 완벽하게 준비하지 않으면 아무리 무기가 뛰어나고 용맹한 군사를 갖고 있어도 승리

하기가 어려운 법이다."

"맞습니다. 특히 이번 전투는 백제의 요충지이기 때문에 백제의 막강한 군사력이 버티고 있을 것이옵니다."

"음, 이번 전투에서의 관건은 예성강을 어떻게 이용하느냐에 달려 있다. 적군은 이미 강을 끼고 벌이는 전투에서는 우리보다 한 수 위일 것이다. 대낮에 강에서 전투가 벌어지면 우리한테 불리해질 수가 있다. 이번 전투는 3개 부대로 나뉘어 적을 공격할 것이다."

먼저 2천여 명의 병사들은 배를 타고 예성강 줄기로 따라 내려가 이른 새벽을 틈타 육지로 들어가 공격을 했다. 이때 공격은 세 곳에서 동시에 일어났다. 한 부대는 개풍군 후석리 인근으로 침입하여 개성을 향해 올라갔고, 또 한 부대는 반대편인 연백군으로, 그리고 나머지 한 부대는 교동도를 향했다. 그리고 2천여 명의 병사들은 황해도 금천군 지역에서 4개의 부대로 나뉘어 동시 공격을 가하며 내려왔다.

백제는 한동안 잠잠했던 고구려가 이렇게 기습공격을 해올 거라는 것은 감히 상상도 못하고 있었다. 이때 광개토대왕은 육지로 내려온 부대를 이끌었는데 전쟁 경험이 많아 전술적으로 노련한 진노기는 지형, 지물을 익히 잘 알고 있던 터라 곁에서 조언을 하며 함께 움직였다. 군대에 들어간 지 6년이 된 광개토대왕의 어린 시절 친구 현돌과 훈련대장, 그리고 부훈련대장은 연백, 교동도, 개풍군 공격을 각각 책임지고 감행했다.

호시탐탐 신라를 견제하며 북으로 영토를 넓혀왔던 백제군은 욕심만 있었을 뿐 전력 보강은 하지 못한 상황이었다.

당시 백제의 왕은 진사왕이었다. 근구수왕의 둘째 아들이자 침류왕의 동생이었던 그는 성품이 강하고 총명하며 지략이 많았던 인물이다. 하지만 10여 개의 성을 잃게 되자 뒤늦게 이를 탈환하려고 출전했다가 고구려군의 활을 맞아 즉사하고 말았다.

광개토대왕이 전투에서 승리하고 궁으로 돌아오자 궁에서는 한바탕 잔치가 준비되어 있었다. 어린 나이인데다 첫 전투에서 큰 성과를 거두었으니 신하들은 물론이고 궁 안의 모든 사람들이 마치 신을 대하듯 광개토대왕을 환희와 열광 속에서 맞이했다. 광개토대왕을 맞이하는 왕비의 얼굴에도 복숭아 꽃보다도 더 화사하고 아름다운 미소가 번져 있었다. 성대한 잔치가 끝나고 밤이 되자 왕과 왕비는 침실에서 둘만의 대화를 나누었다.

"부인의 조언은 역시 훌륭했소. 만일 부인이 이 나라의 영토 확장에 대한 말을 하지 않았다면 오늘과 같은 경사는 맞이하지 못했을 것이오. 이번 승리의 주인공은 바로 부인이오."

"아니옵니다, 폐하. 이 큰 경사가 어찌 소인의 힘이었다고 하시는지요. 제가 한 일이라고는 매일 아침 불당에 가서 부처님께 절을 한 것뿐이옵니다. 절을 올릴 때마다 폐하의 모습이 눈에 어른거리었습니다. 반드시 승리하고 돌아오실 거라고 믿었사옵니다"

"역시 부인은 이 나라의 왕비임에 틀림이 없소이다."

왕은 왕비의 어깨를 감싸 안고 품안에 꼭 안았다. 한 나라를 이끌고 책임지는 왕과 왕비이지만 두 사람만의 사랑에 있어서는 그어떤 부부보다도 더 뜨겁고 아름다웠다. 하지만 산다는 것은 늘 사랑 하나로만 모든 것을 다 채울 수는 없는 일이다. 시간이 흐르면 흐를수록 왕비는 걱정거리를 안고 살았다. 하루 빨리 왕자아기를 잉태하길 원했으나 자식은 하늘이 점지해 주는 일인 만큼 소식이 없었던 것이다. 왕비의 임신 소식이 없자 노심초사 어두운 얼굴을 한 사람이 한 명 있었으니 다름 아닌 광개토대왕의 조모였다. 광개토대왕이 어렸을 때부터 줄곧 애지중지 보살펴온 그녀는 앓아누워 언제 죽을지도 모르는 자신의 처지는 생각하지 않고 혼인을 한 지 2년이 다 되도록 후사가 없는 것을 걱정했다.

고구려와의 전투에서 왕을 잃고 수백여 명의 병사들이 피를 흘려가며 죽은 백제는 어수선한 상황에 빠져들었다. 왕이 죽자 진사왕에 이어 392년 아신왕이 왕위에 즉위하였다. 아방왕 또는 아화왕이라고도 불린 아신왕은 백제 제17대 왕으로 제15대 침류왕의 맏아들로 본래 태자나 다름없던 인물이다. 하지만 부왕이 죽었을 때에는 나이가 어려 숙부 진사왕이 즉위하여 8년간 왕위를 유지했던 터였다. 왕위에 오른 후 그는 많은 고민에 휩싸였다. 그가 즉위한 기간은 광개토대왕의 영토 확장이 거세게 진행되던 시기로 고구려의 남하정책은 곧 백제의 축소나 다름없었기 때문이다.

전쟁에서는 승리했지만 사실 광개토대왕은 마음이 흡족하지는 않았다. 그것은 다름 아닌 2년 전 도곤성 싸움에서 포로로 잡혀간 병사들을 구했어야 했는데 백제군을 잡아 다그쳐 얻은 소식은 포로가 된 고구려 병사들은 한강 이남 지역에서 몇 개의 무리로 나뉘어 관의 노역을 하고 있다는 것이었다. 전쟁을 통해 영토를 넓혀가는 것도 중요한 일이지만 젊디 젊은 병사들을 잃어야 하는 것은 큰 아픔이 아닐 수 없었다. 모름지기 왕은 모든 백성들을 편안하고 행복하게 해주어야 하는데 전쟁터에서 죽은 병사들과 포로로 잡혀간 병사들의 가족들이 안고 살아야 할 슬픔을 모른 척할 수는 없는 일이었다. 이에 광개토대왕은 신하들을 불러 전쟁에서 병사하거나 포로가 된 가족들에게는 매년 적당량의 곡식을 지급하라는 명을 내렸다. 물론 이같은 특별한 생각은 왕 혼자만의 아이디어는 아니었다. 궁 안에서 생활하지만 백성들의 소리에 귀를 기울인 왕비가 곁에서 거들었기에 가능한 일이었다.

이같은 광개토대왕의 백성 사랑은 소문이 퍼져나가 온 백성들이 궁을 향해 절을 하고 왕의 넓고 따뜻한 마음에 감동을 하게끔 했다.

이즈음 신라의 내물왕은 고구려의 위력을 익히 알고 먼저 손을 쓰기 시작했다. 백제와는 달리 함부로 덤벼드는 법이 없이 매사에 우호적인 신라를 광개토대왕은 좋게 봐주지 않을 수가 없었다. 게다가 사신과 함께 이찬 대서지의 아들 실성을 고구려에 볼모로 보내 신라는 곧 고구려의 속국임을 인정하는 일이었으니 광개토대왕의 어깨에 다시 힘이 생기는 일이었다.

7

불심 깊은 왕비의
3년 만에 이룬 임신

백제와의 전쟁에서 대승리를 거둔 그해 가을, 고구려에는 경사
가 일어났다. 모처럼만에 풍년이 찾아왔다. 고구려의 땅은 넓었
고 압록강, 예성강 등의 강이 흐르고 있었지만 땅은 척박했다. 오
히려 백제 땅에 옥토가 많았다. 고구려의 땅들은 평야지대가 아
닌 산세 험한 지대였고 논 농사보다는 밭작물이 많았다. 옥수수

72

콩, 조 등을 주식으로 먹는 이들이 적지 않았으며 해마다 봄이면 서민들의 얼굴은 누렇게 뜨다시피했다.

하지만 풍년이 든 그해에는 전년도에 부스러기 쌀 한 가마를 수확하던 땅이었다면 벼의 낟알이 잘 여물어 두 가마씩 수확을 할 정도였다. 국내성의 시장에는 온갖 곡식과 과일들이 넘쳐났고 땅 없는 지방의 노비들도 먹을 것이 충분했을 만큼 대풍이 들었던 것이다. 광개토대왕은 풍년이 든 것은 다름 아닌 부처님의 은 공이라고 여겼다. 이미 할아버지대인 소수림왕 시절부터 불교를 받아들여 꾸준히 확산시켜오고 있던 터였다.

당시 국내성 주변에는 세 개의 사찰이 있었는데 광개토대왕은 왕비와의 의논 끝에 그 중에서 왕 일가들이 다니는 국내성 북쪽에 위치한 대우산에 대린사를 중건키로 했다. 대우산은 우임금이 활동했던 산으로 잘 알려져 있던 곳이다. 산에는 아직도 제천대와 천문을 관측했던 장소로 추정되는 곳도 있다.

왕은 당초 대린사의 주지스님이 청명스님인 줄을 전혀 몰랐다. 청명스님은 담덕이 태어나던 해 궁에 들어와 며칠을 쉬면서 왕자를 위해 불경을 읊어 주고 갔으며, 진노기와 기우제 구경을 갔을 당시 화를 면하도록 발길을 재촉했던 장본인이었다.

대린사 중건을 지시하고 나서야 청명스님을 알아본 광개토대왕은 인연이 바로 이런 것임을 실감하며 대린사 증축을 적극 후원토록 지시했다. 그 이전까지만 해도 대린사는 스님도 세 명 밖에 안 되는 작은 절이어서 건물도 달랑 두 채뿐이었다. 하지만 왕의 명령하에 절은 웅장한 모습으로 바뀌었다. 1년여의 시간 동안 수천 명의 인부들이 동원되었을 만큼 중건은 빠르게 진행되었다. 이때 절에는 스님들을 교육시키는 불교교육기관까지 만들어졌을 정도였다. 이듬해 석가탄신일에는 무려 2천여 명의 명문가와 양반가들이 이 절을 찾았을 정도로 대린사는 당시 최대의 사찰로 거듭났다. 궁에서 대린사까지는 약 3킬로미터 정도로 그리 먼 길이 아니었다. 때문에 왕과 왕비를 비롯해 그 일가친척들은 대린사까지 산책을 즐기는 경우가 많았다. 왕비 또한 예외는 아니었다. 불심이 지극했던 왕비는 가족 중 아픈 사람이 있거나 왕이 장기간 전장에 나가면 어김없이 매일 아침 대린사를 찾아가 불공을 드렸다. 또 초하루나 보름 같은 날에는 왕과 왕비가 함께 이른 새벽 대린사에 가서 선조들과 부처님께 절을 올리기도 하는 등 고구려는 바야흐로 불심의 세상으로 변해가고 있었다.

이처럼 대린사는 궁의 사찰로 이름이 높아지면서 궁에서 대린사에 이르는 길은 넓게 정비되고 주변 경관은 마치 정원 속을 거니는 것처럼 아름다웠다. 대린사에 이르기까지 주변에는 몇몇 마을이 있었는데 출입을 제한한 것도 아닌데도 불구하고 평민들은 스스로 이 길의 출입을 자제하고 옆으로 난 좁은 산길을 이용했다.

이듬해인 393년 광개토대왕 2년 역시 고구려 땅은 신의 축복이 내렸다. 전년에 이어 비도 풍족하게 내리고 일조량도 많아 곡식들이 아주 잘 자라면서 풍년이 찾아왔다. 1년 정도 휴식과 재정비의 시간을 가진 군대는 다시 훈련을 시작하였다. 남으로는 백제의 공격에 대비해야 했으며 북으로는 호시탐탐 기회만 있으면 국경을 넘어와 고구려인들을 끌고 가는 거란을 가만히 내버려 둘 수는 없는 일이었다. 이 마을 저 마을을 기습 공격하여 거란이 끌고 간 백성 수는 자그마치 1만여 명에 달했다. 거란족과의 국경은 도읍지가 있던 국내성으로부터 멀리 떨어져 있어 가란족의 잦은 침입을 그때그때 대처하는데 어려움이 있었다. 광개토대왕은 마치 살쾡이처럼 기습공격을 하여 백성을 끌고 간 거란을 언제 공격을 할까 고민하고 있었다. 더 이상은 가만히 내버려둘 수 없다는 판단에서였다.

거란의 땅은 5월에서 9월까지 5개월간을 제외하고서는 추위가 극심한 곳이었던 터라 공격을 하더라도 시기를 잘 보고 감행하여야 했다. 전쟁이 길어지는 날에는 자칫하면 추위에 길들여지지 않은 병사들의 기력이 떨어져 패할 확률이 높았다. 계절은 가을로 치닫고 있었기에 광개토대왕은 고심에 빠졌다. 그때 장군 진노기는 늘 그렇듯이 왕의 충신이자 스승 역할을 하는 인물로 실마리를 풀어주었다.

"폐하, 지금은 거란을 칠 때는 아직 아니오니 춘삼월이 올 때까지는 기다리는 게 현명한 일인 줄로 압니다. 만일 지금 공격을 한다면 이동하는데 열흘은 족히 걸리며 공격을 한다 하더라도 한 달 안에 끝나지 못할 것이 불을 보듯 뻔한 일이겠습니다. 그 와중에 겨울이 찾아올 것이고 기온은 급격히 떨어져 병사들이 버티기 힘들 테니 올해에는 공격을 하지 않는 것이 좋지 않겠습니까. 하오니 너무 심려 마시고 일단 마음을 평안하게 가지셔야 되겠습니다."

어언 10여 년을 함께 지내온 진노기의 말이라면 왕은 무조건

믿었다.

　그해 늦가을 궁에는 즐거운 소식이 생겨났다. 다름 아닌 왕비의 임신이었다. 결혼한 지 2년이 넘도록 소식이 없어 많은 이들이 걱정을 하던 차였다. 왕비의 임신 소식에 청명스님은 직접 궁으로 달려와 왕비에게 몇 가지 몸가짐에 대한 부탁을 하고 돌아갔다. 스님의 말에 의하면 아버지만큼이나 용감하고 건장한 왕자를 출산할 것이라는 거였다. 다만 출산 전까지 궁 밖 출입은 절대 삼가하시고 네 발 달린 짐승의 고기는 절대로 먹지 말 것을 당부했다. 네 발 달린 짐승의 고기를 임신 중에 먹게 되면 태어날 왕자아기는 오히려 건강하지 못하고 연약한 아이이거나 아니면 팔, 다리 중 어느 하나에 문제가 생겨 태어날 수도 있다는 거였다. 아예 왕은 왕비를 보다 안전하게 보살피도록 곁에서 시중드는 궁녀 두 명을 더 불러들였고 임신 소식 이후로 왕비와의 잠자리를 피했다.

　사실 왕은 아들에 대한 특별한 욕심이나 생각이 없었다. 오로지 현명하고 선녀 같은 왕비가 늘 자기 곁에 있다는 것만으로도 행복했던 터였다. 하지만 왕비의 몸 속에 있는 태아가 훗날 자신의 뜻을 잘 받들고 대를 이어 고구려에 큰 힘이 될 거라는 청명스님의 말에 자신도 모르는 즐거움과 기대감이 가슴속으로부터 부풀어올랐다. 광개토대왕은 불심(佛心)은 곧 천심(天心)이라고 믿었다. 남자다운 기질이 강해 자상한 면모는 그다지 없었지만 왕비에게만큼은 늘 애틋함이 있던 터여서 왕비의 몸을 보호하는데 지극 정성을 쏟았다. 하루에도 몇 번씩 왕비의 방을 찾아 대화를

나누고 먹고 싶은 음식을 물어본 후 수랏간 나인을 직접 불러 준비케 했다.

　과거의 경우 우리의 역사에는 궁녀들의 활약이 적잖게 묻어난다. 고구려시대 역시 궁녀들 중 미모가 뛰어난 여인들 중에는 왕의 첩이 되어 왕으로부터 사랑을 받는 여인들이 있었다. 광개토왕 시절에도 마찬가지였다. 더욱이 왕비에 대한 왕의 사랑을 눈으로 지켜보는 궁녀들 중에는 어떻게 해서든 왕의 성은을 입으려고 하는 궁녀들이 서너 명 있었다. 그녀들 중 미모가 뛰어나 한눈에 그 아름다운 자태를 엿볼 수 있는 여자가 있었는데 그녀의 이름은 옥분이었다. 하지만 자나 깨나 오로지 왕비에게만 관심을 쏟는 왕이니 궁녀가 아무리 아름다운들 눈을 돌릴 리가 없었다. 하지만 옥분은 왕비가 임신을 한데다 왕비의 건강을 보호하려고 왕이 잠자리를 하지 않고 있다는 사실을 눈치채고 어떻게 해서든 왕의 눈에 들어 보이려고 노력을 기울였다. 왕의 잠자리를 챙기면서 시간을 지체한다거나 왕이 찾지도 않았는데도 불구하고 왕의 처소에 음식을 내가는 등 한 마디로 꼬리를 흔들었다.

　하루는 광개토대왕이 신하들과 오랜 시간 동안 대화를 나누다 저녁식사 시간이 늦어졌는데 옥분은 이때를 기회로 삼았다. 온종일 국사를 논의하느라 피로에 지친 왕은 마침 침실을 정리해놓고 문을 열고 나오는 옥분을 보았다. 옥분은 얼굴이 상기되어 놀란 표정을 짓고 고개를 숙이지만 왕은 그다지 특별한 관심을 보이지 않고 침실로 들어가는 게 아닌가? 아니 되겠다 싶어 옥분은 이튿날 저녁 왕의 무수리를 밖으로 심부름 보내고 직접 왕의 발을 닦

아주기로 마음먹었다. 이때 의도적으로 저고리를 허술하게 매어 발을 씻기고자 몸을 숙이면 하얀 가슴살이 왕의 눈에 들어가도록 해볼 작정이었다.

하지만 그런 옥분의 계획은 완전히 빗나가고 말았다. 자칫하면 궁에서 쫓겨나지는 않을까 가슴을 졸여야 했다. 태자의 발을 닦는 순간 어찌나 상체를 혼란스럽게 움직였는지 느슨하게 매어둔 저고리 고름이 아예 풀어지고 만 것이었다. 이를 지켜본 왕은 헛기침을 하면서 말했다.

"나인이 되어서 어찌 그리 옷을 허술하게 입고 다니느냐. 그리하면 아니 되는 줄 모른단 말이냐. 허 ― 허."

"폐하, 소인이 큰 죄를 저질렀사옵니다. 부디 용서해 주시옵소서."

"누가 보면 오해를 살 만한 큰일이니 어서 물러가도록 하거라."

옥분은 옷매무새를 고치고 정신없이 밖으로 나갔다. 이 일을 왕비가 알기라도 한다면 옥분은 궁으로부터 쫓겨나게 될지도 모르는 일이었다. 그녀의 온 몸에서는 식은 땀이 줄줄 흘러내렸다. 감히 궁녀의 몸으로 왕을 유혹하려 들었으니 이 일이 궁내에 퍼지게 되면 설령 왕비가 용서를 한다하더라도 그녀는 동료들 사이에서도 설 자리가 없어질 것이 불을 보듯 뻔한 일이었다. 하지만 왕은 그 누구에게도 이 사실을 말하지 않았다. 광개토대왕의 묵직한 성격과 불교 정신을 이어받은 용서와 자비가 있었기 때문이었다.

8

거란 땅을 고구려 땅으로 만들어라

춘삼월이라지만 국내성 이북의 땅은 낮과 밤의 기온차가 커서 밤이 되면 영하로 내려가는 곳들이 적지 않았다. 때문에 거란족의 땅은 옥토가 아닌 황무지가 많았고 지대가 높은 곳은 아예 풀조차 제대로 자라지 못하는 땅들이 적지 않았다. 고구려의 북녘 땅이 거란족의 침입을 수시로 받은 것도 이와 큰 연관이 있었다.

먹을 것이 풍요롭지 못했던 거란족들은 사냥을 통해 고기를 얻고 산 양과 염소를 기르곤 했다. 농작물로부터 얻어지는 먹거리들이 매우 부족했던 탓이다. 때문에 그들은 고구려의 영토를 빼앗아보려고 수시로 변방의 고구려땅에 들어와 백성들을 끌고 가거나 식량을 갈취하는 일을 저지르곤 했던 것이다. 이번 전투야말로 광개토대왕이 벼르고 벼른 일이었다.

거란족은 병사의 수나 장비면에서 고구려에 대적할 정도는 못되었다. 하지만 고구려 입장에서는 기후 여건상 전투 시기를 잘 잡아야 하는데다 빈데 잡다가 초가삼간 태우는 일은 벌이지 않기 위해서 크게 신경을 쓰지 않았던 것이다. 하지만 변방 땅에서 거란족의 횡포가 갈수록 심해졌다. 처음에는 곡식을 조금 빼앗아가는 정도였는데 시간이 흐르면서 소와 말을 빼앗긴 집이 이백여 호나 달했고 깊은 밤에 나타나 아녀자를 건드리거나 젊은 남자들을 잡아가는 일도 허다했다. 광개토왕은 화가 치밀어올랐다. 백제군에게 끌려간 병사들도 아직 구해내지 못한 상황에서 거란으로 하나둘씩 끌려가 백성들의 수가 적지 않다보니 더 이상은 참을 수 없는 지경에 이른 것이다.

만일의 경우 백제로부터의 공격이 있을 것에 대비하여 거란과의 전투에는 병사 3천여 명만을 이끌고 광개토대왕은 북으로 향했다. 높고 험한 산이 많은 지형 특성상 적을 공격하기에 앞서 작전은 필수였다. 10여 일에 걸쳐 거란과의 국경선 지점에 가까워진 진노기 장군이 이끄는 선발대로 하여금 야간을 이용해 산의 7부 능선에 올라 적의 동태를 파악한 다음 이른 새벽에 산 위에서 함성을 지르도록 했다. 같은 시간대에 밤을 세워 저지대를 이용하여 이동한 왕이 이끄는 군대와 훈련대장이 이끄는 군대는 새벽녘에 야산과 들에 잠복해 있었다. 날이 밝는 대로 각각 한 부대는 거란족의 병사들이 산으로 이동한 틈을 타 절반은 거란땅 마을을 하나둘씩 점령해 나가고, 다른 한 부대는 거란족 병사들을 뒤쫓아 양쪽에서 공격을 가하도록 했다. 산으로 올라가는 거란의 병사들을 위아래서 동시에 공격하니 거란의 병사들은 벼랑으로 뒹굴어 내려오거나 아예 두 손을 들고 싸움을 포기하는 지경에 이르렀다.

이때 고구려군은 천여 명의 병사들이 3천여 명의 거란군을 무너뜨리고 그들로부터 칼과 활을 빼앗아 놓았는데 그 부피가 산더미 같았다. 이에 칼을 비롯한 쇠붙이는 국경에 인접한 고구려인들을 불러 본국으로 가져가게 했고 이것들은 수십여 곳의 대장간으로 옮겨져 훗날 군장비를 축적시키는 데 큰 도움이 되었다.

이같은 용병술은 광개토대왕의 머리에서 나온 아이디어로 경험이 많은 진노기 장군도 놀라워할 정도로 특별한 전술이었다. 산악 전투에 참가했던 병사들이 왕이 이끄는 육지전에 동참하면서 하루에도 100여 개의 크고 작은 마을들이 고구려군에 점령되었다. 하지만 광개토대왕은 병사들에게 명령했다. 적군에게 활을 겨누는 것은 당연한 일이지만 백성들은 해치지 말라는 것이었다. 또 어떻게 해서든지 변방에서 잡혀간 고구려인들을 가려내어 이삼백여 명씩 모아지면 병사들의 인도하에 고국으로 돌아가도록 했다.

국가간 싸움이 일어나면 밤낮없이 불빛이 여기저기서 보이고

피냄새가 진동을 하기 마련이건만 고구려의 거란 침공은 의외로 조용하기만 했다. 내 백성은 물론이고 남의 나라 백성일지라도 선량한 이들을 목숨을 빼앗지 않으려는 광개토대왕의 마음 씀씀이 때문이었다. 그러자 하루는 특별한 일이 일어나기도 했다.

왕은 300여 호가 사는 거란의 한 고을을 점령한 후 고을의 수령 자택에서 하룻밤을 지내게 되었다. 그런데 이 고을 여자들이 머리에 무언가를 이고서 마을 수령의 집으로 오는 것이었다. 병사들은 어찌 된 영문인지 몰라 여인들의 발길을 멈추게 하고 머리에 이고 온 것들을 내려놓도록 지시했다. 그런데 이게 어찌 된 일인가. 여인들이 내려놓은 항아리에는 각양각색의 음식들이 가득가득 들어 있는 게 아닌가? 이에 병사들이 놀라자 마을 수령이 나타나서 하는 말이 비록 자기 마을을 침공해온 적군이지만 자기 고을 사람들 누구 한 사람 다치지 않게 해주고 재물을 빼앗지도 않는 것을 감사히 여겨 병사들에게 영양을 보충해 줄 생각으로 음식을 장만토록 했다는 것이었다.

이런 일이 발생하자 광개토대왕의 거란에 대한 화는 서서히 풀어졌고 거란의 남쪽 지방에 해당하는 땅의 3분의 1을 점령한 광개토대왕은 싸움이 장기화될 경우 병사들의 식량 부족을 염려하여 잡혀간 고구려인 1만여 명을 고구려로 돌려보낸 후 고구려인들을 마음대로 학대하고 다룬 거란인 500여 명을 잡아 국내성으로 돌아왔다. 본래 적진에 들어갈 때는 거란땅을 다 점령하여 고구려의 속국으로 만들 작정을 했던 터였다. 하지만 화가 풀리는 동시에 광개토대왕의 머릿속으로 떠오른 얼굴이 있었으니 다름 아닌 대린사 청명스님의 말이었다. 언젠가 청명스님은 이런 말을 했었다.

"폐하, 영토를 확장하고 많은 이들이 한 나라 사람이 되어 살 수 있도록 통일을 시키는 것은 바람직한 일이옵니다. 하오나 피로 물들이는 전쟁은 가급적이면 피하시고 적국의 백성들의 얼굴에 기쁨이 떠오르게 해주시옵소서. 피의 역사는 다시 피로 이어지게 된 답니다."

광개토대왕 역시 죄 없는 백성들을 전쟁의 희생물로 만들고 싶은 생각은 추호도 없었다. 하지만 고구려인들을 끌고 가 학대하고 노역을 시킨 죄로 붙잡아온 악질 거란인 500명에게는 그만한 대가를 치르도록 했다. 성을 보수하는데 돌을 나르거나 전쟁에 쓰일 칼과 화살촉을 만드는 대장간에서 일을 하도록 했다. 이들 중에는 여자들도 일부 포함되어 있었는데 그녀들에게는 병사들이 입을 옷을 짓는 일을 시켰다.

9

아들 거련,
장수왕의 탄생

　거란 침공에서 승리를 거두고 돌아온 광개토대왕에게는 마치 승전을 축하라도 하듯 큰 선물이 기다리고 있었다. 다름 아닌 왕자의 탄생이었다. 아기는 누가 보아도 한눈에 알 수 있을 만큼 아버지 광개토대왕의 모습을 쏙 빼닮았다. 이목구비가 뚜렷한데다 선이 굵직굵직했다.

다름 아닌 고구려 제20대 왕 장수왕이 태어난 것이다. 장수왕은 광개토대왕의 맏아들로 훗날 국내성에서 평양으로 천도하여 적극적인 남하 정책을 추진하여 광활한 영토를 차지하게 된다. 광개토대왕의 적극적인 영토 확장과 뒤이은 장수왕의 남하 정책으로 고구려는 대외적 팽창을 거듭하게 되고 5세기 경 동북 아시아의 주도적인 위치를 차지한다.

　스무 살의 나이에 아들을 보았으니 그 기쁨은 더할 나위가 없었다. 당시는 보통 남자나이 열여섯, 열일곱이면 혼인을 하여 첫애를 낳는 시기였다. 더욱이 혼인 이후 왕비에게 아기 소식이 없다 5년 만에 왕자를 얻게 되었으니 왕은 이 모든 것이 조상들과 부처님의 은혜라고 믿었다. 이에 그는 소수림왕에 의해 들어온 불교의 번성을 위해 평양 지역에 9개의 절을 창건토록 하고 불교를 장려하였다. 이같은 왕의 불교 정책으로 당시 스님들은 왕의 일가 친척 다음으로 존경과 우대를 받게 되었다. 또 평양 지역 9개의 절을 창건하는 일을 대린사 주지인 청명스님에게 일임하기도 하였다.

　이같은 소식이 알려지자 당시 전국에서 젊은이들이 절 창건에 노역을 하고자 평양땅으로 몰려드는 사태를 빚기도 하였다. 왕의 명령으로 진행되는 큰일인 만큼 다른 일에 비해 노역의 대가가 비쌌기 때문이다. 이를 테면 두어 달만 일하면 쌀 한 가마니가 생길 정도였던 것이다.

　각지에서 평양으로 몰려든 젊은이들 중에는 절반 이상이 결혼을 하지 않은 총각들이었다. 아무리 돈을 벌기 위해 수백 리 수천리 땅으로 왔다지만 이팔청춘 피가 끓는 젊은이들인데 평양 땅 미인들을 보고 마음이 흔들리지 않을 수 없었다. 하지만 대다수의 젊은 일꾼들은 지위도 없고 가문도 말할 주제가 못되는데다 기생과 술 한 잔이라도 나누려면 무엇보다도 돈이 넉넉해야 하는데 노동으로는 어림도 없는 일이었다. 이 때문에 젊은이들은 허름한 주막집을 찾아 객지에서의 외로움과 솟아나는 청춘의 힘을 잠재우곤 했다.

특히 비가 와서 일을 하지 못하는 날이거나 명절을 앞두고 며칠씩 일을 하지 않는 날이면 평양거리 주막집에는 젊은이들의 발길로 발 디딜 틈이 없을 정도였다. 꽃이 있어야 벌과 나비가 찾아오는 게 자연의 섭리지만 돈이 오가는 세상에서는 벌들만 많아도 꽃은 자연적으로 날아드는 법이다. 상황이 이쯤 되자 평양의 거리에는 나이 든 과부들이 운영하는 주막집이 늘어나고 집집마다 경쟁이 붙었다. 이에 발 빠른 주막집 주인들은 혼기가 찼는데도 시집을 가지 못하고 있던 가난한 집안의 여식들을 주막집 기생으로 끌어들였다. 그녀들은 어차피 근본도 없고 가난하여 시집을 가보았자 남의 집 머슴에게나 갈 일이니 차라리 술 시중을 들기로 작정을 한 것이었다. 춤과 노래를 할 줄 아는 제대로 된 기생은 아니었다. 그러나 들꽃도 꽃이라서 향기는 나기 마련이다. 마주 앉아 술을 따르는 젊은 여자들의 미모가 뛰어난 것은 아니었지만 타향에 온 젊은 사내들로서는 그녀들의 손만 만져보아도 좋은 것이었다. 술을 따르다보면 손도 주고 손을 주다보면 몸이라고 못주겠는가. 그녀들로서는 돈을 넉넉히 내놓는 손님에게 하룻

밤 몸을 던지는 일이 그리 어려운 일만은 아니었다. 그녀들과 하룻밤 달콤한 밤을 지내려면 적어도 닷새 동안 번 돈은 쏟아부어야 했다. 늦게 배운 도둑질이 밤새는 줄 모른다고 했던가. 주막집 여자들과 하룻밤을 자고나면 사나흘을 못가서 다시 찾아가는 사내들이 부지기수에 달했다. 그러다보니 어떤 젊은이들은 버는 돈보다 쓰는 돈이 많아져 급기야 빈털터리가 되어 소리 소문 없이 고향땅으로 줄행랑을 치기도 했다.

평양땅에 이런저런 소문이 자자해지자 건축 총책임자로 일을 지시하던 청명스님은 신성한 부처님 터전을 짓는 일에 주색에 빠진 인부들이 일하는 것은 바람직하지 못하다 하여 이 고을 관리로 하여금 고을을 떠나게 해달라는 부탁을 하기에 이르렀다. 결국 이백 명이 넘는 젊은 사내들이 돈을 벌러 평양땅에 왔다가는 거지 신세가 되어 쫓겨나야만 했다.

훗날 광개토대왕의 귀에도 이같은 얘기가 들어가자 왕은 명령을 내렸다. 절 건축에 일하는 인부들은 술과 여자를 멀리하도록 하고 이를 어길 시에는 그에 마땅한 벌을 내리겠다고 했다.

10

폭설로 자진 후퇴하는 아신왕

394년 광개토왕 3년인 그해 봄, 여름은 거란전에서의 승리와 왕자의 탄생, 그리고 평양 지역의 9개의 절 창건 등으로 고구려는 줄곧 축제 분위기였다. 게다가 지난 2년 여 동안 풍년이 지속되어 백성들은 풍족한 시절을 맞이하였다. 하지만 신의 질투일까 8월 한가위가 지나고 추수가 한창이던 가을 때 아닌 장마가 보름

동안 지속되면서 전국 각지에서 수백여 명이 산사태와 홍수로 목숨을 잃었다. 이때 집을 잃은 사람들도 적지 않았다. 왕은 급히 명령을 내려 각 고을마다 홍수로 집을 잃거나 재산을 잃은 사람들에게 곡식을 지급하고 집을 짓는데 필요한 나무를 제공토록 하였다.

어수선한 분위기를 읽은 백제 아신왕은 2년 전 석현성을 비롯해 10여 개의 성을 빼앗긴 것을 원통해 하다가 결국 고구려 공격을 감행하였다. 하지만 광개토대왕의 전투력에는 역부족이었다. 광개토대왕은 평상시 유지하던 5천여 명의 군사에 지원병사 2천여 명을 합쳐 모두 7천여 명을 이끌고 백제의 공격에 대항하였다. 전쟁 경험도 없는데다 의욕만 앞섰던 아신왕이 이끈 백제군은 임진강변에 진을 치고 있는 고구려군에게 패하고 후퇴하고 말았다. 이에 광개토대왕은 공격을 더 강하게 하여 백제의 수곡성을 빼앗았다. 이때 백제군은 크게 패하여 전사자가 무려 8,000명에 달했다. 일단 후퇴하는 백제군을 보면서 광개토대왕은 긴장을 늦추지 않았다. 분명 백제군이 다시 공격을 가해올 것이라는 예측을 한 것이다. 이미 가을 추수가 끝난데다 평양 이남은 추위가 덜해 분명히 상시 병사가 아니더라도 모병을 통해 병사를 모은 다음 공격해 올 것이라는 판단이 선 것이다. 이에 광개토대왕은 긴급 작전회의를 열었다.

"진노기 장군의 생각은 어떤가. 저 백제군들이 분명 다시 공격을 해올 것으로 알고 있는데."

하지만 진노기 장군의 생각은 달랐다. 곧 겨울인데 남쪽 따뜻

한 곳에서 활동하는 백제군들이 감히 겨울 전투를 감행하지는 못할 것이라는 얘기였다.

하지만 훈련대장의 생각은 또 달랐다.

"폐하의 예상이 맞는 줄로 아옵니다. 소장이 들은 바에 의하면 백제의 아신왕이 성격이 불같아서 이번 전투에 패했다고 해서 가만히 있을 자가 아니라고 들었습네다."

"훈련대장의 생각과 똑같은 생각이오. 하오니 병사들의 절반은 국내성으로 돌려보내고 나머지 인력은 당분간 임진강변을 축으로 잠입해 있도록 하는 게 좋겠소."

다른 장군들 역시 왕의 생각이 옳다고 믿었다. 이에 4천여 명의 병사는 임진강변에 남아 진을 치고 백제군의 공격을 기다렸다. 병사들은 추위에 대비해 땅굴을 파고 그곳에서 수면을 취했다. 또 병사들의 식량을 위해 평양성 부근의 곡식 창고에서 쌀, 보리, 옥수수 등이 마차에 실려 내려왔다.

패배한 후 한달 반 동안 군을 정비하고 일반인을 병사로 모집한 백제의 아신왕은 예상했던 대로 11월 초가 되자 7천여 명의 군사를 거느리고 공격을 감행해 왔다. 하지만 승리의 여신은 고구려의 손을 들어주었다. 백제군이 지금의 개성 아래인 청목령에 이르렀을 때 갑자기 폭설이 내렸다. 고구려 병사들은 이미 겨울 추위에 단련되어 있는데다 땅굴을 파고 만반의 준비를 해온 터라 폭설 정도로 큰일이 벌어지지는 않았다. 하지만 백제 병사들은 파주 일대로 올라오는 동안 허리까지 차오르는 눈 때문에 동사자가 발생했는가 하면 나머지 병력도 체력이 급격히 떨어져 말을

타고 가다가 떨어지면 언 땅에 뼈가 부러지는 등 다시 일어나지
도 못하는 사고가 수없이 발생했다. 이런 상황에서는 하루종일
공격을 해도 5백 미터 이상을 진격해 나갈 수 없는 상황이었다.
아신왕에게는 운이 따르지 않았다. 결국 아신왕은 발길을 돌리지
않을 수 없었다. 그러나 고구려는 공격 한 번 하지 않고서도 백제
를 꼼짝 못하게 만든 셈이었다.

　해가 바뀌고 봄이 되자 백제군은 다시 고구려를 공격해왔다 이
번에는 육지를 통한 공격이 아닌 바다를 통해 거슬러 올라왔다.
백제군은 지금의 평택 쪽에서 배를 타고 강화만으로 올라와 예성
강 줄기로 침투해왔다. 이미 광개토대왕 1년에 그 지역에서 백제
와의 전투 경험이 있던 고구려군은 평양성 주변으로 주둔하고 있
던 고구려군을 급히 이동시켜 이른 새벽 육지로 잠입하려는 백제
군을 대격파시켰다. 백제군을 격파한 고구려군은 백제의 잦은 공
격에 쐐기를 박기 위해 접경 지대에 7개의 성을 쌓아 방비를 강
화하였다. 또한 군사의 절반을 이 지역에 상시 주둔시키고 백제
군의 움직임을 엿보았다. 광개토대왕으로서는 더 이상은 백제와
의 잦은 싸움으로 시간낭비를 하지 않겠다는 생각이었다. 언제든
지 기회가 오면 한수 이북의 백제 땅은 손에 넣어야 백제가 고구
려를 감히 넘보지 못할 것이라는 판단을 내린 것이다. 이에 왕은
아들 장수왕이 태어난 후 1년이 넘도록 단 두 차례만 아들의 얼
굴을 보았을 뿐 오로지 백제의 공격에 대항하느라 개성 지역에
장기간 머물러 있었다.

11

두목의 딸 금녀,
그녀와의 인연

겨울이었다. 개성에서 장기간 머물다보니 광개토대왕에게 특별한 일이 일어났다. 하루는 폭설이 너무 심하게 내리자 장군들은 왕을 개성의 관가로 안내했다. 병사들과 자신들이야 움막에서 생활을 하더라도 상관없지만 왕을 겨울내내 움막에 모실 수는 없었다. 이미 몇 차례 왕에게 개성 땅에서 쉬면서 건강을 보살피라고 말했지만 왕은 그럴 때마다 거절했다. 병사들은 언 땅 위에 움막을 짓고 생활하는데 어찌 자신만 따뜻한 방 안에서 편안히 있을 수 있냐는 거였다. 하지만 폭설로 움막이 무너지는 일이 발생하자 이번에는 장군 모두가 왕에게 무릎을 꿇고 사정하였다. 백제군의 공격은 자신들이 얼마든지 막을 수 있으니 가까운 개성에 가서 겨울을 나야 한다는 입장이었다. 장군들의 청이 워낙 간절하여 왕은 하는 수 없이 개성의 관가를 찾았다.

이때 관가에서는 개성 기녀들 중 조신하고 미모가 뛰어나며 시와 가무 능력도 고루 갖춘 세 여인을 찾아내 그해 겨울 왕의 수발을 들도록 하였는데 그녀들 중 한 명이 왕의 눈을 멈추게 했다. 금녀라는 기녀였다. 그녀는 기녀가 된 지 여러 해 됐지만 단 한번도 남자에게 정을 주는 법이 없었다. 악기를 다루고 춤을 추긴 했지만 정조만큼은 철저하게 지켰던 여자였다. 금녀의 나이 열일곱이었고 광개토대왕의 나이 스물한 살이었다. 그때까지만 해도 왕은 아무리 미모가 뛰어난 궁녀가 궁 안에 들어올지라도 눈 길 한번 준 적이 없었다. 왕은 오로지 왕비 한 사람만 사랑했다. 그런 광개토대왕이 금녀에게 마음을 주리라고는 아무도 상상할 수 없었다.

금녀는 광개토대왕의 침실을 관리하고 밥 수발을 들고 아침저녁으로 씻을 물을 챙겼다. 금녀를 처음 본 순간 이미 자신도 알수 없는 특별한 감정을 갖게 된 왕은 애써 그 감정을 지우려 했다. 하지만 금녀를 대할 때마다 그 감정은 더욱 커져만 갔다. 신분의 차이는 하늘과 땅이었지만 몸은 청춘남녀였던 것이다. 금녀 역시 왕을 본 순간부터 자신도 모르게 얼굴이 후끈후끈 달아오르고 차마 눈길을 마주할 수 없을 만큼 떨리는 가슴을 어찌할 수가 없었다. 하지만 그녀는 이를 물고 겉으로 자신의 마음이 드러나지 않도록 하려고 애썼다. 지방의 기생이 왕의 성을 입는다는 것은 스스로 생각해도 아니될 일이었다.

두 사람 모두 서로의 감정을 숨기려 애를 썼지만 일은 벌어지고 말았다. 눈이 폭풍처럼 휘몰아치던 어느날 저녁 왕의 곁에서 식사 수발을 들던 금녀의 얼굴이 발갛게 달아오를 즈음 왕은 그녀의 손을 덥석 잡고 말았다. 수저를 놓고 금녀를 품에 안은 왕은 더 이상 주체할 수 없는 애욕으로 금녀의 옷을 하나둘씩 벗겨나갔다. 천민들이야 밥상 앞에서 그 짓을 하여 애도 낳는다지만 왕으로서는 쉽지 않은 일이었다. 하지만 배꽃보다 더 희고 고운 얼굴과 양볼이 연지를 찍은 듯 붉게 달아오른 금녀 앞에서 왕은 법도 같은 것과는 멀어진 상황이었다. 궁이었다면 불가능한 일이었지만 관가에 임시거처로 마련된 그곳에서는 충분히 그럴 수도 있는 일이었다.

마치 어린아이처럼 가슴팍을 간지럽히듯 품 안에 들어오는 금녀의 몸 역시 뜨거운 불길과도 같았다. 그날 밤 그녀는 왕의 침실에서 밖으로 나가지 않았다. 두 사람의 정사는 새벽닭이 올 때까지 몇 번이고 지속되었다.

그리고 그 새벽에 왕은 금녀의 얘기를 듣고 이미 두 사람에게는 운명 같은 인연이 있었음을 알게 된다. 금녀는 국내성 주변에서 활동하던 도적떼의 두목의 딸이었던 것이다. 두목은 한 양반

가 규수를 욕보였다. 배가 불러오자 그 규수는 집을 나와 두목을 찾았고 아이를 낳은 후 몸조리를 제대로 못해 출산 후 1년도 지나지 않아 죽고 말았던 것이다. 이때부터 두목의 손에서 어미 없이 불쌍하게 자란 아이가 금녀였다. 두목은 딸을 위해 도적질에서 손을 털고 금녀가 열 살이 되던 해 자신의 고향인 개성으로 내려왔던 것이다. 그후로 금녀는 개성의 유명한 행수 기생의 눈에 띄어 열세 살 때부터 춤과 노래, 그리고 한시를 공부하면서 개성 땅의 절세미인으로 이름을 날리던 참이었다. 왕은 금녀 그녀가 자신이 어린시절 진노기 장군과 산길을 가다 도적떼들에게 붙잡혔을 때 두목인 듯한 사내의 손을 잡고 있던 어린아이라는 사실을 비로소 알게 된 것이다. 사실 그때 그 어린 아이가 없었더라면 왕과 진노기 장군의 목숨은 어찌되었을지 모르는 일이었다.

12

아신왕, 진흙탕에 무릎 꿇고 고구려의 노객을 자청하다

　왕위에 오른 후 3차례에 걸친 싸움에서 번번이 패하고 돌아온 아신왕은 깊은 고민에 빠지게 되었다. 장군들을 불러 모아 싸움에서 실패한 원인을 의논하지만 답은 두 가지뿐이었다. 험악한 산악 지형에서의 전투에서는 백제 병사들의 전투기량이 매우 부족하여 지금의 기량으로서는 실패가 불을 보듯 뻔한 일이라는 것이다. 또한 진사왕이 죽고 아신왕이 즉위한 최근 4년 동안 왕은 고구려와의 전쟁에만 목숨을 걸었을 뿐 신하들의 움직임과 백성들의 뜻을 받아들이는 일에는 소홀했던 터라 각지에서 난봉꾼, 노름꾼, 도적들이 판을 치고 고을의 수령들 중에는 주색잡기에만 빠져 백성들로부터 곡물만 착취하는 일도 적지 않게 벌어지고 있었다.

이에 아신왕은 대신들을 불러 모아 큰소리로 야단을 쳤다.

"대체 경들은 무얼 하는 사람들이오. 전쟁터에 나가 활도 쏘지 않으면서 나라는 왜 이 꼴이 되도록 내버려두었는지 생각들을 해 보시오. 우리 백제의 오늘이 얼마나 처량한지 알고 있는 이가 몇이나 되는지 의심스럽소. 내 당분간 도적떼 같은 고구려놈들과는 싸움을 하지 않을 작정이오. 몇 년간 더 군사력을 길러야 할 터이고 또 한 가지 각 고을로 비밀리에 사람을 보내 정도를 걷지 않는 관리들은 파면시킬 작정이니 그런 줄 아시오. 경들은 명심하시오. 제 역할을 충실히 하지 않는 이가 있다면 왕의 친척 일가도 용서하지 않을 것이오."

백제는 4세기 당시 중국의 동북부를 지배하고 있었다. 고구려에 비해 지배 면적은 적었지만 적지 않은 힘을 갖고 있던 터였다. 하지만 중국 동북부에 파견나가 있는 관리들 역시 나태해져서 현지 유람과 즐기는 데에만 관심을 두었을 뿐 현지인이나 문화에서 백제화를 시키지는 못하고 있었다. 이 또한 아신왕에게는 눈엣가시 같은 일이어서 아신왕은 도덕적으로 외교적으로 능한 관리 5명을 뽑아 현지에 보내고 현지에 있던 관리들은 다시 불러들이는 등 국내외적으로 대대적인 조직 관리에 들어갔다.

이때 다시 고국으로 돌아온 관리 중 한사람은 현지에서 인연을 맺은 여인과 열렬히 사랑한 나머지 비밀리에 그녀를 데리고 귀국했다. 이 소식이 아신왕의 귀에 들어가자 왕은 곧장 관리와 여인을 불러 옥에 가두었다. 그해 아신왕은 밤이면 밤마다 궁궐의 정원을 거닐면서 한탄조로 이렇게 시를 읊었다.

달밤 아래 온 대지는 고요하거늘
밤낮 없이 몸으로 놀아나는 철없는 관리들이 있으니
이 나라 미래가 먹구름 속에 갇혀 있는 듯하구나.
아! 나라와 백성을 추스르는 일이 이리도 힘든 일이었으니
선조님들의 가슴속은 그 얼마나 외로웠을까.

아신왕은 광개토대왕을 생각하면 할수록 이를 악물었다. 언젠가는 반드시 볼모로 잡아 오겠다는 생각뿐이었다. 숙부를 죽이고 자신을 곤경에 빠뜨린 장본인이 다름 아닌 광개토대왕이라는 생각 때문이었다. 어지러운 상황을 바로 잡으려는 아신왕의 노력은 지속되었고 밤낮으로 고민과 복잡한 생각에 빠진 아신왕의 건강은 매우 약해져만 갔다. 이에 궁에서는 매일같이 용하다는 한의들이 왕의 진맥을 짚어보고 이런저런 약을 지어 바치는 등 왕의 건강에 야단법석을 떨었다.

이렇게 1년여의 시간이 흐르는 동안 고구려 군사들은 백제 침공을 준비하였다. 광개토대왕의 명만 내려지면 순식간에 백제를

초토화시킬 만큼 병사들은 의기 충천해 있었다. 드디어 일은 벌어졌다. 광개토대왕 6년인 396년 고구려군은 대대적인 공격으로 남하하였다. 파주, 연천, 포천 등을 3개의 부대로 나뉘어 백제의 성들을 하나둘씩 함락시키며 한강까지 내려왔다.

이때 특히 관미성을 빼앗은 것은 고구려의 승리를 예측하는 것과도 같았다. 지금의 경기도 파주시 탄현면에 있는 백제의 성 관미성은 고구려와 접경한 요새로 임진강 이남을 방어하는 백제의 최전방의 방어를 담당했다. 하지만 진노기 장군이 이끄는 3천 여명의 고구려 병사들은 이 성을 7개 방면으로 나누어 20일 동안 공격한 끝에 함락시킨 것이다. 관미성이 함락될 당시 도망치는 백제군을 보며 고구려군들은 화살을 퍼부어 수백여 명의 병사들이 죽었는가하면 백제군의 기가 한풀 꺾이게 되었다.

위기에 빠진 백제군은 아리수 방어선만큼은 반드시 지켜야 한다는 각오로 전력을 기울였다. 병사들은 아리수 이남의 둑에 포진하고 민가의 아낙네들까지 병사들의 밥과 옷을 지어 나르고 주요 길목에 돌을 쌓았다. 하지만 고구려군은 이미 아리수를 넘어 백제의 수도 한성을 공략하였다. 단 한순간도 쉬지 않고 공격을 지속하면서 백제 땅을 점령한 고구려군이 이때 58개의 성을 점령하고 700촌락을 빼앗았다.

아신왕은 생각을 바꾸었다. 아무리 방어를 해도 고구려군의 기세에 계속 밀려날 뿐이니 차라리 광개토대왕 앞에 무릎을 꿇는 것이 현명한 방법이라는 판단을 한 것이다. 물론 그 굴욕은 참을 수 없는 일이지만 나라를 다 빼앗기지 않으려면 우선 당장 이 방법밖에는 없었다.

한성 큰 길에서 아신왕은 무릎을 꿇고 엎드렸다. 때마침 장마비가 시작되어 장대비가 쏟아지는 날이었다. 진흙탕 물에 온몸이 젖어 엎드린 아신왕의 모습은 그야말로 비참함 그 이상의 비극이었다.

더욱이 체격이 크고 늠름하면서도 남자다운 기질이 한눈에 드러나는 광개토대왕이 칼을 빼어 들고 서 있는데 반해 체구가 작고 이목구비가 마치 조합해놓은 듯한 미소년 같은 아신왕이 엎드려 있는 모습은 마치 호랑이 앞에서 잔뜩 겁먹은 토끼 같았다.

"백제의 백성과 이 몸은 오늘부터 영원토록 대국 고구려의 노객이 되겠나이다. 하오니 이쯤에서 전쟁을 마무리해 주시옵소서."

광개토대왕의 목을 베겠노라고 벼르고 벼르었건만 거꾸로 자신의 목숨이 위태로운 지경에 처한 것이었다.

만일 광개토대왕과 입장이 뒤바뀌었더라면 어떠했을까? 광개토대왕의 남아다운 강직한 성격과 의지는 설령 적의 왕 칼에 목숨을 잃는 한이 있더라도 신하가 될 것을 자청하지는 않았을 일이다. 광개토대왕은 아신왕의 말을 쉽게 믿을 수 없었다. 하여 아신왕에 말하였다.

"그대가 지금 한 말이 사실이라면 백제의 백성들을 다치게 하는 일은 하지 않을 것이오. 다만 그대도 선조들처럼 고구려 땅을 넘보지는 마시오. 만일 다시 한 번 그런 날이 오면 백제라는 이름을 영원히 사라지도록 할 것이오."

그러자 아신왕은 더 큰소리로 애원하듯 말했다.

"대왕, 어찌하여 사나이가 한 입으로 두 말을 하겠습니까. 부디 저와 우리 백제의 뜻을 받아주십시오."

"정령 너희 백제가 우리 고구려의 신하가 되겠다는 것이냐. 그것을 어찌 믿겠는가. 내가 그대의 세치 혀에 쉽게 놀아날 인물은 아니라는 것을 익히 알고 있을 터인데."

그러자 아신왕은 그 징표로 먼저 노비 1,000명, 가는 베 1,000필을 바치고 신하의 나라가 되겠다고 말하였다.

이에 광개토대왕은 의외로 순순히 항복하는 아신왕을 가엽게 여기며 그의 청을 들어주었다. 다만 아신왕의 이같은 항복이 자칫하면 속임수일지도 모른다는 판단하에 광개토대왕은 아신왕의 아우와 대신 10명을 볼모로 삼아 국내성으로 발길을 옮겼다. 이로써 아신왕과 광개토대왕의 5년간에 걸친 앙숙 관계는 일단락 매듭을 짓게 되었다.

13

금녀와의 재회 그리고 사랑

"언젠가는 반드시 너를 찾아오마" 하고 개성을 떠나 전쟁을 끝내고 국내성으로 돌아갔던 광개토대왕은 396년 백제를 대파하고 다시 국내성으로 돌아가는 길에 개성에서 닷새 동안 머무르게되었다. 전쟁으로 지친 병사들에게 휴식을 취하게 해야 하는 이유도 있었지만 그 누구에게도 말하지 않은 한 가지 비밀 바로 금녀와의 재회가 기다리고 있었던 것이다. 개성에 왕과 군대가 도착하자 고을 수령은 금녀를 불렀다. 왕이 금녀와 뜨거운 겨울을 보내고 돌아갈 때 왕은 그녀를 궁으로 데리고 가기보다는 개성에서 기녀의 신분을 벗어나 편안히 살 수 있도록 조치를 취하고 갔던 터였다. 왕은 이제 막 아들을 출산한 왕비 앞에 그녀를 데려간다는 자체가 부담스러웠고 금녀 또한 궁으로 들어가기를 철저하게 거부했기 때문이다. 평생 혼자 살아도 여한이 없다는 금녀의 말에 왕은 더더욱 감탄했었으니 왕이 다시 그녀를 찾은 것은 어쩌면 당연지사였다.

왕이 관가에 거처를 정하자 한 여인이 문을 열고 들어왔다. 붉은 치마에 옥색 저고리를 입은 여인의 자태는 마치 하늘에서 내려온 선녀보다도 더 곱고 우아했다. 여인은 왕에게 큰 절을 올렸다.

왕은 절을 하고 일어서려는 그녀를 끌어안았다.

"많이 보고 싶었다. 변함이 없는 모습이로군."

"폐하, 소녀 또한 폐하가 오시기만을 기다렸사옵니다. 건강은 괜찮으신지요."

"자네가 있는 한 어찌 이 몸에 이상이 생기겠소. 아주 건강하오."

"소녀 아무것도 해드린 게 없으니 차마 고개를 들 수가 없습니다."

"별말을 다하는군."

왕의 품에 안긴 금녀는 춘삼월 눈 녹아내리듯 왕의 가슴속에서 정신이 혼미해질 만큼 마음의 평온을 찾으며 지난 1년여 동안 남

106

모르게 애태우며 보낸 시간들을 한순간에 씻어내렸다.

　왕도 금녀 앞에서는 자기 자신을 잃어버렸다. 전쟁 기간 동안 산에서 들에서 생활하면서도 여자의 육체를 상상하거나 정욕을 참기 힘들어한 적은 없었다. 하지만 금녀의 체취를 느끼면 자신의 의지와는 무관하게 몸에서 불덩이가 움직였다. 위엄과 체면 따위에 조금도 마음을 쓰지 않았다. 누가 먼저랄 것도 없이 두 사람은 서로의 뜨거운 몸 속으로 빨려 들어갔다. 왕은 금녀에게서 왕비와의 잠자리에서는 좀처럼 알 수 없는 아주 특별한 색욕이 솟구쳐나오는 것을 느꼈다. 금녀 앞에서는 왕의 머릿속에 아무것도 없었다. 보면 품고 싶고 품으면 온몸을 갖고 싶었다.

　두 사람에게는 밤이 짧았다. 금녀는 왕의 품에 안기기만 해도 환희와 황홀경에 빠져 눈가에서는 너무 행복한 순간임을 알려주는 눈물이 나올 정도였다. 왕은 금녀의 몸을 마치 세상의 하나뿐인 보물을 다루듯 조심스럽게 구석구석 매만지고 애무했다. 침실에서의 두 사람은 타고난 오입쟁이와 색정의 화녀 그 이상도 이하도 아니었다. 왕의 손길이 닿을 때마다 금녀의 몸은 파르르 떨면서 움츠러들었다 다시 살아나는 듯했다. 특히 왕은 옥녀의 등을 그 두툼한 입술과 혀로 쓸어내리기를 좋아했다. 혀 끝에 느껴지는 금녀의 살 내음은 왕의 목을 타고 가슴으로 내려가 끝내는 왕의 불기둥에 힘을 불어넣곤 했다. 금녀 역시 자지러질 듯한 욕망의 절정에서 터져 나오는 신음소리를 참느라 입술을 깨물곤 했다. 왕의 몸은 20대 건장한 청년의 몸이었으니 금녀를 향한 열정과 색욕은 좀처럼 식을 줄을 몰랐다. 두 연인은 나흘 밤낮을 그렇

게 뜨겁게 달구었다.

왕의 숨겨둔 여자 금녀가 있다는 사실은 장군 몇몇만 알 뿐 그 누구도 눈치채지 못했다. 왕은 이제 더 이상은 금녀를 멀리 두고 서는 견딜 수 없을 것만 같았다. 그렇다고 금녀를 궁으로 불러들이자니 그 또한 궁에서 자신이 지켜온 이미지를 깎아 먹는 일이었다. 이런 자신이 위선적인 존재라는 생각을 하며 갈등도 했지만 이미 지펴놓은 애정의 불씨는 왕의 양심적인 자각마저도 무의미하게 만들었다.

국내성으로 떠나야 할 시간이 다가오자 왕은 어떻게 해야 할지 고민만 깊어갔다. 금녀 역시 불안한 마음을 감추지 못했다. 하지만 금녀는 단순하고 제 욕심만을 차리는 그런 여자는 아니었다. 오래 전부터 금녀는 한 가지 생각이 있었다. 일생 동안 단 한 사람 광개토대왕을 만난 것으로 자신의 사랑이 끝이라 할지라도 더 이상 미련이나 욕심은 갖지 않겠다고 다짐했다. 그리고 언제 올지 모르는 왕을 목메어 기다리기보다는 차라리 절에 들어가는 것이 낫겠다는 생각을 했었다.

왕이 개성을 떠나기 전날 밤 금녀는 말했다.

"폐하 소녀 폐하와 이별을 하는 것은 어쩔 수 없는 일이오니 차라리 절에 들어가 불가의 사람이 되고자 합니다."

왕은 그녀의 말에 놀라지 않을 수 없었다. 열여덟 꽃다운 나이에 비구니가 되겠다는 말에 그는 좀처럼 보이지 않던 화를 냈다.

"그게 무슨 말이오. 누구 맘대로 불가의 사람이 되겠다는 거요. 내 자네를 궁으로 데려가지 않는다고 시위를 하는 것이오.

허 −허.”

"폐하, 그런 뜻이 아니옵니다. 소녀는 다시는 폐하를 뵙지 않아도 후회가 없습니다. 그간 뵌 것만으로도 저로서는 황공할 나름입니다. 소녀의 뜻은 저로 인해 폐하의 마음이 심란해지는 것은 옳지 않은 일이오니 차라리 제가 속세를 떠나는 게 좋겠다는 짧은 생각을 했습니다. 폐하, 소녀의 생각이 잘못된 거라면 용서하여 주시옵소서.”

왕은 그녀의 깊은 생각을 잘 알고 있었다. 왕은 단호한 결정을 내렸다. 국내성에 자신의 체면에 먹칠을 하는 일일지라도 그녀를 궁으로 불러들이기로 했다. 먼저 궁의 안주인인 왕비에게 입장을 밝힌 후 금녀를 후궁으로 맞이하기로 한 것이다.

14

한 남자의 두 여인

왕비는 왕의 말을 듣는 순간 쓰러질 것만 같았다. 자신이 궁에 들어온 후로 왕은 마음만 먹으면 얼마든지 궁녀들을 침실로 불러들일 수 있는데도 불구하고 단 한 번도 그런 일이 없었으니 후궁을 들이겠다는 왕의 말은 충격이 아닐 수가 없었다. 하지만 자신이 받아들이기 힘든 일이라 할지라도 왕의 결정에 감히 감 나라 콩 나라 잔소리를 할 수는 없는 일이었다. 왕비는 애써 여유있고 차분한 모습을 보이려고 마음을 가다듬었다.

"폐하, 폐하의 뜻이 정 그러하시다면 그리 하셔야지요."

여느 때와는 달리 왕비의 목소리에 무게가 실려 있다는 것을 왕은 느낄 수 있었다. 하지만 어쩔 수 없는 일이었다. 멀리 두고 몇 년에 한 번 도둑질하듯 금녀를 찾아가는 것은 그녀를 궁으로 불러들이는 것보다 더 어리석은 일이라는 판단을 했기 때문이다.

자신과는 특별한 인연을 지닌데다 가슴속 불타오르는 연정을 갖게 하는 금녀를 왕은 후궁으로 불러들였다. 물론 왕비를 사랑하는 마음이 없어진 것은 아니었다. 왕비가 현명하고 지혜로운 여인으로서 자신에게 반드시 필요한 내조자라면 금녀는 자신도 모르게 빨려들게 하는 매력을 지닌 여인으로서 귀엽고 사랑스러운 또 다른 존재였다.

후궁이 들어오는 것을 마음으로 기뻐할 왕비는 없었다. 이에 궁 안은 한동안 긴장 상태가 지속되었다. 왕비와 후궁의 관계가 어떻게 전개될지 모두들 주목하는 상황이었다. 왕 역시 부담감이 없지 않았다. 왕비를 믿긴 했지만 여인들의 머리와 가슴속에서 동시에 시작되는 질투와 시기는 그 누구도 알 수 없는 일이기에 눈치를 살피지 않을 수 없었다. 하지만 역시 왕비는 궁 안의 모든 사람들로부터 존경받을 수밖에 없는 여인이었다. 그녀는 후궁인 금녀가 들어오자 먼저 궁에서의 예의범절과 후궁으로서의 몸가짐과 태도 등을 가르쳤다. 왕을 서로 차지하려는 질투나 시기, 모함도 전혀 일어나지 않았다. 왕비는 왕이 후궁을 찾아가도 입 밖으로 이렇다할 말 한 마디하지 않았다. 후궁인 금녀 역시 왕이 자신의 침실을 연거푸 이틀 동안 찾아오는 일이 없도록 왕비의 눈에 나지 않으려고 애를 썼다. 상궁들에게도 말 한 마디 함부로 하는 법 없이 궁 안에서 있다는 것만으로 만족을 하고자 했다.

시간이 흐르자 왕비와 후궁은 마치 자매처럼 아주 친한 사이로 변해가고 있었다. 후궁은 왕비에게 매일같이 문안 인사를 했고 왕비는 늘 부드럽게 금녀를 맞아주었다. 왕비는 후궁과 동행하여 대린사를 찾아가 왕과 나라를 위해 불공을 들였고 어떻게 하면 왕의 여인들로서 왕의 건강과 궁궐의 평온함을 유지하고자 했다.

한 번은 이런 일도 있었다. 왕비가 몸살로 앓아 눕자 후궁이 이틀 동안 밤잠을 자지 않고 곁에 앉아 병간호를 했다. 후궁의 착한 마음씨에 감탄한 왕비가 건강을 회복하자 왕비는 곧장 상궁을 시켜 며칠 동안 자신 때문에 고생한 후궁을 위해 상궁을 불러 지시했다. 특별한 보양식을 만들어 왕과 후궁이 저녁을 함께하도록 하고 당분간 후궁의 침실로 왕을 안내하라고 했다.

그런데 이게 어찌 된 일인가? 밤이 되자 왕이 왕비의 처소로 들어온 것이다. 영문을 몰라 왕비는 왕에게 후궁과의 잠자리를 마다하고 자신에게 온 이유를 물었다. 그러자 왕은 후궁이 달거리를 하느라 자신의 몸이 불편하니 이제 건강이 회복된 왕비의 처소에 들도록 했다는 거였다. 하지만 왕비는 후궁이 며칠간 달거리를 하고 목욕을 했다는 사실을 알고 있었다. 후궁의 어여쁜 마음에 감탄한 왕비는 오히려 자신의 몸이 완쾌되지 않았다고 거짓말을 하여 왕이 다시 후궁의 처소로 가도록 했다.

이처럼 두 왕비는 서로를 이해하고 지켜주며 양보하는 마음으로 왕을 섬기었다. 이 때문에 궁 안에서는 여인들의 큰 소리가 입 밖으로 나오는 일이 없었고 왕비와 후궁의 편 가르기 싸움도 없었다. 왕비는 오히려 궁에 들어온 지 한참 시간이 흘러도 좀처럼 임신 소식이 없는 후궁을 위해 몸에 좋은 약을 먹이고 심지어는 임신하기 좋은 날을 택일하여 왕을 후궁의 처소로 보내는 일까지 있었다.

15

현돌 장군과의 술자리

396년 광개토대왕 6년, 고구려는 백제를 신하국으로 두었다는 자부심과 함께 태평성대의 시절을 다시 맞이하였다. 권세가나 양반가들은 자제들을 공부시켜 출세토록 하고자 국내성의 유명한 학자들에게 유학을 보냈다. 백제에서 보내온 노비 천여 명은 각 고을로 분산시켜 그곳에서 나라 땅을 일구고 곡식을 재배하도록 하며 도망을 치는 일이 없게 하고자 고구려인들과의 혼인을 적극 유도하였다. 그런가하면 볼모로 잡아온 대신 10여 명은 국내성 궁 인근에 기거토록 하면서 백제가 중국과 일본 땅을 점령하여 들여온 문물이나 현지 상황 등을 고구려 학자들에게 전달토록 하는 한편, 백제의 문화와 지역 특성 문화 등 전반에 걸친 것들을 기록하게 하였다.

궁으로 다시 돌아온 광개토대왕은 세 살 된 왕자 거련이 어느새 걸음마를 하면서 말을 배우는 것을 보면서 하루하루를 시간 가는 줄 모르듯 웃음 터트리며 왕비와의 담소를 나누며 보내었다. 더욱이 거련의 얼굴이 자신을 닮아 여느 어린애들에 비해 이목구비가 크고 반듯한데다 울음소리까지 커서 역시 훗날 나라를 이끌어갈 왕자답다는 느낌 때문에 더없이 마음이 흡족했다. 게다가 아들 휘는 누굴 보든 낯을 가리지 않고 까르르 웃음을 터트리는가하면 손만 벌리면 덥석 안기어서 궁 안 사람들의 귀여움을 독차지했다. 휘(거련)는 훗날 장수왕이 되어 주변 국가들과의 외교 관계를 잘 이끌어 가는데 이는 어렸을 때부터 활달하고 언변이 뛰어났던 영향이 컸던 것이 그 밑바탕이 되었다는 후문이다.

왕비는 3년여에 걸친 백제와의 전쟁으로 왕이 궁을 비웠던 시간이 많았던 만큼 갖가지 나라 제도 정비를 할 것과 신하들의 기강을 더욱 확고하게 세울 것을 권유하였다. 왕비의 말이라면 설령 거짓말일지라도 믿을 정도로 왕비를 끔찍이 여기던 광개토대왕은 영토 확장 못지 않게 나랏일을 이끄는 요직에 있는 신하들을 잘 다스려야 한다는 것에 크게 공감을 하고 그해 가을 무려

한 달 동안 단 하루도 쉬지 않고 다양한 일들을 논의하고 왕으로서의 자리에 조금도 빈틈이 없음을 대신들로 하여금 인정하게 하였다.

사람은 늘 자신이 행복하면 남의 불행을 보지 못하는 법이다. 광개토대왕 역시 한동안 나라만을 생각하며 자신의 뜻을 펴다보니 가까운 주변 사람들의 인생에 대해서는 그다지 관심을 쏟지 못했던 터였다.

하지만 왕이 반드시 신경을 써야 할 사람이 있었으니 다름 아닌 부 훈련대장으로서 활동해온 현돌이었다. 어린시절 동무로서의 우정과 의리도 중요했지만 그 못지 않게 현돌이 그간 전투에서 세운 공은 한두 가지가 아니었다. 이에 왕은 현돌에게 장군 직위를 부여하였다. 그리고 나이 스물두 살이 되도록 병사들과 함께 움직이다가 혼기를 놓쳐버린 그를 위해 마땅한 배우자를 찾아주도록 나이든 상궁들을 불러 명령을 내렸다.

하루는 왕이 궁 안의 정자로 현돌 장군을 불러 술과 음식을 나누었다. 왕은 그다지 말 주변이 좋지 않았다. 하지만 현돌 장군과는 워낙 스스럼없는 사이인지라 가끔씩은 농담도 던지곤 했다. 더욱이 지금은 둘이서 서로 마주보며 술을 마시는 상황이니 남의 눈치나 지위 따위를 의식할 필요는 없었다.

"장군은 어떤 여자를 아내로 맞아들이고 싶소. 장군은 아직 부모님이 살아계시니 효성이 지극한 여인이어야 아니 되겠소. 어디 그뿐이겠는가. 아들 딸 오남매는 두어야 하니 몸도 풍성해야 되지 아니하겠소."

"폐하의 말씀이 백번 옳습네다. 소인의 마음을 그리 헤아려주시오니 몸둘 바를 모르겠습니다. 하오나 효성은 중요하지만 몸은 풍성치 않아도 되겠습니다."

왕은 또다시 현돌 장군에게 농담기 섞인 말을 했다."

"우리는 본래 동무 사이가 아니겠소. 가을 낙엽은 지는데 장군이 외로움에 홀로 밤을 지새지는 않는지 걱정스러우니 하루 빨리 좋은 배필을 만나시구려."

"사나 대장부 어찌 여인이 그리워 잠 못 드는 허무한 밤을 보내겠습니까. 배필을 만나는 것도 하늘의 뜻이오니 때를 기다리고자 합네다."

그러자 왕의 말투는 예전의 어린 시절처럼 장난기가 다시 살아나 더 짓궂은 농담을 건넸다.

"허-허! 장군도 어찌 기다리고만 있습니까. 그리 오래 기다리다가는 허구한 날 몽정으로 집 안에 남아도는 속곳이 없을 듯하오? 하- 하- 하."

그러자 현돌 장군은 얼굴이 빨개지면서 어쩔 줄 몰라 머리를 긁적였다.

"저, 저 폐하! 정 이러시면 소인 이만 물러가겠습니다. 폐하는 제가 고을 과부라도 보쌈을 해다 살림을 차리길 원하십니까."

현돌 장군의 말이 끝나자 두 사람은 동시에 화통한 웃음을 터트렸다. 두 사람이 이렇게 웃고 떠드는 사이에 나이든 오상궁은 개풍에 사는 양반집 처자를 점찍어 놓고 궁으로 들어와 왕에게 그 사실을 알렸다.

　이렇게 하여 그 후 한달도 안 되어 현돌 장군의 혼례는 아주 성대하게 치러졌다. 왕은 현돌 장군에게 집안을 돌봐줄 일꾼 두 명과 명주, 쌀 등 생활에 필요한 것들을 푸짐하게 보냈다. 왕은 꼭 친구여서라기보다는 나라를 위해 그만한 공을 쌓았으니 당연한 선물이라는 생각을 했다.

　그런데 혼례식 날 노총각 현돌 장군은 왕이 보낸 선물보다도 아내가 될 새색시를 보고 그만 기절할 것 같았다. 여인의 얼굴은 마치 한 송이 꽃처럼 희고 고왔으며 자신이 지금까지 본 여자들 중에서 가장 미인이라는 느낌을 지울 수가 없었던 것이다. 더욱 이 술자리에서 왕은 농담 반 진담 반 효심 지극하고 출산을 잘 할 수 있는 여인이어야 한다는 눈치를 주었던 터라 사실 이처럼 미색이 뛰어난 여인일 거라는 기대는 추호도 하지 않았던 터였다. 재물과 사람 모두 뜻밖의 행운을 안게 된 현돌 장군은 혼례를 치른 날로부터 자그마치 보름 동안을 집 밖으로 나오지 않았다.

　이를 수상히 여겨 왕은 진노기 장군으로 하여금 현돌 장군을 찾아가 보라고 명하였다. 하지만 현장을 방문한 진노기 장군은 이렇게 어처구니없는 일이 또 있을까 싶었다.

　그가 현돌 장군의 집을 찾아가자 몸이 아플 거라고 걱정했던 현돌 장군은 싱글벙글 즐거운 얼굴로 입은 함지박만큼 벌어져 있는데다 자그마치 혼인 후 보름 간 하루도 쉬지 않고 새색시를 괴롭힌 터라 거꾸로 오줌소태가 걸려 뒷간을 하루에도 수십 번씩 오가더라는 거였다.

　진노기 장군은 이 사실을 왕에게 알렸고 현돌 장군에 대한 애기를 듣고 난 왕이 하는 말은 더욱 가관이 아니었다.

"어허, 그렇습니까. 내가 열흘을 쉬지 않고 날마다 일을 치른 적은 있지만 보름은 지속하지 못하였습니다. 헌데 어찌하여 보름 동안을 그리하였는지 그 비결이 궁금합니다."

이 일로 현돌 장군은 '보름장군' 이라는 별명을 얻게 되었다.

16

가야, 일본을 끌어들인
백제의 연합작전

    광개토대왕 앞에서 무릎을 꿇고 자신의 입으로 고구려의 신하가 되겠노라고 말했던 아신왕은 그것이 전부라는 생각을 하지 않았다. 두뇌 회전이 빠른데다 외교력이 뛰어난 아신왕은 397년 6월 태자를 일본으로 보내 친화 정책을 폈다. 당시 신라는 지속적인 고구려의 도움을 받아 안정 속에서 성장을 하면서 일본 땅 일부를 속국으로 지배하는 등 세력을 확장시키고 있었다. 하지만 백제는 고구려에 패한데다 신라마저 세력을 확장시키는데 위기감을 갖지 않을 수 없었다. 이에 아신왕은 일본과 유대 관계를 맺은 후 신라가 일본을 호시탐탐 노리고 있다는 괴소문을 퍼트리면서 일본으로부터 신라 공격에 필요한 병력을 지원받기 위한 준비 작업을 하는 셈이었다.

하지만 아무리 나라가 위태롭기로서니 태자를 다른 나라에 볼모로 보내는 일은 그다지 현명한 선택은 아니었다. 고구려에 수차례에 걸쳐 패배한 후 신하국가가 되겠노라고 말한 왕에 대해 백성들의 신뢰는 무너져가고 있던 터에 왕자까지 일본에 보내 아부를 하니 백성들 사이에서 적지 않은 사람들이 아들을 팔아먹는 것과 같은 아신왕의 외교에 불만과 한탄을 드러냈다. 물론 드러내놓고 왕을 욕하거나 비난하는 이는 없었다. 이미 궁지로 몰린 아신왕의 독기가 어디로 뻗칠지 염려스러운 상황이었다. 백성들은 남녀노소 할 것 없이 서너 명만 모이면 숨을 죽여 가며 나랏일을 걱정했다.

이처럼 민심이 흉흉해지고 백성들이 갈피를 못 잡는 상황이 되자 아신왕은 각 고을의 수령들에게 사람들이 한 곳에 모여 헛소문을 퍼트리거나 나랏일에 관여하는 이가 있다면 엄벌에 처하도록 명령을 내렸다. 자칫하면 백성들이 비밀리에 결사대를 조직하여 왕권에 대항하는 일이 발생할 조짐도 여기저기서 나타나고 있었다. 이런 와중에 한 고을 선비가 말 한 마디 잘못하여 가문 자체가 몰락하는 일이 발생한다. 이를 테면 왕권 강화를 위한 희생

양으로 삼은 셈이었다.

　고흥 지방의 한 고을에 사는 최아무개 선비는 친구와 만나 술을 마시면서 백제의 무능력함과 부자의 천륜을 망각한 아신왕의 선택을 개탄하였다.

　"아무리 나랏님이라 해도 이는 옳지 않소이다. 어찌하여 내 자식을 남의 나라 땅에 보낸단 말이오. 부모와 자신의 관계는 천륜이거늘 어찌 하늘의 뜻을 무시하고 왕자를 타국에 보내어 살게 한단 말이오. 옳지 않소이다."

　"아, 이 사람 최선비. 그런 말을 하면 되나. 어찌 되었든 나랏님의 결정이오. 우리 같은 사람들이 이래라 저래라 할 일은 아니잖소."

　"내 듣기로 이미 대신들 사이에도 말이 많다고 들었소이다. 지난해 고구려로 동생과 대신 10여 명을 보내고도 모자라 이번에는 아들을 왜놈들에게 보내다니 그 어찌 사람으로서 할 도리는 아니잖소. 나 이 땅 백제에 태어나 목숨 붙이고 사는 것이 너무도 슬픈 일이라고 생각되오."

　"어허 이 사람 낮 말은 새가 듣고 밤 말은 쥐가 듣는다는데 어찌 그렇게 말을 뱉어내시오. 어흠."

　"나는 내가 한 말에 조금도 부끄러움이 없소. 내 살아 생전 아무리 굶어죽는 일이 있다 해도 내 자식을 남의 집 종살이로 보내는 일은 없을 것이오."

　한밤중에 두 선비가 나눈 대화가 누군가 의도적으로 염탐하지 않는 한 밖으로 새어 나갈 리가 없었다. 하지만 최선비에게 평소 악감정을 갖고 있던 이 고을 망나니가 우연히 대화를 엿듣고 곧장 관가에 밀고하였다. 고을 수령은 어차피 자신의 고을에서 불미스러운 일이 발생한 것을 다른 고을 수령이나 왕이 알면 자신에게도 그다지 좋을 것이 없다고 판단하여 최선비에게 가족들을 데리고 다른 곳으로 이사를 하도록 이를 테면 유배를 권유하였다. 그러나 발 없는 말이 천 리 간다는 말은 빈 말이 아니었다. 이미 한성에서 이 사실을 알고 어명을 받은 병사들이 내려와 박씨 일가 20여 명의 사지를 꽁꽁 묶어 한성으로 호송해갔다. 그후 최선비를 만났다는 사람도 없었고 그에 대한 소식을 들은 사람은 아무도 없었다.

이런 사실은 전국으로 소문이 번져 그후로는 아신왕에 대한 얘기는 물론이고 나라 일에 대한 얘기를 입 밖으로 내는 사람이 없었다.

아들을 일본으로 보낸 아신왕은 이제는 가야까지 끌어들였다. 가야로 하여금 신라에게 적대감을 갖도록 유도하면서 백제 가야 일본 삼국 연맹을 형성하였다. 또한 그는 중국에 사신을 보내어 고구려에게 패하긴 했으나 지금도 백제는 당당한 대국이라고 알리기도 하였다. 이같은 외교를 통해 자신감이 생긴 아신왕은 그해 7월엔 한수 남쪽에서 대대적으로 군대를 집결시키는 등 전쟁 분위기를 조성했다. 한성에서 군대를 집결시켰다가는 고구려인들에게 곧장 전해지는 만큼 멀리 떨어져 있는 충청 서해안인 서산 쪽에서 집결시켰다. 이때 아신왕은 군사력을 보강하고자 15세 이상의 남자들 중 미혼자들을 강제로 불러 모았다. 그리고 8

월에 군대를 출동시켜 한산 북쪽에 집결시켰다. 하지만 왠지 모르게 불길한 기운이 감돌았다. 그날 밤 유성이 떨어지자 병사들은 큰 일이 벌어질 거라며 술렁거렸다.

아신왕 역시 그날 불길한 조짐을 느꼈던 터였다. 아침 상을 들고 왕의 방으로 들어오던 상궁이 그만 발을 헛디뎌 발목이 접히면서 상을 놓쳐 방 안은 온통 사방으로 쏟아진 음식물 냄새가 진동하는가 하면 병약했던 궁녀 하나가 운명을 달리하여 들것에 실려 궁 밖으로 나가는 것을 목격하는 등 좀처럼 드문 일들이 잇달아 일어났다. 상황이 이쯤 되자 아신왕은 아직은 때가 아니라고 판단하여 병사들을 해산시켰다.

어찌 보면 아신왕의 이같은 선택은 잘한 일인지도 몰랐다. 고구려와 전쟁에서 수천 명의 병사들이 죽거나 다쳐서 전쟁터에 나갔던 경험이 있는 병사는 고작 3천여 명을 넘지 못했고 절반 이상이 말 타기나 활쏘기에는 전혀 경험이 없는 초보들이었다. 그러니 이미 프로가 되어 있는 고구려의 병사들에게 대적하기에는 역부족이었던 게 사실이다. 전쟁을 일으켰다면 불쌍한 젊은 병사들의 목숨만 잃게 되는 꼴이었다.

17

고구려 침공의 화살
신라로 가다

　399년 8월 아신왕은 다시 고구려를 공격하기 위해 군사와 말
을 대대적으로 모았고 애오라지 전쟁 준비에만 매달렸다. 마치
전쟁을 못해 안달이 난 사람처럼 아신왕은 매일 저녁 북녘 하늘
을 바라보며 이를 물었다. 다름 아닌 광개토대왕을 자기 발 아래
엎드리게 하겠다는 일념 하나로 가득 차 있었다.

하지만 백성들은 달랐다. 아신왕은 무엇 하나 뚜렷하게 보여주는 것 없이 허구한 날 백성들만 감시하며 잇단 전쟁으로 살림살이가 위축된 백성들을 가난으로부터 해방을 시켜주기는커녕 다음 전쟁을 위해 노역을 시키거나 세금만 무리하게 거두어들였다. 게다가 말과 젊은 남자들은 모조리 끌어가니 백성들 입에서는 "더 이상 못살겠다"는 말이 난무하면서 신라와의 접경 지대에 있는 백성들이 신라 땅으로 넘어가는 일이 비일비재하게 발생했다. 그해만 해도 무려 2만여 명이 넘는 백성들이 신라 땅으로 넘어가 백성이 되겠노라고 엎드렸으니 아신왕으로서는 속 터지는 일이 아닐 수 없었다.

드디어 아신왕의 신라에 대한 악감정은 폭발하기에 이르러 고구려 공격은 포기하고 화살을 신라로 쏘아댔다. 신라는 이때 상황이 그다지 좋지 않았다. 397년 흉년이 들자 백성의 세금을 1년 동안 면제했던 터라 399년 그해에는 나라 살림이 그다지 넉넉하지 못했다. 이런 무방비 상태에서 갑자기 적의 공격을 받았으니 난감한 노릇이었다.

그러나 백제는 미리 구축해두었던 연합군의 도움을 받아 순식간에 신라 땅을 점령하기에 이르렀다. 발해와 일본군은 경상도 지역에서, 백제군은 충청도와 전라도 지역에서 동시에 공격을 하였으니 신라군은 어느 곳을 먼저 막아야 할지를 몰라 갈피를 못잡았고 워낙 적의 병사 수가 많아 어느 한쪽을 집중적으로 막는다해도 무리였다.

신라에 적대감이 부풀어 오른 발해군과 일본군은 신라 땅을 점

령하는 선에서 끝나지 않고 민가에 들어가 백성들을 괴롭히는가 하면 여인네들을 겁탈하여 전쟁 기간 중 수많은 신라 여인들이 남장을 하는 일까지 발생하였다. 하지만 남장을 한다한들 잘 살펴보면 여자라는 것을 확인하는 일은 아주 간단한 일이 아닌가. 연합군으로 동원된 2천여 명의 일본군은 한 고을을 점령하면 그곳의 백성들을 한 곳에 모아놓고 젊은 여자들을 찾아내기 위해 일일이 아랫도리를 확인하는 등 온갖 추태를 부렸다. 이때 안동 지역의 양반가문의 한 종가집 규수는 이런 사실을 전해 듣고 머리를 썼다. 다름 아닌 염병이 돌고 잇다는 헛소문을 퍼트린 것이다. 아무리 성욕에 굶주렸기로서니 염병이 돌고 있는 곳에 들어가 여자를 겁탈하고 싶겠는가. 이 소문을 들은 일본 병사들은 그 고을 주변의 몇몇 고을은 아예 쳐다도 보지 않은 채 발길을 다른 고을로 옮겼다고 했다. 또 어느 고을에서는 목수를 시켜 여러 개의 남근을 만든 다음 여인들이 이를 바짓가랑이에 묶고 남장을 하여 일본군들로부터 화를 면하기도 했다.

그러나 아신왕이 이끄는 백제군은 여자에는 관심이 없었다. 고구려에 달라붙어 기생처럼 아양을 떨며 백제를 무시하는 신라를 초토화시켜 백제로 통합시키는 것이 아신왕의 목적이었다. 고구려에게 백제가 독 안에 든 쥐처럼 꼼짝 못하고 패배했다면 신라가 바로 백제에게는 그 꼴이었다. 불과 한 달 만에 도읍지까지 점령당한 신라는 남은 땅이라고는 강릉, 원주, 횡성 등 강원도 일대 일부만 남아 있었다. 승리를 눈앞에 둔 아신왕은 이삼일 간 전쟁을 중단하고는 신라의 민가에서 수백 마리의 돼지와 소를 잡아 병사들에게 먹이고 자신은 도담 삼봉에서 유유자적 뱃놀이를 하며 피로를 풀고 있었다.

'다 된 밥에 코 빠트린다'는 말이 바로 이런 것일까. 전쟁이 나자 곧장 내물왕이 밀사를 통해 고구려군의 원조를 요청했는데 광개토대왕이 이를 기꺼이 받아들여 400년 내물왕이 두 손을 들고 항복을 하기 바로 직전에 고구려 대군은 신라 땅을 밟았다. 이때 고구려군은 5만여 명으로 불어나 있었던 터였다.

이번 역시 아신왕에게는 행운은 멀리 멀어져 갔다. 고구려군이 강원도 땅으로 밀려 들어오자 곳곳에 숨어 있거나 흩어졌던 신라 병사들이 고구려군에 합세하여 백제군과 곳곳에서 전투를 벌였다. 불과 한 달도 못 지나 전세는 역전되었고 고구려군에 밀린 왜군은 해안으로 밀려나 뗏목을 타고 도망을 치는가하면 수많은 왜군 병사들이 동해바다의 물고기 밥이 되었다.

가야군 또한 후퇴하면서 종발성만 빼앗기는 꼴이 되었다. 백제군이라고 예외일 수는 없었다. 정예군 3만여 명의 병사들이 온힘을 다했지만 고구려군의 위력에는 역부족이었다. 이에 아신왕은 신라를 통째로 삼킬 수 있었던 절호의 기회를 놓치고 다시 후퇴하여 고국으로 돌아갔다.

고구려의 지원으로 패망 일보 직전의 나라를 되찾게 된 내물왕과 신라의 대신들은 광개토대왕 앞에 엎드려 감사의 큰 절을 드리며 신라야말로 영원한 고구려의 아우가 될 것임을 맹세하였다. 또한 지금의 주문진 일대가 고구려와 신라의 경계선이었던 것을 하슬라, 즉 지금의 강릉 아래로 다시 정하였다. 이는 강릉 경포대 일대의 경관이 운치 있고 아름답다는 광개토대왕의 한 마디 말에 이 지역 일부를 선물처럼 내놓은 것이었다.

고구려군이 돌아가고 한 달이 지나자 신라에서는 감사의 표시로 신라 최고의 미인 세 명과 소 100여 마리를 보냈다. 여인들을 보낸 것은 다름 아닌 그녀들 중 광개토대왕의 첩이 되어 훗날 신라와 고구려의 끈이 될 수 있길 바라는 뜻에서였다. 하지만 광개토대왕은 매사에 정확하고 박식한데다 아름다운 왕비 외에는 관심이 없었다. 그리고 그는 바라만 보아도 여성들의 심장을 뛰게 하는 호남형 얼굴에 짙은 눈썹과 건장한 체격을 지녔음에도 그다지 여색은 즐기지는 않았다. 왕은 왕비와 후궁인 금녀외에는 더 이상 다른 여인들에게 관심을 두지 않았다. 오로지 나라를 지키고 영토를 확장하는 일, 그리고 백성들이 편안하게 사는 세상을 위해 관심을 쏟았다. 때문에 광개토대왕은 말과 염소가 많았던데 비해 고구려에 소가 많지 않으므로 소는 고맙게 받되 여인들은 궁녀로 들여놓을 수 없다고 말하고 여인들을 본국으로 돌려보냈다.

18

치맛자락에 휘감긴 관리들

광개토대왕의 선처로 궁녀가 될 뻔했던 신라의 미인 3명은 고구려 사신의 인도하에 금성으로 향하였다. 하지만 돈과 미인 앞에서는 누구나 눈이 멀어지는 걸까. 왕이 아꼈던 유 아무개라고 하는 이 사신은 말을 타고 내려 가던 중 하루는 개성에서 머물게 되었다. 키가 작고 얼굴이 검은 고구려 여인들과는 비교할 수 없을 만큼 훤칠한 키에 조막만한 얼굴이 마치 복숭아처럼 고운 빛깔을 간직한 이들 세 여인이 개성 땅에 나타나자 이들에 대한 소문이 순식간에 퍼져나갔다. 때마침 사신의 어린시절 동무 중 한 사람이 이 고을의 관리로 있었던 터라 유 사신은 그의 집으로 초대를 받았다. 이때 세 여인도 함께 자리를 하게 되는데 그만 관리가 홍이라는 여인을 보고 반해버렸다. 여색을 즐기는 사람들은 미인을 보고 그냥 넘어가지는 못하는 법이다.

"이보게 동무레. 홍이는 우리 집에 머물게 하면 아니되겠습메. 내레 상처를 하여 독수 공방을 한 지 벌써 3년이 다 되어가는 구레."

"허허 이 사람이 큰일날 말을 함부로 하는구레. 나랏님의 명으로 다시 신라 땅으로 데리고 가는 여인네들이 아니던가. 어찌 딸 같은 규수들을 욕심을 내는 것인지 알 수 없는 노릇이구면."

그는 친구의 부탁에 혀를 찼다. 하지만 재산가였던 관리는 홍이를 자신에게 주면 쌀 열 가마와 말 한 마리를 주겠노라며 애걸하였다. 사신이라고 해야 큰 재산을 갖고 있는 것도 아니고 그저 밥 먹고 살만큼 나라에서 지원을 받는 정도이므로 그는 친구의 말에 흔들렸다. 그리고 결국 홍이를 친구에게 넘겨주었다. 물론 홍이의 의견도 참작을 한 터였다.

이들 세 여인들은 어차피 신라로 돌아가도 자신들에게는 밝은 미래가 없다는 생각을 하고 있었다. 고구려의 궁녀로 보내어졌다가 다시 돌아온 몸이지만 그간 한 달을 넘게 보내면서 남자들과의 잠자리 한 번 없었다는 진실을 아무리 얘기한들 그 누구도 믿어주지 않을 것이며 설령 믿어준다 해도 어차피 관에 지목당한 여인들인지라 신라의 궁녀로 들어갈 수밖에 없는 몸이었다. 수많은 궁녀들 틈에서 시기와 질투를 당하느니 차라리 돈 많은 부잣집에 안주인으로 들어가거나 관리의 아내가 되는 게 낫다는 생각이었다. 게다가 고구려가 어떤 나라인가. 주변 국가들을 꼼짝 못하게 만드는 대국이 아니던가?

홍이는 오히려 기뻐서 어쩔 줄 몰라 했다. 그러자 나머지 두 여인들도 유사신의 도포자락을 붙잡고 사정을 했다. 자신들도 부잣집 관리의 아내가 될 수 있게 해달라는 것이었다. 이때 유사신은 오히려 잘된 일이라는 자기만의 착각에 빠졌다. 어차피 한 여인을 남겨두고 두 여인만 데리고 가느니 차라리 아예 아무도 데려다주지 않는 것이 낫겠다는 판단이었다. 감히 신라에서 확인을 할 일도 아니기 때문이었다.

이리하여 유사신은 개성에서 20여 일간 머물면서 나머지 두 여인을 돈 많은 부잣집 대감의 첩과 후처로 보내고 그에 대한 대가로 엄청난 부를 얻게 되었다. 하지만 재물에 눈이 멀면 실수를 하기 마련이다. 갑자기 불어난 재물에 정신이 쏠린 유사신은 함께 갔던 일행들에게 쌀 한 가마니도 나누어주지 않았다. 결국 스스로 적을 만든 셈이었다. 국내성으로 돌아오자 며칠 안 되어 이같은 소문은 궁 안으로 들어갔고 왕은 이 얘기를 듣자 곧장 유사신을 불러들였다. 광개토대왕은 화가 나서 호통을 쳤다.

"유사신은 감히 어찌하여 나와 이 나라의 얼굴에 먹칠을 하는가. 내가 경들을 늘 믿고 일을 지시하거늘 내 명령을 어기고 어찌

멋대로 그같은 일을 저질렀소? 경에게 먹을 양식과 기거할 집을 주었거늘 어찌 더 큰 욕심으로 똘똘 뭉쳐 이런 황당한 일을 만들었소. 이봐라. 저 유사신을 관직에서 내쫓고 신라의 여인들을 아내와 첩으로 들인 개성의 관리도 관직에서 내쫓고 그자와 부자에게는 평생 그 여인들을 버리지 않고 행복하게 해주겠다는 각서를 받아오거라."

만일 유사신이 백제인이었다면 아신왕의 칼은 그를 용서하지 못했을 일이다. 그야말로 때를 잘 타고 난 것이었다. 특히 임금을 잘 만난 덕이었다. 당시 고구려는 불교를 중시했던 까닭에 죄를 지은 사람이라 할지라도 사형을 시키는 일은 좀처럼 드물었다. 광개토대왕 역시 불심이 깊었던 까닭에 마음만큼은 전쟁터에서도 적이 순순히 응하면 굳이 칼 끝에 피를 묻히지 않으려는 자세를 취했다. 하지만 전쟁터는 사방으로 공격과 방어를 해야 하므로 어쩔 수 없이 수많은 적군들의 몸을 칼로 베고 화살은 심장을 향해 당기지 않을 수 없었다. 이 때문에 그는 전쟁터에서 돌아오면 대린사에 가서 부처 앞에 절을 올렸다. 어쩔 수 없이 많은 이들을 죽음으로 보낸 것에 대한 용서를 구하고자 함이었다. 이런 왕의 자비로움은 많은 백성들에게 소문이 되어 퍼져나갔고 생명체를 중시하는 왕의 뜻에 따라 백성들도 함부로 사람을 죽이는 일이 극히 드물었다.

19

감탄하는 백성들

과거와 현대를 막론하고 왕이 백성들로부터 진심으로 추앙받기란 그리 쉬운 일이 아니었다. 왕은 한 사람이지만 백성은 수백만 수천만이기에 하나같이 왕을 마음속으로 섬기며 늘 존경한다는 것은 어려운 일이었다. 하지만 광개토대왕은 그의 재위 기간 동안 백성들로부터 존경받고 추앙받는 인물이었다. 백성들을 위해 새로운 제도를 만들고 특히 어렵고 가난한 백성들에게 마음과 물질 둘 다 베풀고자 하는 마음이 늘 풍족했기 때문이다.

하루는 왕이 왕비와 함께 대린사에 가서 절을 올리고 궁궐로 돌아오는 길에 한 젊은 청년이 노인을 업고 지나가는 모습을 보게 되었다. 젊은이는 옷차림이 남루하여 마치 걸인처럼 보이기도 했지만 행동이나 말은 결코 걸인이 아닌 매우 정상적인 사람이었다. 젊은이의 등에 업힌 노인은 무언가 알아들을 수 없는 말만 중얼거렸고 젊은이는 얼마 동안을 그렇게 걸어왔는지 이마에 땀방울이 송글송글 맺혀 있었다.

왕은 그 모자의 모습을 지켜보고 뭔가 의심쩍어 사람을 시켜 사연을 알아보라고 했다. 급히 달려갔던 신하가 돌아와서 들려준 사연은 참으로 놀라운 얘기였다. 젊은이의 나이는 스무 살로 그의 어머니는 결혼 후 이십여 년이 넘도록 아이를 갖지 못하다가 사십이 넘어 그를 낳았는데 벌써 10여 년째 병석에 누워 있었다고 했다. 아버지는 그가 세 살 때 돌림병으로 세상을 떠났고 그는 열 살 때부터 남의 집 심부름과 잔일을 도와주며 어머니를 봉양해 왔다. 병든 어머니 때문에 장가도 가지 못한 노총각 신세가 된 그에게도 사랑하는 여자가 있었다고 했다. 두 사람은 서로 사랑하여 결혼을 하고 싶었지만 여자가 늙고 병든 어머니의 병 수발을 할 수 없으니 어머니를 두고 그만 자신의 집으로 들어와 데릴사위로 살기를 원했다. 하지만 그는 결혼보다도 더 중요한 것은 어머님이기에 여자 집안의 청을 거절했다. 그런데 그의 어머니는 죽음이 가까워지자 아들에게 고향으로 가고 싶다고 하여 그의 어머니의 고향인 함흥을 향해 벌써 3일째 걸어 내려왔다는 것이다. 아무리 장정일지라도 노인을 업고 함흥까지 가려면 적어도 십여 일은 족히 걸어야 하는 거리였다. 이런 사연을 들은 광개토대왕은 명을 내렸다.

가마와 가마꾼을 내어주고 함흥에 도착할 때까지 필요한 경비를 지급하라고 했다. 백성을 사랑하는 자비로움이 있었던 왕으로서는 사실 큰일은 아니었다.

이런 일이 있은 지 4개월쯤 지났을 때였다. 한 젊은이가 궁 앞에서 임금님을 뵈러 왔다며 문지기들에게 궁에 들어가게 해달라고 사정을 했다. 거지꼴이 된 젊은 남자가 궁으로 들어오려고 하니 문지기들로서는 당연히 미친 놈 취급할 수밖에 없었다. 문지기들은 젊은이에게 대체 무슨 사연인지 먼저 말을 하라고 강요했지만 젊은이는 꿀 먹은 벙어리처럼 입을 열지 않았다.

마침 지방을 다녀오던 대린사 청명스님이 이를 보고 반드시 어떤 사연이 있을 것이니 왕에게 먼저 이 사실을 알리라고 했다.

그리하여 왕 앞에 가게 된 젊은이는 허리춤에서 무언가를 꺼내 놓았는데 다름 아닌 산삼이었다.

"대체 경은 뉘시고 이 산삼은 어디서 가져온 것인지, 그리고 왜 나를 보자고 한 것인지 말하시오."

젊은이는 그제서야 입을 열었다.

"소인은 5개월 전 폐하의 은혜로 병든 오마니를 모시고 함흥으로 내려간 사람입네다. 오마니는 고향 땅을 가자마자 숨을 거두시어서 그곳에 묘를 쓰고 움막에서 살았습니다. 헌데 석 달쯤 지나자 어느 날 꿈에 이 산삼이 보였습네다. 이튿날 오마니 묘소 주변의 산에서 도라지를 캐다가 그만 이 산삼을 보았습네다. 하여 이 산삼은 돌아가신 오마니가 폐하께 드리라는 소중한 것이라 생각하여 가져왔습네다. 이렇게라도 폐하께서 내려주신 은혜에 보답을 하고자…….”

“어허, 그대의 마음이 고맙도다. 왕이 백성을 돕고 챙기는 일은 당연한 일이거늘 어찌 이 귀한 산삼을 가져왔소. 이 산삼이면 그대는 평생 먹고 살 수 있을 터이거늘.”

산삼은 큰 아들 휘에 이어 둘째 아들을 낳은 후 몸이 쇠약해진 왕비에게 약으로 쓰이도록 했고 젊은이를 기특하게 여긴 왕은 관직 한 자리를 내주어 국내성에서 살아갈 수 있게 해주었다.

산삼의 효과는 역시 빠르게 나타났다. 왕비는 몸이 놀라울 정도로 빨리 회복되어 예전의 모습으로 돌아왔고 그후 서너 달이 지나자 셋째 아기를 임신하여 광개토대왕을 기쁘게 했다.

이뿐만이 아니었다. 광개토대왕은 전국 각지에 밀사를 내려 보내 각 고을에서 효심이 깊고 착한 일을 많이 하는 이들을 찾아보게 한 후 그들에게 왕의 이름으로 큰 선물을 내리는가하면 이미 죽은 이들에게는 송덕비를 세워주는 등 백성들이 선과 효를 실천하면서 올바르게 살아갈 수 있도록 이끌었다.

20

독 안에 든 쥐가 된 백제군

때는 바야흐로 402년으로 접어들었다. 고구려의 보호를 받으며 백제의 시기를 사고 있던 신라는 제17대 왕인 내물왕이 장장 47년이라는 긴 세월 동안 왕의 자리를 지키다 지병으로 세상을 떠난다. 당시 내물왕에게는 세 아들이 있었는데 다들 어려서 왕위에 추대되지 못하였다. 내물왕의 장기 집권으로 대신들의 목소

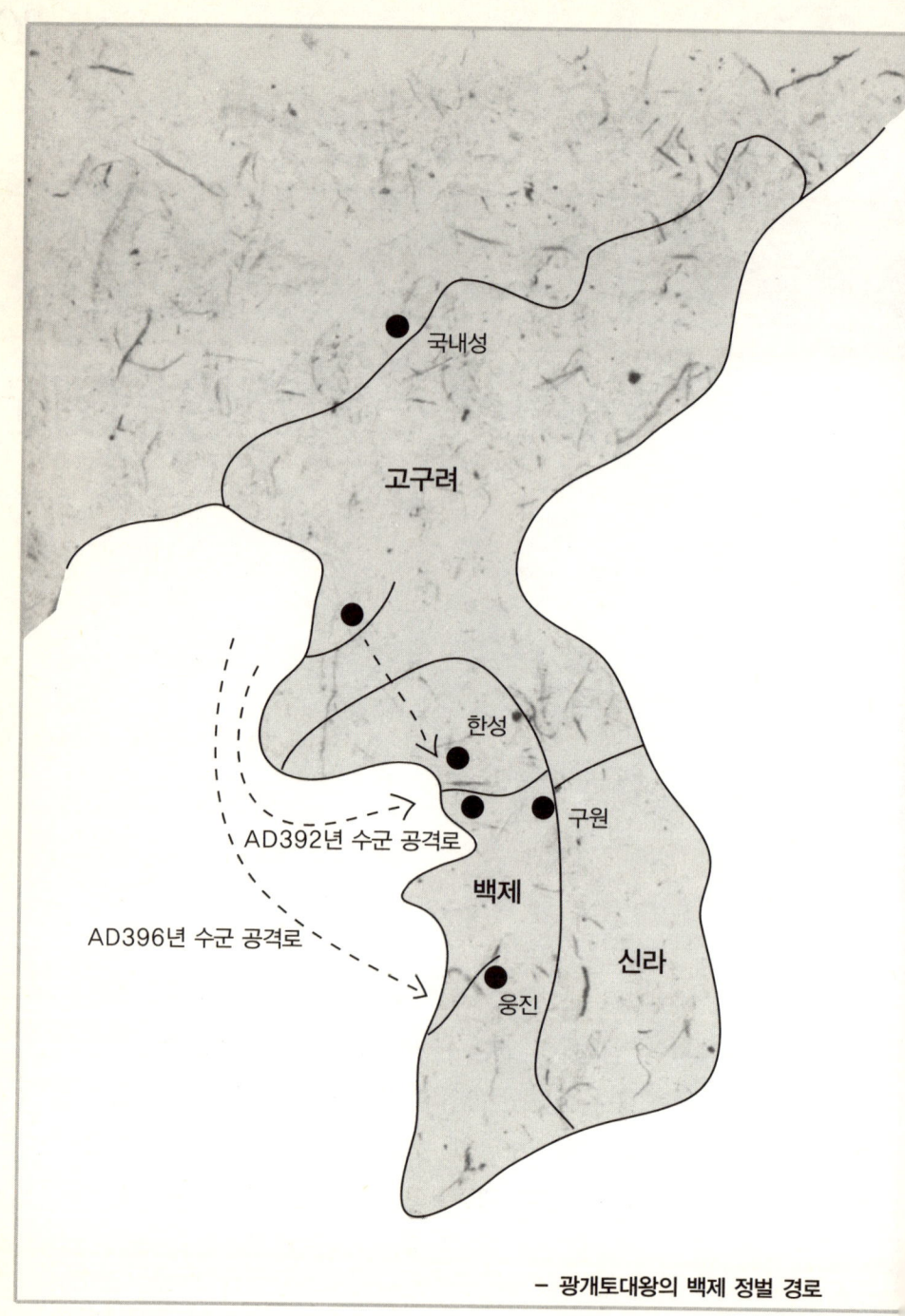

국내성

고구려

한성

구원

AD392년 수군 공격로

AD396년 수군 공격로

백제

신라

웅진

– 광개토대왕의 백제 정벌 경로

리가 커지고 있었던 터였다. 때문에 대신들은 왕이 죽자 가뜩이나 국력이 약해 고구려의 보호를 받는 처지에서 어린 태자가 왕위에 오르면 나라는 더 어수선해질 것이라는 의견에 합의하였다. 이때 이찬 대서지의 아들로 392년 고구려에 볼모로 갔다 바로 전 해인 401년 귀국한 실성은 대신들로부터 왕위에 오르면 적합한 인물로 떠올랐다. 10여 년간 고구려에 가 있던 터라 장기적으로 고구려의 도움을 받는 신라로서는 고구려통인 그가 왕이 되면 더욱더 고구려와의 관계가 두터워질 것이라는 판단에서였다. 이같은 분위기에 반대하는 이들은 왕비의 친정 세력 일부뿐 각 고을 관리들이나 백성들의 생각도 실성왕으로 기울어지고 있었다.

이리하여 실성왕이 18대 왕위에 올랐다. 하지만 그는 내물왕의 세 아들이 눈엣 가시일 수밖에 없었다. 나이가 들면 언젠가는 왕위를 놓고 말이 많아질 것이라는 생각에서였다. 결국 그는 머리를 썼다.

세 아들 중 둘째 미사흔은 일본에, 막내 복호는 고구려에 볼모로 보내 수호관계를 더욱 돈독하게 맺고, 셋째인 눌지만 남겨두었다. 하지만 눌지마저도 부담스럽게 느낀 실성왕은 훗날 자신의 딸과 혼인을 시켜 사위로 만든 후 자신의 손아귀에 넣어두었다.

신라 사람들은 실성왕이 왕위에 오르자 모두들 즐거워하였다. 고구려 대신들과 친분 관계가 두터운데다 고구려로부터 여러 가지 제도와 백성을 위한 정치를 배워왔으니 이제 곧 신라는 그 어느 때보다도 평온하고 발전할 수 있는 시기라는 생각을 하였다.

하지만 아신왕은 달랐다. 연합군을 동원하여 공격한 2년 전의 싸움에서 고구려로 인해 뜻을 이루지 못했지만 이제야말로 신라를 공격하기 좋은 때라는 생각을 하였다. 이에 아신왕은 군사를 모으고 전쟁을 준비할 계획을 세웠다. 아신왕의 생각으로는 실성왕이 10여 년간 고구려에서 하는 일없이 있었기에 그에게는 갑자기 군사를 거느리고 통솔할 능력이 없으므로 공격을 하면 빠르게 신라 땅을 점령할 수 있을 거라고 믿었다. 하지만 백성들이 봄, 여름 동안 땀 흘려 일하고 수확을 앞두고 있던 터라 일반 병사를 모집하는데 어려움이 따랐다. 수확을 다 끝낸 후 병사를 모집하면 훈련시킬 시간도 없는데다 한겨울에 전투를 해야 하므로 그다지 시기가 좋지 않았다. 때문에 아신왕은 해를 넘겨 봄이 되면 침공을 하기로 마음을 바꾸었다.

사실 백제의 경우 고구려와의 전투에서 지속적으로 패한 뒤 신라와의 전투에서도 고구려의 지원으로 인해 패하고 나자 왕으로서는 더 이상 백성들을 볼 낯이 없었다. 전쟁을 치르려면 말과 칼, 화살 등을 확보하기 위해 백성들에게 무리하게 세금을 거둬들일 수밖에 없었기에 누군들 좋아할 리가 없었다. 게다가 2년 전 신라를 공격하게 된 것도 흉년과 과도한 세금으로 힘겹게 살던 농민들이 신라 땅으로 도망을 간 것이 원인이었다. 내 백성들도 제대로 목 먹여 살리면서 허구한 날 전쟁만 감행한다면 문제는 더더욱 커질 일이었다. 때문에 아신왕은 민심을 고려하지 않을 수 없는 상황이었다.

아신왕은 꾀가 많은 인물이었다. 그는 첩자를 신라로 보내서 신라의 상황을 염탐하도록 했다. 폭설 속을 헤치고 신라 땅에 들어가 도읍지인 금성 일대를 살피고 돌아온 첩자는 아신왕에게 신라의 상황을 알리는데 이는 결코 아신왕에게 도움이 되지 않았다. 날은 춥고 첩자 활동 경험이 없었던 당시의 첩자는 주막에서 이런 저런 얘기 들은 것에 자신의 상상을 덧붙여 과장되게 전한 것이었다. 그의 말은 이랬다.

"전하 신라의 왕조는 지금 갈등에 빠져 있습니다. 왕족이 아닌 자가 왕이 되고 어린 세 왕자들은 궁 한쪽에 가두었다고 합니다. 이에 죽은 내물왕의 친족들이 왕을 불신하며 여기저기서 강한 불만을 털어놓고 있는 상황입니다. 또 대신과 고위 관리들은 고구려가 자신들을 지켜준다는 것 하나만 믿고 허구한 날 기생들을 불러 잔치나 벌이고 있다고 합니다. 하오니 고구려군이 알기 전에 기습 공격을 하면 얼마든지 이길 수 있을 것입니다."

첩자는 아신왕의 귀를 솔깃하게 하는 동시에 아신왕으로 하여금 신라 공격에 대한 의지를 더욱 강하게 만들었다. 하지만 당시 신라의 상황은 누가 쳐들어가도 쉽게 무너질 만큼 그렇게 허수아비 같은 상황은 아니었다.

실성왕은 실전에 참가는 하지 않았지만 의외로 전술적 지능이 높은 인물이었다. 왕위에 오르자마자 그해 가을에서 초겨울까지 3개월간 백제와의 경계선으로부터 1킬로미터 내외 지점에 수백여 개의 웅덩이를 파는 작업을 했다. 작업은 늘 밤에 이루어졌으므로 국경지대 백제인들이 이를 눈치챌 수가 없었다. 백제군이 공격을 해올 때 풀과 나무들로 인해 웅덩이들이 보이지 않도록 되어 있었다. 하지만 웅덩이에 빠지는 날엔 그야말로 독 안에 든 쥐가 될 수밖에 없었다. 웅덩이는 깊이가 사람 키의 1.5배나 되는 데다 가로 세로 길이가 20미터 정도로 일단 빠지면 사람은 가까스로 빠져나올 수 있어도 말은 한 번 빠지면 도저히 빠져나올 수가 없었다. 실성왕의 전술은 이게 전부가 아니었다. 백제와의 국경 지역 중 평지에는 1킬로미터 간격으로 움막을 지어 그곳에 기마병들을 머물게 했다. 적이 급습해올 경우 기마병은 붉은 깃대를 등에 꽂고 달리되 웅덩이가 잇는 곳을 지나도록 하여 뒤따라오는 백제 병사들을 웅덩이 속에 몰아넣는다는 계산이었다. 이를테면 백제 군사 50여 명과 말 50여 마리는 동시에 빠져 밖으로 나오지 못하도록 한다는 계산이었다.

이같은 방어 전략은 고구려가 이미 북방의 여러 나라들의 급습으로부터 시간을 벌고자 흔히 사용하던 방법이었고 실성왕은 국내성에 머무르는 동안 이같은 군사적 기밀을 염탐할 수 있었던 것이다.

403년 봄 결국 아신왕은 자신의 짐작과 첩자의 정보만을 믿고 신라 대공격에 들어갔다. 음력 삼월 초승달의 희미한 달빛 아래 백제의 군사는 3개 부대로 나뉘어 공격을 개시했다. 산과 들에 꽃이 피고 농사가 시작되는 봄이었지만 한밤의 공기는 옷깃을 파고드는 한기가 제법 쌀쌀한 시기였다. 아신왕이 이끄는 부대는 경기도 안성 지역에서 원주, 삼척, 영월 지역을 향해 공격하고 철룡 장군이 이끄는 부대는 청주, 옥천 지역에서, 그리고 당시 가장 싸움을 잘하기로 유명했던 용강 장군이 이끄는 부대는 장수와 남원 지역에서 경주, 포항, 울산 지역을 향해 각각 공격했다.

실성왕의 공격에 가장 먼저 걸려든 것은 청주, 옥천 지역에서 상주, 안동으로 향하던 철룡 장군의 부대였다. 국경 지점에 이르렀을 때는 새벽 서너시경으로 달빛이 희미해서인지 사물이 아주 희미하게 보일 뿐이었다. 이제 막 나무에 잎이 돋아나고 있는 들판은 숲과 논밭이 각각 구분될 정도였다. 그리고 여느 들판과 크게 다를 바가 없었다. 하지만 어찌 된 일인지 앞서가던 기마 부대가 한순간에 비명 소리만 지르고 눈 앞에서 없어졌다.

"윽!"

"아악!"

"히히힝!"

말들은 이상한 소리를 내며 울었고 군사들의 비명 소리만 새벽 공기 속으로 사라져갔다. 이같은 소리들은 동시에 두세 곳에서 더 울렸다. 한순간에 수백여 명의 병사와 말을 잃어버린 철룡 장군은 아니되겠다 싶어 후퇴 명령을 내리고 국경 인근 백제의 마을에 집결했다. 그리고 해가 뜨자마자 일부 병사들을 지난밤의 문제가 있었던 그곳으로 보냈다. 하지만 현장에 도착하기도 전에 도중에 무슨 일이 있었는지를 알 수가 있었다. 사라졌던 병사들 중 일부가 다리를 절룩거리고 얼굴에는 피멍이 들어 반은 죽은 목숨이 되어 서로를 의지하며 간신히 걸어오고 있었다.

"귀신이 곡할 노릇이지. 한순간에 낭떠러지로 떨어지는 줄 알았지 뭐야. 정신을 차리고 눈을 뜨니 말과 사람이 엉켜서 나뒹굴고 있었고 사방은 마치 벽으로 둘러싸였지 뭐야. 아우성대고 있는데 신라 놈들이 위에서 활을 마구 쏘아대는 기야. 그나마 캄캄해서 우리네는 한쪽 벽을 간신히 기어 올라와 이렇게 살아왔다네.”

“내는 눈을 떴더니 뭔가 뜨겁고 축축한 게 얼굴에 와 닿더라구. 이제 보니 누군가 흘린 피였더구만. 그런 함정이 있을 줄 누가 알았겠는가. 신라 놈들 이 쳐죽일 놈들한테 보기 좋게 당했지 뭐야.”

아신왕이 이끄는 부대는 길을 잘못 들어 거꾸로 올라가는 바람에 국경에 있던 고구려 군과 신라군의 공격을 한꺼번에 받아 결국은 후퇴하고 말았다. 이는 아신왕이 제대로 된 정보를 알지 못해 화를 자처한 셈이었다. 3년 전 신라와의 싸움에서 패한 후 신라가 강원도 일부 지역을 고구려에게 선물한 사실을 모르고 북에서 남으로 공격을 해 내려가면 될 거라는 단순한 판단을 내린 것이다. 병사들의 3분의 1이 적에게 포로로 잡히자 아신왕 역시 3일 만에 후퇴할 수밖에 없었고 가장 남쪽 지역에서 공격을 감행했던 용강 장군의 부대는 구미, 대구 지역까지 치고 들어갔다가 갑자기 쏟아지는 폭우로 열흘 만에 발길을 돌려야 했다. 폭우가 내려 이삼일 전투를 중단하고 민가를 점령하여 잠복하고 있는 동안 각지에 흩어져 있던 신라군들이 도읍지인 금성을 지키고자 남쪽으로 한꺼번에 몰려왔던 것이다.

21

달 밝은 밤
부자간의 긴밀한 대화

　열세 살이 된 태자 거련은 누가 보아도 열대여섯 살은 족히 되어 보일 만큼 아버지 광개토대왕을 닮아 건장하고 용감한 사내로 자라고 있었다. 대견스러운 아들을 지켜보면서 광개토대왕은 고구려는 앞으로 주변 모든 국가들이 고구려의 신하 국가가 될 수밖에 없을 것이라는 생각을 갖게 되었다. 게다가 광개토대왕은 왕자 거련의 활달하면서도 예의바르고 적극적이면서도 매우 이성적인 아들의 성격과 행도에 매우 흡족해 하였다. 자신의 어린 시절 아버지를 싫어한 것은 아니었지만 매사에 정확한 성격인데다 말이 적은 편이어서 자신 또한 내성적인 광개토대왕은 아버지와 대화를 자주 갖지는 못했다. 때문에 언제나 스스럼없이 자신에게 달려와 집안의 이야기를 꺼내고 민심을 전해주기도 하는 거련이 기특할 뿐이었다.

궁 안의 담장을 따라 심어놓은 배꽃 하얗게 피고 들녘에는 만물이 소생하는 음력 3월이었다. 저녁을 먹은 후 달빛이 너무 밝아 광개토대왕은 궁궐을 산책하고자 밖으로 나왔다. 궁 담자락을 끼고 한 바퀴를 돌려면 한 시간은 족히 걸릴 만큼 국내성 안의 왕궁은 넓었다. 왕이 뒷짐을 짓고 가볍게 걷자 내관 둘이서 뒤를 따라왔다. 달밤 아래 하얗게 피어난 배꽃은 그야말로 여인의 살결보다 더 곱고 하얗게 밤을 수놓고 있었다.

동문을 지나 북문으로 걸어가자 왕자가 있는 방이 보였다. 왕자 거련의 방에서는 한시를 읽는 소리가 은은하게 들려오고 있었다. 왕은 뒤따라오는 내관들에게 발걸음 소리를 죽여 가며 조용히 걸으라고 지시하고 자신 역시 숨을 죽여가며 한 발짝 한 발짝 걸었다.

장수의 목소리는 차갑지 않고 정겨웠으며 발음은 한 귀절 한 귀절 매우 정확했다.

寂寂靑樓大道邊(적적청루대도변)

큰길가의 쓸쓸하고 고요한 청루에

紛紛白雲綺窓前(분분백운기창전)

흰 눈이 비단 창 앞에 어지러이 날리네

池上鴛鴦不獨自(지상원원불독자)

못 위의 원앙은 혼자가 아니건만

帳中蘇合還空然(장중소합환공연)

휘장 안 소합환은 쓸쓸하도다

屛風有意障明月(병풍유의장명월)

병풍은 뜻이 있어 밝은 달을 가리는데

燈火無情照獨眠(등화무정조독면)

등잔불은 생각 없이 홀로 잠든 이를 비춘다

遼西水凍春應少(료서수동춘응소)

요서 지방의 물이 얼어 봄은 짧으리

薊北鴻來路幾千(계북홍래노기천)

계현 북쪽 기러기 날아오니 길은 몇 천리던가

願君關山及早度(원군관산급조도)

그대가 관산에 가시면 빨리 헤아리소서

照妾桃李片時姸(조첩도리편시연)

소첩과 도리화를 비추는 날은 잠깐인 것을

광개토대왕은 그다지 한시를 즐겨 읽지는 않았으나 내용을 들

어보니 외로움을 달래는 시라는 것을 쉽게 알 수 있었다. 더욱이 '池上鴛鴦不獨自(지상원원불독자) 못 위의 원앙은 혼자가 아니건만 ' 에서는 자신도 혼자 되어 외로우니 왕자비를 들이고 싶은 심정을 노래하는 듯한 느낌을 지울 수가 없었다.

이에 왕은 왕자의 방 앞에 다가섰다. 그러자 왕자의 방문 앞 마루에 서 있던 궁녀들이 왕이 행차했음을 알렸고 왕은 왕자의 방으로 들어갔다.

"태자, 밤이 깊었구나. 보름달 훤한 이 밤에 한시를 읊으니 달밤 아래 홀로 핀 이화가 눈물을 흘리겠구나."

왕의 말에 거련은 조금은 부끄러운 듯 미소를 지으며 말했다.

"아바마마 별 생각 없이 그냥 한번 읊어 본 것입니다."

그러자 왕은 왕자의 속내를 캐보기라도 하는 듯 한 수 더 떴다.

"방년 열세 살이니 이제 가슴에 뜨거운 것이 생기지 아니하겠소. 곧 왕자비를 찾아보라고 할까요?"

"아바마마, 송구스럽습니다. 갑작스러운 말씀이라서 소자 어찌해야 할지 모르겠사옵나이다."

"허-허. 평소 호탕한 왕자가 왜 그리 어려워합니까. 그건 그렇고 지금 읊조리던 시가 누구 시인지 궁금하오."

"이 시는 강총이라는 시인이 지은 '규원'이라고 합니다."

"왕자는 혼인의사가 있으면 어머니에게 귀띔이라도 하구려. 때가 되면 벌과 나비도 만나는 것을 어찌 사람이 그 깊고 뜨거움을 숨기고만 살아서 쓰겠소."

광개토대왕은 자신의 어릴 적보다는 왕자가 체격으로나 마음

적으로나 그 성숙도가 훨씬 빨리 나타나고 있음을 감지했다.

이튿날 당장 왕비전을 찾아가 왕자비를 찾아보라고 전했다. 그때 왕은 이렇게 말했다.

"왕자비는 왕비만큼이나 지혜롭고 고운 여식이었으면 좋겠소이다."

광개토대왕은 평소 말이 많지 않으며 자신의 마음을 쉽게 드러내 보이는 성격이 아니었으나 유독 왕비와 왕자에게만은 자상하고 부드러운 모습을 보였다. 보통 남자들이 집안에서는 자상하지 못하고 말이 적으나 밖에서는 성격 좋고 부드러운 모습을 보이는 것과는 상반되는 것이었다. 광개토대왕의 진심이 돋보이는 일이기도 하지만 그만큼 아내와 자식에 대한 애정이 깊었었던 것이다.

22

연의 모용희
광개토대왕의 화를 돋구다

연은 중국 5호 16국의 하나로 광개토대왕이 태어나고 왕권을 잡았던 시기인 384년부터 409년까지 26년간 존재했다. 이 나라 는 전연의 유제의 숙부인 모용수가 부흥시킨 선비족의 나라이다. 문무에 뛰어난 모용수는 384년 연왕이라 하고 중국 요녕성 서쪽 의 하북성 지역 중산에 도읍지가 있었다. 이 나라가 가장 융성할 때는 화북 평야 일대에서 북으로는 남몽골·한국땅 일부에 이르기까지 이르렀다.

하지만 북위가 강대해짐에 따라 분쟁이 잦았다. 394년에는 북위를 공격하였으나 대동 부근에서 대패하여 모용수는 죽고 북위군에게 도읍지인 중산이 함락되어 서서히 멸망의 길을 걷는다. 후연의 4대왕인 모용희는 학정이 심한 왕으로 당시 백성들을 몹시 괴롭혔다. 또 북위에게 영토를 빼앗기고 태평성대했던 시절이 다시 돌아오지 않자 이제는 가까운 지역에 있는 고구려를 공격하고자 호시탐탐 기회를 노렸다.

그해 가을 모용희는 서안평 지역에서 국내성을 향해 공격을 개시하였다. 하지만 병사들의 수에서 감히 고구려에 비할 수 없었다. 게다가 때 아닌 폭설이 내려 산악 전투에서 길을 잘못 택하게 되었다. 공격을 개시했던 연나라의 2개 군대 중 하나가 지리 감각을 잃고 깊은 밤 이동을 하다가 수백여 명의 병사가 벼랑 아래로 굴러 떨어져 죽고 다쳤다. 그러자 모용희는 안 되겠다싶어 고구려군과 전투도 제대로 해보지도 못하고 후퇴하고 말았다.

하지만 모용희의 욕심은 이듬해인 406년 다시 발동하였다. 춘삼월이 되자 고구려의 높은 산들에 쌓였던 눈이 녹아내리고 따뜻한 날씨가 지속되었다. 이에 모용희는 4천여 명의 군사를 이끌고 고구려 공격에 나섰다

하지만 광개토대왕은 화가 치밀어오른 상황이었다. 북위의 공격을 당해 국력이 약해져 있었던터라 싸움의 상대가 되지 않는다고 여겼다. 더욱이 전해인 405년 가을 공격을 해오다 자진 후퇴

한 것을 생각하면서 다시 공격을 해올 것이라는 생각은 못했었다. 때문에 후연에게 오히려 관대한 입장을 보였던 그였다. 이를 테면 먼저 공격을 한다거나 국경 지대에 있는 고구려 백성들에게 해를 끼치지 않는 한 싸움은 하지 않을 생각이었다.

하지만 후연의 모용희가 광개토대왕의 군사력과 전술을 너무 얕잡아본 셈이었다. 당시 고구려는 신라와 고구려는 물론이고 일본국까지 꼼짝을 못하게 하는 막강한 힘을 지니고 있었다. 하룻강아지 범 무서운 줄 모르고 다시 공격을 해왔으니 이번 이야말로 그냥 놔두어서는 안 되겠다는 각오였다. 광개토대왕에게 오히려 불을 지는 셈이 된 것이다.

갑자기 후연의 침투 소식을 받은 광개토대왕은 진노기 장군과 5천여 명의 군사를 이끌고 서안평 지역으로 향하였다. 그리고 왕의 절친한 친구인 현돌 장군은 압록강을 타고 내려가 서안평 지역에 침투하였다. 이를 테면 위에서는 방어를 하며 내려오고, 밑에서는 치고 올라가는 형국이었다. 서로의 간격이 좁혀지면서 모용희가 이끄는 병사 3천여 명은 북과 남의 고구려군 사이에 갇힌 꼴이 되어버렸다. 고구려를 공격한 지 불과 열흘도 못 되어 위기 상황에 처한 모용희는 목숨을 건지고자 민가로 내려가 선비 복장을 한 후 말을 타고 도망쳤고 병사들 역시 서쪽 지역으로 일제히 후퇴를 하였다.

왕은 서쪽으로 후퇴하는 연나라의 병사들을 뒤쫓는가하면 현돌 장군이 이끄는 부대는 남쪽 정벌에 나섰다.

그리하여 고구려는 후연의 성 두 곳을 빼앗고 700여 리의 땅

을 탈취하게 되었다. 이때 고구려 병사들은 오히려 후연의 백성들로부터 환영을 받았다. 모용희에게 세금과 노역으로 괴롭힘을 당하여 끼니를 굶는 날이 많았던 관계로 차라리 고구려의 영토에 포함되어 고구려인으로 살게 되면 편안하게 먹고 살 수 있다는 생각에서였다. 따라서 고구려 병사들에 의해 점령을 당한 지역 백성들은 병사들에게 밥을 지어주면서 자신들을 살려줘서 고맙다며 땅바닥에 엎드리는 등 대환영이었다.

이때 후연 사람 중 '진무' 라는 사람이 있었는데 그는 제 발로 현돌 장군을 찾아갔다. 진무는 학문에 매우 밝은데다 세상을 앞질러보는 예견 능력을 지니고 있었다. 그는 한 번은 모용희는 분명 누군가에 의해 살해 당할 것이라는 예언을 했는데 그 소문이 모용희 귀에 들어가 가족들이 모두 모용희의 앞에 끌려가 사형을 당하고 자신만 숨어 지내며 목숨을 유지하고 있던 터였다. 자신이 숨어 있는 땅이 고구려의 땅이 되었다는 말에 현돌 장군 앞에 무릎을 꿇고 이렇게 말했다.

"내가 생각한 대로라면 고구려는 앞으로도' 수십여 년간 호시절을 맞이할 것입니다. 왕이 후손을 잘 두었기에 엄청난 땅을 얻게 될 것입니다 "

이에 현돌 장군은 진무가 예사로운 사람이 아니라고 여겨 그를 국내성으로 데리고 갔다. 그리고 이 사실을 왕에게 알렸는데 왕 역시 그를 특별한 사람으로 여겨 대린사에 기거토록 했다. 훗날 그는 광개토대왕에게 적잖은 도움을 주게 되었다.

23

후궁의 죽음

"이게 대체 어찌 된 일이오. 눈을 떠보시오. 왜 이러는 거요."

후궁 금녀는 숨이 끊어진 상태였다. 왕은 그녀의 죽음이 믿겨지지 않는 듯 소리쳤으나 때는 이미 늦은 상황이었다. 금녀의 죽음은 너무도 어처구니없는 일이었다. 낮에 어린 궁녀들이 궁 안의 모든 마룻 바닥에 피마자기름을 발라 윤기가 나도록 걸레질을 했던 터였다. 눈을 뜨자마자 소변을 보기 위해 침실 문을 열고 나온 금녀는 한두 발짝 걷다가 그만 마룻바닥에 미끄러졌는데 문제는 쓰러지는 순간 머리가 밖으로 이어지는 문 기둥에 부딪혀 뇌진탕이 되어버린 것이다.

왕과 왕비가 잠옷 바람에 달려 나왔다. 피 한 방울 나지 않은 채 쓰러진 후궁을 무릎에 안은 왕은 몇 번을 흔들어보다 맥없이 젖혀지는 고개와 팔다리가 늘어지자 망연자실했다. 왕비도 후궁의 가슴에 손을 얹었지만 심장은 뛰지 않고 있었다. 마른하늘의 날벼락이라는 말처럼 금녀는 아직 젊은 나이에 그렇게 조용히 세상을 떠났다. 궁 안의 모든 사람들이 그녀의 죽음을 슬퍼했다. 그녀를 보필하던 상궁들은 며칠 동안 식음을 전폐한 채 눈물로 시간을 보냈을 만큼 금녀는 모든 사람들에게 아쉬움을 남겼다.

금녀가 떠나지 왕의 얼굴에서는 미소를 찾아볼 수가 없었다. 식사를 하긴 했지만 양이 줄었고 왕비의 처소를 찾는 일도 뜸했다. 왕비 역시 마음이 아파 며칠을 몸져 눕기까지 했다. 몇날 며칠 밤을 끌어안고 있어도 늘 사랑스럽고 귀여운 여인이었으니 왕은 오죽했겠는가. 신하들 앞에서 눈물을 보일 수도 없고 그 누구 앞에서도 슬픈 마음을 내놓고 표현할 수 없으니 가슴만 타 들어가는 그런 느낌이었다. 금녀의 죽음을 하늘도 슬퍼한 것일까. 한겨울인데도 비가 며칠 동안 주룩주룩 내렸다. 왕은 특별한 날을 빼놓고는 좀처럼 궁 안에서 술 마시는 일이 드물었으나 금녀가 떠난 후 한동안 혼자서 술을 마시는 날이 잦아졌다. 왕의 건강을 걱정한 왕비는 왕을 찾아가 간절한 목소리로 말했다.

"폐하, 후궁의 죽음은 제가 부족한 탓입니다. 이만 슬픔을 거두세요."

"아닙니다. 그것이 어찌 왕비의 책임이란 말이오. 하늘의 뜻이 겠지요."

"폐하, 그렇게 생각하신다면 이제 다시 기운을 차리셔야지요. 날마다 술로 밤을 지새는 폐하의 마음을 헤아리지 못하는 마음 죄스럽습니다. 하오나 이 나라의 수많은 백성을 생각하셔서라도 기운을 내셔야지요."

"알았소, 왕비. 내 왕비의 깊은 마음을 다 알고 있소."

"폐하……."

왕비는 후궁이 죽은 후 100일 동안 대린사를 찾아가 후궁의 명복을 빌어주었다. 어느 왕비가 후궁의 죽음을 이토록 슬퍼하고 안타까워하겠는가. 하지만 왕비는 달랐다. 살아생전 후궁과의 남 달랐던 관계도 관계였지만 약 한 번 써보지 못하고 보낸 것이 너무도 안타깝고 불쌍하였던 것이다. 이같은 사실들은 백성들에게도 소문이 퍼져 나가 역시 고구려의 왕과 왕비의 인품은 그 누구도 따라갈 수 없다는 감탄이 사람들 입에서 새어나왔다.

왕은 시문에는 크게 관심을 두지 않던 사람이었다. 하지만 후궁 금녀에 대한 애정이 얼마나 깊었던지 훗날 왕은 후궁을 그리는 마음을 시로 적었다.

개성 여인, 금녀

가슴에 묻은 여인이여!
하늘에 심은 여인이여!
땅에 뿌린 여인이여!

짧디 짧은 세월 그대와의 인연의 흔적은
왜 이리도 많단 말이오.
옥색 저고리를 보면 그대의 모습이 스쳐가고
환한 미소를 보면 그대의 목소리가 들리는 듯하오.

나는 꽃들을 볼 수가 없소.
환한 미소, 수줍은 볼, 맑은 목소리, 은은한 체취
그대의 그 모든 것이
꽃 속에 숨어 있소.

24

꿈은 못 이루고
치마폭으로 들어간 아신왕

  단 한 번도 고구려나 신라와의 싸움에서 이겨보지 못하고 무릎
을 꿇거나 후퇴해야만 했던 아신왕은 불운의 왕이었다. 실성왕의
꾀에 후퇴한 이후로 아신왕은 더 이상 희망이 없었다. 그때부터
아신왕은 자포자기에 빠져 살았다. 나이는 이미 30대 후반으로
치닫고 있었다. 태자 전지를 일본국에 볼모로 보내면서까지 일본

과의 화친을 통해 잃어버린 땅을 찾아보고자 노력했던 그였다.

왕위에 오른 후 10여 년 간을 노력해왔건만 늘 수포로 돌아가는 자신의 계획에 그 역시 염증을 느끼게 되자 사람이 변하기 시작했다. 그의 관심은 이제 오직 하나 주색에 빠지기 시작했다.

어느 가을이었다. 아신왕은 전국 각지에서 불러 모은 어여쁜 궁녀들과 나들이를 갔다. 바닷물이 출렁이는 소리가 들리는 바닷가 소나무가 뒤덮인 작은 산 위 정자에서 한바탕 놀이가 벌어졌다. 수십여 명의 궁녀들은 노랫가락과 춤 그리고 악기를 연주하며 아신왕의 흥을 돋우었다. 온갖 음식과 인삼으로 빚은 술을 마시는 아신왕의 붉은 얼굴에는 오로지 색정만 솟아나고 있었다.

분위기가 무르익을 무렵 아신왕이 총애하는 진랑이 아신왕의 귓전에 무어라 속삭였다. 다름 아닌 어차피 바닷가에 나온 기념으로 한적한 백사장 위에서 왕의 품에 안겨보고 싶다는 거였다. 이미 술에 취하여 색욕만 끓어오르는 아신왕으로서는 진랑의 제안이 반갑기만 했다. 두 사람은 앞으로는 바다가 펼쳐지고 뒤로는 송림이 우거져 사람의 눈에 잘 띄지 않는 백사장으로 내려갔다. 두 사람은 왕을 호위하는 무사들의 시선이 분명히 근처 어디에선가 자신들을 바라보고 있다는 사실도 잊은 채 하나로 포개졌다. 진랑은 작은 모래알들이 이미 알몸이 되어버린 자신의 몸뚱아리를 간지럽히듯 파고드는 것을 즐기기라도 하듯 온몸을 좌우로 뒤척이면서 왕의 손길에 적잖은 앙탈을 부렸다. 그럴수록 왕은 진랑의 옷을 하나씩 어렵게 벗겨나가면서 여느 때와는 다른 특별한 정욕에 빠져들고 있었다. 모래 위에서 나뒹구는 두 사

람은 하나가 되었다. 바로 누운 왕의 배 위에서 마치 그네를 타
듯 오르락내리락 하는 진랑의 몸짓은 한 마리 노랑 나비가 수컷
을 만나 날개짓을 하듯 차마 눈뜨고는 볼 수 없는 황홀경을 연출
했다.

　해는 기울어지고 있었고 물은 백사장을 조금씩조금씩 파고 들
어오고 있었다. 이를 지켜보던 호위병들은 물이 조금씩 백사장
위를 적시며 파고 들 때마다 긴장감만 고조되었다. 아무리 호위
병이라 한들 어찌 왕의 정사를 그만두게 할 수 있겠는가? 조금이
라도 빨리 두 사람의 정사가 끝나기만을 바라며 눈을 어디에 둘
지 몰라 숲 속에서 서성이던 호위병들은 자신들의 몸마저 뻐근해
지는 어쩔 수 없는 상황을 억지로 참아내고 있었다. 하지만 진랑
의 몸짓에 녹아든 아신왕은 좀처럼 정사를 끝낼 줄을 몰랐다. 진
랑이 아신왕의 몸 위에서 나비처럼 나는가 싶으면 다시 진랑의
여린 몸은 모래 속에 파묻힌 듯 보이지 않고 아신왕의 등짝만 보
였다. 그러기를 수십 번 반복하는 동안 바닷물은 어느새 두 사람
의 알몸까지 다가왔다. 그 상황 그대로 내버려두었다가는 언제
파도에 휩쓸려 소리 없이 죽을지도 모를 일이었다. 호위병들은
크게 외쳤다.

　"전하, 이제 가셔야 합니다."

　"전하, 그만 몸을 추스리옵소서."

　바닷물이 발 끝에 와 닿은 듯한 느낌과 함께 호위병들의 목소
리를 들은 아신왕은 그제서야 하던 짓을 멈추고 진랑을 일으켜
세웠다.

아신왕의 주색잡기가 이쯤 되고 보니 신하들 사이에서는 이런 저런 말이 떠돌기 시작했다. 일본으로 보낸 태자 전지를 불러들여야 한다는 목소리가 커져만 갔다. 게다가 아신왕을 정욕의 도가니로 몰아넣어 허구한 날 대낮에도 방 안에서 듣기 거북한 소리가 새어나오자 왕의 사촌이었던 신하 중 한 사람이 자객을 시켜 어느 날 한밤중에 궁녀 진랑을 죽이는 일이 발생하고 말았다. 이에 왕은 마치 왕비가 세상을 뜬 양 슬퍼하며 식음을 전폐하기에 이르렀다. 죽은 진랑을 잊지 못해 한밤중에도 잠에서 깨어나 진랑을 찾아대는 아신왕을 지켜보는 신하들은 나라 걱정 왕의 건강에 대한 걱정으로 고민에 빠지고 말았다.

결국 대신들은 의논 끝에 전지를 불러오게 하는데 합의하고 왕에게 이를 승낙해줄 것을 요청하였다. 2년여 간의 지속된 정욕놀음으로 얼굴에 핏기가 빠지고 몰라보게 마른 아신왕은 자신의 운명을 알고 있었는지 쉽게 받아들였다. 이리하여 태자 전지는 어른이 되어 백제로 돌아왔다.

하지만 아신왕의 주색잡기는 지속되었다. 진랑이 죽은 뒤 몇 개월간 술을 마시지 않던 왕은 나이 열여덟 살로 꽃처럼 고운 미수라는 궁녀가 눈에 띄자 이제는 허구한 날 그녀를 끼고 살았다. 이같은 아신왕의 여색은 병이나 다름없었다. 몸은 쇠약해지는데 허구한 날 술과 정욕에 빠져 살고 있으니 보는 이들로 하여금 안타깝기 그지없었다. 무엇이든 과하면 화를 입는 법일까? 어느 날 아침 왕의 침실에서 기척이 없자 왕비가 방문을 열었는데 왕은 피를 토한 채 죽어 있었다. 일부에서는 몸이 쇠약해지긴 했지만 피를 토하고 죽을 만한 병에 걸리거나 그렇게 될 이유는 없다는 소문이 나돌았다. 때문에 분명 궁 안에 있는 누군가가 물에 무언가를 타서 독살한 것이나 다름없다는 거였다. 하지만 워낙 방탕한 생활을 일삼던 왕이었던 터라 그의 죽음을 슬퍼하는 이들도 없었고 죽은 원인을 캐려고 드는 사람도 없었다. 그렇게 아신왕은 405년 세상을 떠나고 그의 아들 전지왕이 왕위에 올랐다.

25

위기와 혼란 속의 두 나라

고구려는 주변 국가들 사이에서 함부로 침범하기 어려운 나라로 이미 소문이 나 있었다. 신라는 이같은 고구려를 등에 업고 고구려의 아우임을 자청하며 입지를 다져나가려는 노력을 기울였다. 실성왕이 즉위한 이래 고구려와 신라는 한결 더 가까워져 일본의 침입도 두려워하지 않고 거뜬히 물리쳤다.

405년이었다. 지금의 경주 천군동과 보문동에 걸쳐 있는 명활
산성에 일본군이 침입해 들어왔다. 당시 도읍지였던 서라벌과는
불과 30여 리밖에 되지 않는 곳이니 자칫하면 왕궁을 빼앗길 수
도 있는 일이었다. 이처럼 시급한 상황에서 실성왕은 금성 주변
을 지키고 있던 모든 병사들을 이곳에 집중시키는 한편 각 고을
에서 남자들을 불러 모아 방어에 침투시켰고 강원도 강릉 지역의
국경에 있던 고구려 군의 지원을 받는 등 총력을 기울였다.

　백제군의 공격이 있은 지 불과 2년 정도 밖에 안 되었던터라
왜군이 침입해 올 것이라는 생각은 전혀 하지 못하고 있었던 터
였다. 게다가 백제군의 침입에 대비하여 백제와의 국경에만 신경
을 썼을 뿐 동해 해안선 지역은 거의 무방비 상태였다. 그나마 다
행이었던 것은 고기잡이를 하던 어부가 왜군의 배를 확인하자마
자 곧장 서라벌 근처의 관가에 알린 것이 큰 도움이 되었다.

　먼저 명활산의 정상에 숨어 있던 신라군은 서라벌을 공격하고
자 밤 늦은 시간에 명활산을 올라오던 왜군들에게 사정없이 활을
쏘아댔다. 또 민가에서 쉬고 있던 왜군들이 밤이 되어 명활산으
로 들어가자 현지인들을 시켜 왜군의 뒤를 밟다가 자정이 넘으면
곧장 불을 지르라고 지시했다. 산 아랫 부분에서는 불길이 솟아
오르고 위에서는 화살이 날아오니 왜군들로서는 감당하기 어려
웠다. 아래에서 위를 공격한다는 것은 결코 쉬운 일이 아니었다.
이에 왜군들은 불길을 헤치고 다시 산을 내려가 타고 왔던 배를
타고 달아났다.

　한 어부의 발 빠른 정보 전달과 실성왕의 전술로 화를 면한 신

라는 당시 명활산성을 쌓았다. 백제가 그러했듯이 왜군도 머지 않아 자시 공격해올 것이라는 예측에서였다. 3개월간에 걸쳐 돌로 쌓은 명활산성은 길이가 자그마치 6천 미터에 달했다. 그후 시간이 흐른 후 다시 왜인의 침략이 극심해지자 신라는 왜의 침범에 대비하기 위하여 쌓은 남산성을 쌓아 명활산성과 함께 도읍지인 서라벌을 방어하는 데 큰 몫을 담당하게 했다.

이 시기에 백제는 397년 볼모로 왜국에 갔다가 아신왕의 부음을 듣고 아신왕의 큰아들인 전지가 귀국길에 올랐고 둘째인 동생 훈해가 섭정 중이었다. 훈해는 이미 형인 전지가 태자로 책봉되어 있던 터라 그가 귀국하기만을 기다리고 있었다. 하지만 막내 동생 설례는 왕위에 흑심을 품고 있었다. 작은 형 훈해를 죽이고 왕위에 오르겠다는 그의 야망은 순식간에 백제 전역으로 퍼져나 갔다.

훈해는 매사에 침착하고 섬세한데다 늘 정도만을 걷는 이를 테면 선비 같은 곧은 기질이 있었다. 때문에 왕위는 반드시 형인 전지의 자리라고 믿었다. 또 동생에 대한 소문이 나돌긴 했지만 결코 그런 일은 없을 것이라며 동생 설례를 이상히 여기지 않았다. 하지만 설례가 왕위 욕망은 사실이었고 그의 뒤에서는 몇몇 신하들이 함께 모략을 꾸미고 실행만을 남겨둔 상황이었다. 하지만 세상 모든 일에는 찬성하는 이가 있으면 반대하는 무리가 반드시 있기 마련이다. 대신을 비롯한 관리 그리고 백성들 대다수는 왕위는 반드시 전지가 올라가야 한다는 쪽이었다. 나라를 대신하여 왜국에 가 있었던 것도 억울한 일인데 왕위까지 막내 동생에게

내어 준다는 것은 옳지 않았기 때문이다. 게다가 형을 죽이려는 음모를 꾀하는 동생이야말로 천벌을 받아 마땅하다고들 수군거렸다.

때마침 귀국 길에 오른 전지는 순천에 도착하여 배에서 내리던 중 이같은 사실을 알게 되고 곧장 해도로 피신을 갔다. 상황이 이렇게 되자 조정의 대신들이 한자리에 모여 왕위에 대한 회의를 하였고 결론은 설례를 죽여야만 된다는 데 의견을 같이 했다. 물론 반대하는 대신들이 서너 명 있었지만 그들의 주장이 관철될 수는 없는 일이었다.

이미 훈해와 모략을 꾸미고 있던 대신에 의해 설례는 자신이 살해될 것이라는 것을 알게 되자 먼저 훈해를 죽여야만 자신이 살 수 있다는 판단을 내리고 자객을 불러 훈해의 거처로 보냈다. 하지만 욕심이 과하면 화를 얻는 법이다. 자신이 먼저 죽을 줄은 꿈에도 몰랐던 설례는 대신들이 부른 군사들에 의해 자객과 함께 끌려가 비참하게 죽고 말았다. 이때 설례의 나이 고작 15세였으니 그의 야망은 한낱 불장난에 불과했던 것이다.

백성들은 설례가 죽고 태자 전지가 오르자 잔치를 벌이며 이제는 좋은 세월이 올 거라며 서로 위안하기에 이르렀다.

26

구절초로
왕비를 살려내는 진무

신라와 백제는 어수선한 분위기 속에서 나라의 기강을 바로 세우고자 하지만 고구려는 그야말로 걱정 하나 없는 태평성대의 시절을 맞이하였다. 해마다 신라로부터 백여 필의 삼베와 3백여 가마의 쌀이 오고 백제로부터 빼앗은 파주, 양주 일대의 기름진 논에서는 곡식이 넘쳐났다. 그리하여 백두산 인근의 척박한 땅에 사는 주민들에게는 해마다 봄이면 양식을 나눠주었다.

광개토대왕은 불교를 전파하는 일 못지 않게 백성들의 의식주에도 깊은 배려를 하는 민생보호 정책을 폈다. 땅이 없는 이들에게는 관에서 관리하는 경작지에서 일을 하여 먹고 살 만큼의 양식을 가져가게 했다. 이리하여 고구려 땅 어디를 가든 일하지 않고 노는 이가 없었고 마을을 떠돌며 구걸을 하는 걸인들을 찾아볼 수가 없었다.

하늘도 고구려의 번성을 도왔다. 407년 여름 신라와 백제 땅에는 대홍수가 발생하여 수백여 명의 사람들이 물에 빠져 죽거나 실종되었고 백제는 옥토나 다름없는 논산, 정읍, 김제 일대 논들이 자갈밭으로 변하는 등 엄청난 피해를 보았다. 하지만 고구려에는 곡식이 자라기에 좋을 만큼의 비만 내렸고 다른 해와는 달리 봄과 가을이 길어져 농작물은 풍년을 맞이했다. 이에 따라 왕은 전국의 절에 쌀을 보내 떡을 하게 하고 신도들을 불러 부처님께 감사하는 뜻에서 '삼천배' 행사를 갖기도 했다. 왕도 대린사를 찾아가 부처님의 은공에 감사함을 표시했다.

그러나 광개토대왕에게도 한 가지 걱정거리가 생겼으니 다름 아닌 왕비의 건강이었다. 본래 호리호리한 몸이지만 크게 아픈데 없이 건강했던 이른 봄 왕비가 셋째 아기인 공주를 낳은 후 건강을 회복하지 못하고 있었다. 후궁으로 들어온 금녀가 어이없는 일로 한순간에 죽은 지 몇 년지나지 않아 이번에는 왕비가 누워서 일어나지 못하고 있으니 왕의 마음은 불안하기 그지없었다. 왕비는 한여름에도 솜이불을 덮고 방 안에만 누워 지내고 있었다. 왕은 물론이고 큰아들 거련, 둘째 수련은 왕비에 대한 걱정으로 웃음을 잃어가고 있었다.

왕으로서는 가장 사랑하는 한 여인인 동시에 국정에 조언을 해주는 현명한 국모였다. 그리고 거련에게는 가장 가까운 글 친구이자 존경의 대상자였고 수련에게는 엄마이기 이전에 시화를 지도해 주는 스승이었다. 그렇게 왕비는 가족 모두에게 큰 도움을 주는 동시에 정신적인 안식처였다.

왕은 대린사의 주지스님인 청명스님을 궁으로 불렀다.

"내려오셨습니까, 스님."

"폐하, 용안이 어둡습니다. 이러다 폐하까지 건강을 해치지 않을까 소인 걱정이옵니다."

"내 건강은 걱정할 일이 아니오. 용하다는 명의들이 다 다녀갔지만 어찌 된 일인지 왕비의 건강이 회복되지 않으니 어찌해야 좋겠습니까?"

청명스님은 한참 동안 눈을 감고 경을 외웠다. 목탁소리와 함께 청명스님의 맑은 목소리가 궁 안에 울려 퍼졌다. 왕은 스님의 불경소리가 끝날 때까지 같이 합장을 했다. 한참 동안 지속되던 스님의 불경소리는 끝이 났다. 그리고 스님이 무릎을 치더니 미소를 띠우며 말했다.

"폐하! 명의는 아닐지라도 분명 가까운 곳에 의인이 있습니다. 그가 반드시 큰일을 할 겁니다. 이 모든 게 폐하가 베푼 은혜가 크기 때문입니다."

"글쎄요. 스님 그렇게만 된다면 무슨 걱정이 있겠습니까?"

"폐하! 장담하기에는 섣부른 일이오나 소인의 짐작으로는 의인이 반드시 나타날 겁니다. 기다려 주시옵소서."

청명스님이 다녀간 후 3일이 되던 날이었다. 평소 왕비를 극진히 보살펴오던 나이든 명상궁이 왕을 찾아왔다. 하지만 명상궁의 뒤에는 후연에서 현돌 장군이 데리고 온 진무가 동행하고 있었다.

"전하 연에서 온 이 사람이 한의학에 매우 밝다고 하옵나이다. 하여 청명스님이 이 사람에게 마마의 병환을 치료해드리라고 일렀다고 합니다."

"아, 그런가? 그래 무슨 방도가 있겠는가."

그러자 진무가 입을 열었다.

"폐하, 왕비께서는 산후 고통으로 누워 계시는 줄로 알고 있습니다. 소인이 아는 바로는 몸을 따뜻하게 해주고 기운을 내게 하는 데는 구절초를 따다가 들깨 가루와 꿀을 함께 넣어 고은 것이 좋다고 알고 있습니다. 하오니 폐하께서 허락하신다면 소인이 직접 만들어 바치겠습니다."

"더 이상 시간을 지체할 일이 뭐 있겠소. 어서 서둘러 행하시오."

이리하여 진무는 강가에 가서 구절초를 따다가 명상궁이 지켜보는 가운데 꿀과 들깨 가루를 넣고 조청처럼 고았다. 왕비는 하루 세 차례씩 이를 먹었는데 그 효과는 곧장 나타났다. 왕비의 안색이 하루가 다르게 나타났다. 식은땀이 없어지고 기운을 차린 왕비는 일주일 만에 자리에서 일어났다. 왕으로서는 신기하다 못해 감탄했다. 이에 왕은 진무를 아예 궁 안으로 불러들였다. 그리고 그가 하고 싶은 한의학은 물론이고 한학을 연구하도록 했다.

건강을 회복한 왕비 역시 진무의 비상함에 감탄하여 궁 안의 총명한 궁녀들에게 진무 아래서 기초 한의학을 배우도록 지시했다. 궁 안에는 늘 명의가 대기하고 있었지만 진무가 알고 있는 지식은 고구려의 명의들이 알고 있는 것보다 훨씬 깊이가 있었던 것이다.

하지만 진무가 궁 안으로 들어옴으로 인해 광개토대왕에게는 아주 큰 도움이 되는 일이 발생하였다. 진무가 궁 안으로 들어온 그해 가을이었다. 어느날 갑자기 후연의 모용희가 사신을 보내왔다. 그들은 어명이 떨어지지 않아 궁 밖에서 기다리고 있던 터였다. 이에 왕은 진무를 보내 그들의 정체를 파악하도록 지시했다. 아니나 다를까. 고구려 사람들로서는 그들의 사투리를 제대로 알아들을 수 있는 사람이 없었다. 하지만 후연에서 태어나고 자란 진무는 그들의 말이 곧 자신이 쓰던 말이었으니 염탐하는 데는 더할 나위 없이 좋은 첩자였다. 진무는 두 사신이 묶고 있는 국내성 초입의 한 주막집에 나그네처럼 하고 나타났다.

진무는 의도적으로 벙어리 흉내를 내면서 그 역시 주막집에 하루 묵어가기로 했다. 밤이 깊어지자 두 사내는 자기들 말로 대화를 나누었다. 염탐을 한 결과 두 사람은 모용희가 보낸 첩자들이었다. 사신 행세를 하여 궁 안으로 들어가게 되면 왕비의 침실 위치를 알아낸 후 왕에게 사신으로서의 전달하고자하는 내용을 전달하고 나와 다시 인근에 머물렀다가 비바람이 거센 밤을 택해 궁에 침입하여 왕비를 죽이라는 임무를 부여받은 것이다.

이튿날 진무는 급히 궁 안으로 들어와 이를 알렸고 수십 여 명의 병사들이 주막집으로 달려가 두 사람을 산체로 묶어 왕 앞으로 끌어왔다. 그리고 그들로 하여금 모든 사실을 낱낱이 밝히게 했다.

27

두 번 죽음을 당하는 모용희

광개토대왕은 참을 수 없을 정도로 화가 치밀어올랐다. 두 번
이나 공격에 실패를 하고나서도 모용희가 여전히 고구려 침공과
고구려 왕실을 테러할 계획을 세웠다는 사실은 너무도 어이가 없
는 일이었다. 이에 광개토대왕은 역으로 두 첩자로부터 모용희에
대한 자세한 정보를 캐냈다.

당시 모용희가 이끄는 후연은 그의 포악함으로 인해 백성들 중 반대파가 적지 않았으며 모용희가 고구려 영토를 빼앗은 후 신라와 백제까지 차지하려는 야무진 꿈을 꾸고 있었다. 이를 위해 말을 대규모로 사육하는가 하면 전시에 대비해 한 달에 한 번 보름달이 뜨는 날 젊은이들을 모아 밤낮으로 전투 연습을 시키고 있다는 것이었다. 광개토대왕으로서는 참으로 어이없는 일이었다.

왕은 현돌 장군을 불렀다. 민첩하고 지혜로운 병사 10여 명을 뽑아 그들에게 7일간 특수 훈련을 시킨 후 2개 조로 나뉘어 후연에 침투하여 모용희를 사살하라고 지시했다. 후연과의 전쟁이 두려운 게 아니었다. 한 사람을 잡고자 무고한 백성들에게 해를 끼치고 싶지 않았고 대규모 병사들을 움직이는 일은 여러모로 낭비라는 판단을 한 것이다. 게다가 후연으로부터 온 첩자들이 후연의 도읍지에 있는 황궁 내에 모용희가 기거하는 방의 위치까지 그림으로 그려줄 정도였으니 이 기회에 모용희를 이슬처럼 사라지게 하는 게 현명하다는 판단을 내린 것이었다.

고구려 서쪽의 랴오뚱 지역 일부는 이미 고구려 땅이 되었으므로 모용희가 기거하는 후연의 도읍지까지 가는 길은 그리 멀지 않았다. 현돌 장군이 이끄는 이들 특공 대원들은 비단 장수, 소금 장수로 변신을 하여 두 개 조로 나뉘어 이동했다. 가는 길에 만나는 후연의 백성들은 고구려 상인 행세를 하는 이들 대원들에게 크게 반감을 갖지도 않았으며 이상하게 여기는 이들도 없었다. 모용희의 학정에 시달리고 있던 백성들은 오로지 입에 풀칠하는 일에만 급급해 했다.

열흘 밤낮을 걸어 모용희가 있는 성에 도착한 이들은 두 개 조로 나뉘어 행동을 개시했다. 먼저 한 개 조가 남쪽 벽을 뛰어넘어 들어가 지붕 위를 타고 다니면서 소란을 피웠다. 이리하여 문지기들마저도 시선을 소리 나는 쪽으로 유도시킨 후 현돌 장군이 이끄는 조는 모용희의 처소가 있는 동문의 담장을 뛰어 넘어 들어갔다 문지기는 둘밖에 없었으므로 그들을 쓰러뜨리는 것은 식은 죽 먹기였다. 세 명은 문지기들을 때려눕히는 동안 현돌 장군과 병사 한 명은 5미터 정도 길이로 이어진 복도를 쏜살같이 뛰어 들어가 잠에 빠져 있는 모용희의 목에 칼을 들이댔다. 그때 모용희의 옆에는 나이 어린 궁녀가 알몸으로 누워 있었다. 모용희의 가슴을 칼로 찌르자 외마디 비명과 함께 고개를 늘어뜨렸다. 상투처럼 꼬아 올린 그의 머리카락을 칼로 베어 그것을 손에 쥔 현돌 장군은 목적을 달성한 만큼 부하와 함께 밖으로 나와 대기하고 있던 병사들과 함께 밖으로 나왔다. 낮은 지붕 위에서 칼싸움을 하던 다른 조의 병사들이 현돌 장군 일행을 보고 마치 날아가듯이 담장을 밟고 궁 밖으로 나왔다.

이제는 고구려 땅으로 도망치는 일밖엔 남지 않았다. 제아무리 싸움을 잘한다 해도 수백여 명의 군사를 각각 해치울 수는 없는 일이었다. 이때 현돌 장군이 전날 미리 돈을 주고 구해놓은 말 열 마리가 동문 근처에서 대기하고 있었다. 이 말들은 국경 지점까지만 타고 갔다가 그곳에서 기다리는 후한의 마부에게 넘겨주기로 약속한 터였다. 당시 후한의 백성들은 돈이 되는 일이라면 간이고 쓸개고 다 빼어줄 만큼 나라 일에는 관심이 없고 오로지 각자 개인을 위한 삶을 살았기에 이같은 일은 가능했다.

하지만 이 일이 있은 후 사흘째 되던 날 국내성에는 이상한 소문이 떠올랐다. 후연의 모용희가 부하의 칼에 죽었다는 거였다. 모용희는 현돌 장군의 칼에 의해 고개를 힘없이 떨구었는데 어찌된 영문인지 알 수가 없었다. 이에 국경지대에 첩자를 보내어 염탐을 한 결과 일이 참으로 묘하게 연결되고 말았다. 그날 밤 현돌 장군의 칼을 맞은 모용희는 사실 죽지 않았었다는 것이다. 하지만 평소 모용희를 죽이려고 벼르고 있던 신하 고운이라는 사람이 피를 흘리며 신음하는 모용희를 보고 기회는 이때다 싶어 다시 칼로 목을 베었던 것이다. 고운으로서는 어차피 고구려인들에게 죽은 것으로 만들 작정이었다. 하지만 곁에 알몸으로 있던 궁녀가 현돌 장군이 나가자마자 곧장 병풍 뒤에 숨어 떨다가 이같은 현장을 목격한 후 궁에서 달아나 소문을 퍼뜨린 것이었다.

분명 모용희 죽음은 그의 욕심이 과해서 일어난 결과였다. 모용희의 죽음을 기뻐한 것은 고구려 왕실만이 아니었다. 정작 국가 우두머리가 죽은 것을 슬퍼해야 할 국민들은 하나같이 갈채를 보냈다. 얼마나 백성을 괴롭히고 어렵게 만들었으면 누구 한 사람 슬퍼하는 이가 없겠는가?

모용희가 죽고 고운이 후연의 우두머리로 등장하자 고구려와 후연은 의외로 좋은 사이로 바뀌었다. 고구려의 힘을 너무 잘 알고 있는 고운은 정면전은 승산이 없다는 생각에 차라리 수교를 통해 안정을 취하며 국력을 키워나가겠다는 결심을 하고 광개토대왕에게 수교를 요청해왔다.

28

왕자, 혼례를 앞두고 사고를 치다

해는 바야흐로 408년이다. 강남 갔던 제비가 돌아오는 봄이었다. 후연의 모용희가 죽은 후로 고구려는 어느 나라의 침공도 받지 않았고 몇 년째 전쟁이 없이 평화로운 시대였다. 국내성 주변 사람들은 그 어느 지역보다도 더 풍요롭고 안락한 시절을 맞이하고 있었다. 궁의 상궁들은 왕비의 명에 따라 1년반 전부터 한동안 왕자비감을 찾았지만 좀처럼 괜찮은 처녀를 찾지 못했다.

광개토대왕은 더 이상 왕자비를 들이는 일을 늦추어서는 안 된다는 생각이 들었다. 이제 곧 태자 책봉도 해야 되는데다 큰 아들 거련의 나이가 15세가 되었으니 당연히 혼례를 치러 주어야 하기 때문이었다. 더욱이 거련은 제 나이에 비해 두세 살은 많아 보일 만큼 체격이 커서 턱에는 이미 수염이 검게 올라와 있었다. 어디를 보아도 아이 같은 구석은 더 이상 찾아볼 수가 없었다.

이에 왕은 신하들에게 건강하고 미인인데다 효심이 남다르고 한문을 아는 처녀를 찾아보라고 했다. 그러자 소문은 순식간에 전국 각지로 퍼져나갔고 가문이 좋고 인물이 좋은 처녀들이 자신들의 부모를 졸라서 왕비 후보감으로 추천해달라고 조르기까지 했다. 왕자비가 되면 곧 한 나라의 국모가 되는 일이고 가문의 영광이니 여느 때 같으면 오히려 부모들이 적극적으로 나서는 편이었다. 하지만 왕자 거련의 사람 됨됨이와 잘생긴 외모가 알려져 있던 터라 국내성 주변은 물론이고 멀리 평양과 개풍의 처녀들까지 자신이 왕비로 간택되길 빌고 비는 일이 발생한 것이었다. 그런가 하면 단오절에는 그네를 타는 듯하면서 자신의 얼굴을 드러내 보이려는 처녀들이 수없이 몰려들어 국내성 버드나무골에는 때 아닌 미인잔치가 열리는 웃지 못할 일도 발생했다.

황해도 지역 재산가 집안의 한 처녀는 아예 부친을 졸라 국내성으로 이사를 오는 일까지 생겼으며 대신들의 집에는 허구한 날 자신의 딸들을 선보이려고 찾아가는 이들이 한둘이 아니었다. 하지만 왕자비라는 자리에 앉기가 어디 그리 쉬운 일이겠는가.

　대신과 상궁들을 통해 이십여 명이 넘는 처녀들이 왕비 앞에서 얼굴을 보였지만 왕비의 눈에는 여전히 마땅한 규수가 나타나질 않았다. 인연이 되려면 생각지도 못할 일이 발생하는 법이다.

　어느 날 새벽 왕비는 대린사를 찾아가 불공을 드리고 절 문을 나서려고 가마에 오르는데 그때 마침 한 처녀가 절 안으로 들어오고 있었다. 처녀는 왕비를 처음 보았지만 금방 알아보고 왕비가 탄 가마가 지날 때까지 고개를 숙인 채 한 옆으로 비켜 서 있었다. 이에 왕비는 가마를 멈추고 상궁을 시켜 대체 무슨 일로 처녀가 이른 새벽에 절 안으로 들어왔는지 알아보라고 했다. 처녀는 다름 아닌 국내성에서 한학을 가르치는 서당 훈장의 딸로 자신의 어머니가 돌아가신 지 1년이 넘었지만 매일같이 하루도 거르지 않고 절에 와서 모친이 편안한 곳으로 가실 수 있도록 해달라고 부처님께 절을 올린다는 거였다. 참으로 쉬운 일이 아니거늘 마치 아들이 부모 묘 옆에서 움막을 짓고 3년 상을 지내는 것처럼 딸이기에 절을 찾아와 부처님 앞에 절을 올린다는 거였다.

　이 얘기를 듣고 난 왕비는 그녀의 효심에 감탄하여 이튿날 궁으로 그녀를 불러들였다. 효심도 효심이었지만 처녀는 외모도 매우 반듯하고 고왔다. 하지만 장차 한 나라의 왕비가 될 사람이라면 글과 그림쯤은 기본을 갖추어야 한다는 생각에 왕비는 처녀에게 시를 짓고 그 옆에 난을 쳐보라고 했다. 처녀의 시는 그야말로 왕비도 놀라 감탄할 지경이었다. 그 내용인 즉 이러했다.

자식으로 살아가며

가장 중요한 것은 부모를 섬기는 일이다

아내로 살아가며

가장 중요한 것은 지아비를 섬기는 일이다

어미로 살아가며

가장 중요한 것은 자식을 올바르게 가르치는 일이다.

우두머리로 살아가며

가장 중요한 것은 그들로 하여금 존경받도록 행동하는 일이다.

왕비는 처녀가 비록 가난한 서당 훈장의 딸이고 어머니가 없는 불쌍한 처지지만 처녀의 됨됨이는 어느 하나 나무랄 데가 없는지라 왕자비감으로 아주 좋은 인물이라고 판단하고 이를 왕에게 보고했다. 왕 역시 화려한 가문에 태어나 호위호식하며 자라난 규수보다는 세상 물정을 알고 여자로서의 근본을 갖춘 규수감이 좋다면서 왕비의 뜻에 이의를 제기하지 않았다.

게다가 처녀는 수예는 물론이고 음식에도 아는 것이 많아 그야말로 팔방미인이라고 해도 좋을 만큼 어느 한 가지 부족함이 없었다. 이같은 사실은 왕자 거련에게도 전해졌다. 거련은 팔방미인을 신부로 얻게 되었다는 기쁨과 함께 대체 어떤 여인인지 궁금해서 안달이 났다. 혼례 날까지 기다리려면 두어 달은 족히 걸려야 하므로 거련은 왕과 왕비 몰래 여인의 얼굴을 훔쳐보기로 마음 먹고 일을 꾸몄다.

상궁을 통해 처녀가 사는 마을을 알아낸 거련은 백성들의 사는

모습을 둘러보고 오겠다며 말을 타고 궁을 나섰다. 궁 안에서 입는 의관을 벗고 선비 차림으로 여인의 집을 찾아 나선 거련은 국내성 외곽의 한 마을에 다다랐다. 그곳의 주막집에서 거련은 주모에게 말했다.

"아주머니, 내가 글 공부를 하고 싶어 훈장선생을 찾아왔습니다. 그 댁이 어디입니까?"

"아니 장가갈 때가 다 된 총각이 이제서야 글공부는 해서 뭐한다요. 저그 배나무꽃 하얗게 핀 저 집이라요."

"그 집에 규수가 있습니까?"

"대체 뉘시라요. 와 남의 집 규수를 묻수까. 그 집 따님은 이제 궁으로 들어가 왕자비가 된다 하지 않겠습네까."

"아 – 그냥……."

"생긴 건 장군감인 총각이 실없게 굴기는. 술이나 마시고 가시게."

거련은 술을 마실 수 없는지라 주모에게 고맙다는 인사를 하고 배꽃이 담장을 따라 하얗게 핀 처녀의 집 주변을 어슬렁거렸다. 때마침 아리따운 규수가 방문을 열고 나오더니 부지런히 집안 청소를 했다. 슬쩍슬쩍 먼 발치에서 보는 처녀의 얼굴은 한 송이 봉숭아 꽃처럼 수줍은 듯 불그레 물이 들었고 빨간 치마에 노랑 저고리 그리고 길게 땋아 내린 머리가 보일 때마다 거련의 마음속은 이미 불길이 솟는 듯 온통 마음은 처녀의 자태 속으로 빨려 들어가고 있었다. 그때였다.

"거 뉘길래 남의 집 담에서 규수를 훔쳐보고 있소."

뒤를 돌아다보니 마치 산적처럼 생긴 무서운 사내가 마치 칼이라도 빼어들듯 거련을 노려보고 있었다. 순간 갑자기 말이 소리를 지르더니 앞발을 쳐들며 몸을 흔들었고 거련은 자기도 모르는 사이에 말에서 떨어졌다. 혼례를 앞둔 왕자가 신부가 될 규수집을 찾아왔다가 변을 당하면 이는 그야말로 망신이 아닐 수 없는 일이었다. 거련은 잔뜩 긴장하여 재빨리 일어나 말의 고삐를 다시 잡고는 마치 도둑질이나 한 사람처럼 정신없이 말을 타고 달렸다. 하지만 문제는 너무 정신이 없던 탓에 한쪽 신발이 벗겨진 것도 모르고 궁 안으로 온 것이 아닌가?

　식견이 있는 사람이라면 그 신발 한쪽을 보면 분명 궁에서 머물고 있는 사람의 신발이라는 걸 쉽게 알 수 있으니 거련은 걱정하지 않을 수 없었다. 혼례를 치르기 전까지는 소문이 나돌지 말아야 하기 때문이다.

29

상좌평제도를 통해
안정을 꾀하는 전지왕

방탕한 생활을 하던 아신왕에 이어 왕이 된 전지는 걱정이 많
았다. 아신왕 즉위시절 고구려에게 영토를 빼앗겼고 신라를 여러
차례 공격했으나 늘 실패로 끝났으며 이에 왕은 왕대로 타락에
빠져들어 죽고 백성들은 혼란 속에 빠져든 상황이었다. 먼저 나
라를 안정되게 하지 않으면 안 될 일이었다. 하지만 10여 년 동

안 왜국에 가 있던 터라 자신의 힘만으로 나라를 안정시키는 일은 쉽지 않겠다는 결론에 달했다. 더욱이 나이 많은 대신들과 국정을 논의한다는 것이 여간 부담스러운 일이 아니었다. 자칫 잘못하면 자신만 위기에 빠질 수도 있는 상황이었다.

당시 전지왕은 혼인도 치르지 않은 상황이었다. 이에 아신왕 때부터 국사에 헌신적으로 참여해온 나이 든 대신 이영모의 손녀딸과 혼례를 치러 왕비로 삼았다. 그리고 가장 시급한 현안으로 불만과 불안으로 가득 차 있던 민심을 평온하게 잠재워주어야 했다. 이를 위해서는 대신들의 당파싸움이 없어야 하고 각 고을마다 고르게 인재를 등용시키는 것이 중요하다고 여겼다.

이에 전지왕은 새로운 제도를 만들어보고자 고민하였다. 이때 왜국에서 본 수상제도가 그의 머리를 스쳐갔다. 왕 한 사람에 몰려있는 권한을 직접 휘두르기보다는 수상을 두어 언제든지 긴밀한 의논과 대화를 나누어서 실질적인 권력행사는 그를 통해 하도록 하는 게 바람직하다는 판단을 내린 것이다. 이는 전지왕의 지혜였다.

이리하여 백제는 상좌평 제도를 만들었다. 16관등 중 1등급인 좌평에 6명을 기용하고 이들 중 우두머리격인 내신좌평을 수상과 같은 인물로 내세웠다.

6명의 좌평은 중앙 행정을 분장하도록 하였다. 6좌평의 인물들은 각 출신 지역별로 고르게 앉혀 놓도록 하되 기존의 대신들 중에서 발탁하는 형태를 취했다. 이 가운데 내신좌평은 왕명의 출납을 맡게 했다. 이에 전지왕 4년인 408년 왕의 이복동생인 여신이 처음으로 상좌평이 되어 6좌평을 관장하였다.

　이같은 개혁은 매우 좋은 결과로 나타났다. 기존에 대신들은 허구한 날 모여서 서로의 의견만 내놓았을 뿐 누구 하나 소신을 갖고 정책을 펴려고 하지 않았다., 하지만 상좌평제도를 통해 각각의 역할을 집중화시키고 정책을 펴도록 힘을 실어주었다. 그러자 좌평들은 서로 경쟁하듯 자신이 맡은 분야에 책임을 지고 일을 추진했고 동생인 내신좌평은 매일같이 왕에게 추진되고 있는 국정사안을 보고하는 형태로 자리잡았다.

　왕은 전쟁에는 관심을 두지 않았다. 아신왕이 신라와 고구려를 수시로 넘보았던 것과는 달리 전지왕은 중국으로부터 문물을 받아들여 발전시키는 데 주력했다. 정국이 안정되고 왕이 온화한 정치를 하자 백성들도 자신들의 생업에만 주력했다. 고구려는 이미 백제가 더 이상 고격을 해오지 못할 것이라는 사실을 알고 북쪽의 변방에 관심을 쏟고 있었고 신라의 실성왕은 왜국의 침입을 막는 데만 주력했기에 백제에는 관심을 두지 않았다. 이에 전지왕 역시 신라와 고구려에 싸울 빌미를 만들지 아니하였고 가야국과 왜 나라와는 긴밀한 협력하에 서로의 문화를 주고 받는 식으로 친밀한 관계를 유지하고자 했다.

　전지왕의 이같은 대내외적인 정책은 백성들에게 위안을 주었으며 김제, 나주, 논산, 평택 등지의 평야지대로부터 해마다 풍성하게 추수를 거두어 나라의 곡식 창고에는 해마다 쌀과 보리, 밀 등이 쌓여만 갔다.

　이때 백제의 한 도공이 있었는데 그는 전지왕의 정치에 매우 흡족하여 왕에게 왕의 상차림에 쓰이는 그릇들을 선물했다. 그 그릇은 학이 날아다니는 그림을 그려 넣어 구운 청자였는데 당시 그 어느 도공의 청자 백자보다도 아름다웠다. 이에 그릇을 선물 받은 왕은 너무도 기뻐 도공에게 넓은 가마터를 제공하고 해마다 곡식을 하사하여 그가 생계에 지장 없이 그곳에서 쓸 만한 제자들을 불러 모아 가르치도록 도와주었다. 이에 도공의 길을 걷겠다는 젊은이들이 전국 각지에서 몰려들어 한때는 삼백여 명이 넘는 도공 후예들이 있었을 정도였다.

문화 예술에 관심이 많았던 왕은 왜국, 가야, 청국 등에 사신을 보낼 때마다 그 도공이 빚은 도자기를 선물로 가져가도록 했고 궁에서 사용하는 모든 그릇을 청자와 백자로 교체하기도 했다.

이쯤 되자 사리사욕에 빠져 있는 사람들이 가만히 있을 리가 없었다. 하루는 왕비의 조카 되는 사람이 자기가 사는 고을의 흙이 황토 흙으로 도자기를 만들기에는 아주 좋다고 말하면서 많은 도자기를 구어 청국과 왜국에 팔면 큰 돈이 되지 않겠냐면서 자신에게 그 같은 일을 할 수 있게 해달라는 부탁을 해왔다. 하지만 왕은 한 마디로 거절했다.

"백자와 청자는 우리 백제만큼 뛰어난 기술을 갖고 있는 곳이 없소. 그릇을 내다 팔다보면 훗날에는 뛰어난 도공들의 기술도 새나갈 것이오. 게다가 친인척이 이런저런 일로 나랏일과 관여되는 것을 그다지 원치 않으니 그리 아시오."

이리하여 백제의 도자기 기술은 날로 발전을 거듭했고 천민 취급 받았던 도공들은 관가의 관리하에 평민 이상의 대우를 받게 된다. 왕은 자신은 물론이고 조정의 대신들 그 누구도 자신의 권력을 이용하여 친인척을 관직에 등용시키는 것은 절대 용서하지 않는 곧은 성격이었다.

한편 전지왕은 고구려가 불교전파 정책을 활발하게 펴자 이를 통해 백제 땅에도 불교 문화를 널리 퍼뜨렸다. 여기에는 일부 대신들의 귀띔이 있었다. 이를 테면 광개토대왕이 영토 확장과 함께 번성기를 맞이하고 있는 것은 다름 아닌 부처님을 받들어 모신 결과라는 것이었다. 그때까지만 해도 백제에는 사찰이 그다지 많지 않았다. 전지왕은 전국 각지에 대형 사찰 5개를 건축하게 하고 사찰을 짓는 데 드는 비용은 국가에서 반을 부담하고 나머지는 해당 지역의 재력가들을 설득시켜 기부금을 내도록 했다.

여러 개의 대형 사찰이 생기자 절을 중심으로 다양한 문화가 발달하기 시작했다. 새로운 음악과 춤이 생겨났고, 건축 기술도 발전을 거듭했다. 사찰을 건립하기 전에 중국에 사람을 보내 건축 기술을 익혀 그 기술을 백제의 건축 기술에 접목시켰던 것이다.

30

태자로 책봉됨 거련

왕자비를 애타게 찾던 왕과 왕비는 너무도 기다렸던 탓에 한 여름인데도 불구하고 거련과 효심 깊은 규수와의 혼례를 치렀다. 왕자와 왕자비는 마치 서로를 애타게 기다렸던 사람들처럼 하루 가 멀다 하고 두 달 내내 합방을 하는 탓에 왕자와 왕자비의 건강 을 걱정하는 큰 상궁은 급기야 합방을 제한하려는 특단의 조치를 내려야 했다. 왕비의 명으로 합방을 너무 자주 하면 아기가 들어서지 않으니 사나흘에 한 번만 합궁을 하게끔 하였다. 하지만 청춘남녀의 불꽃 같은 사랑과 용광로같이 달구어진 뜨거운 몸을 감히 누가 가로 막겠는가?

건장한 왕자 거련은 깊은 밤 상궁들이 잠을 자는 시간을 틈타 왕자비의 침실을 찾아가곤 했다. 그럴 때마다 왕자비는 걱정을 하면서도 한편으로는 왕자와 함께 있는 시간을 매우 즐거워했다. 하지만 왕자비는 왕자에게 마치 누님 같은 모습을 보이기도 했다. 이를 테면 거련에게 부왕이 그러하듯이 불교를 중시 여겨야 한다고 강조하는가하면 왕비가 서운함이 들지 않도록 아침 저녁으로 반드시 찾아뵙고 문안인사를 드리는 것을 철저하게 지켜야 한다고 말했다. 그리고 큰 상궁 몰래 자신의 침실을 찾아오는 날은 새벽 일찍 잠을 깨워 궁녀들이 눈치채지 못하도록 서둘러 처소로 보내곤 했다.

두 사람 모두 건강한데다 그토록 합방이 잦으니 아이가 생기는 것은 당연한 일. 왕자비는 시집온 지 두 달도 채 안 되어 임신을 하게 되었다. 임신을 한 왕자비는 자신의 몸 관리에 철저했다. 임신 징후를 느낀 날로부터 출산 때까지 그녀는 왕자와 한 이불을 덮지 않았다. 왕자가 아무리 사정을 해도 결코 허락하는 일이 없었다.

그리고 이듬해 춘삼월 아들을 출산하였다. 아기는 엄마를 많이 닮아 곱상했다. 성격도 유순하여 젖만 물리면 잠을 자고 좀처럼 귀찮게 칭얼대지도 않았다. 손자를 보게 된 왕과 왕비는 아기를 보는 일이 하루 일과일 만큼 수시로 왕자비로 하여금 손자를 안고 왕비의 처소로 오도록 하곤 했다.

이에 광개토대왕은 더 이상 태자 책봉을 늦출 일이 아니라고 판단하여 대신들을 모아놓고 거련을 태자로 책봉하였다. 이때가 광개토대왕 19년인 409년이다. 때로는 대신들이 태자 책봉에 반대하여 문란을 일으키기도 하지만 거련의 태자책봉에는 반대하는 이들이 하나도 없었다. 이는 호탕한 성격과 건장한 체격 그리고 누가 보아도 한눈에 장군 같은 기세를 느끼게 하는 훤한 얼굴을 갖추었으니 반대할 이유가 없는 것이었다.

아들을 낳아 아버지가 되고 태자로 책봉된 거련은 한결 더 어른스러워서 누가 보아도 근엄한 자태와 혈기왕성한 젊음을 동시에 느끼게 했다. 태자로 책봉된 후 거련은 병사들의 훈련장소를 자주 찾아가서 병사들을 위로하는가하면 때로는 직접 활쏘기 연습을 하는 등 이제 기회만 주어지면 언제라도 전쟁터에 나갈 준비가 되어 있다는 자세였다. 또 수시로 백성들의 민심을 살피고자 복장을 달리하고 각 고을을 순회하기도 했다. 광개토대왕이 아직 젊어 건강하긴 하지만 언젠가는 자신이 고구려를 이끌 날이 오게 되므로 세상을 널리 보고 백성을 보살피며 신하를 다스리는 법을 조금씩 조금씩 익혀나갔다.

특히 거련은 활쏘기에 능했다. 그가 쏜 화살은 백발백중이라는 말을 떠올리게 할 만큼 실수를 허락하지 않았다. 특히 움직이는 물체를 맞추는 데는 그 누구도 따라오지 못했다. 당시에는 사냥을 통해 활쏘기 실력을 익히기도 했지만 장군이나 특정 계층의

사람들은 닭이나 토끼 등을 풀어놓고 적당한 거리를 정해 그것을 맞추는 연습도 잦았다. 보다 현실감 있는 전투 연습을 위한 하나였다. 거련은 장군들과 함께 활쏘기 연습을 하곤 했는데 그때마다 제일 좋은 성적을 거두곤 했다.

이런 거련을 시험하고자 한번은 장군들 몇몇이 사냥을 제의했다. 산 짐승들이 많기로 소문난 눈 덮인 겨울 산으로 사냥을 떠난 일행은 각자 뿔뿔이 흩어져 사냥을 즐기다 한나절이 지나서야 약속했던 장소에 모였는데 어찌 된 일인지 거련 왕자가 나타나질 않는 거였다. 장군들은 저마다 꿩, 토끼 등을 잡아 누가 더 많이 잡았는지 확인을 하는 등 신이 나 있었다. 한참 후에야 거련이 나타났는데 그가 탄 말은 온힘이 다 빠져 마치 늙은 호랑이가 어슬렁어슬렁 걸어오듯이 다가왔다. 그런데 말 뒤에 이끌려 오는 물체를 보고 다들 놀라 입을 닫지 못했다. 송아지보다 더 큰 노루 한 마리와 맷돼지를 묶어 끌고 온 것이었다. 맷돼지의 경우 화살 한두 발 맞아서는 좀처럼 쓰러지지 않는데다 자칫하면 거꾸로 달려들어 사람을 해치는 일이 있어 사냥꾼들도 두서너 명이 함께 있지 않고서는 쉽게 건드리지 않는 짐승이었다.

이 일로 장군들은 활쏘기에 관한 한 더 이상 거련 왕자를 능가할 사람이 없다고 단정짓고 그 후로는 함께 시합을 하는 일이 없었다.

31

동부여의 변방 약탈,
전쟁을 부르다

동부여는 당시 지금의 흑룡강성 일대에 자리하던 나라였다. 동부여의 금와왕에게는 본처 소생의 왕자 7명이 있었는데 그 중 맏이인 대소는 금와왕의 뒤를 이어 동부여의 왕이 되었다. 유화 소생인 주몽은 본처의 아들들에게 쫓겨 졸본부여로 도망쳤으며, 후에 거기에서 고구려의 시조가 되었다. 대소왕은 고구려의 제2대왕인 유리왕 때 고구려를 침범하여 영토를 빼앗기도 했다. 하지만 고구려 제3대 왕인 대무신왕 때는 도리어 고구려군에게 패하여 동부여는 망하고 그 땅은 고구려의 영토가 되었다. 그후 한참 동안 동부여는 고구려와의 전쟁을 피하고 국가발전을 위한 기틀을 다지는데 여념이 없었다.

그러던 동부여가 언제부터인가 고구려 변방에 사는 백성들을 괴롭히기 시작했다. 게다가 들리는 소문에 의하면 고구려를 공격하기 위해 수많은 군사를 양성한다는 소리도 들려왔다. 한동안 전쟁 없이 평온한 시절을 보낸 광개토대왕에게 다시 칼을 들게 하려는 조짐이었다. 아니나 다를까. 410년 초여름 동부여의 병사들이 고구려 땅에 들어와 수백여 명의 백성을 끌어가고 경작하던 땅에는 자국 사람들을 보내 경작을 하도록 하는 사건이 발생했다. 그나마 3일 동안 밤낮을 쉬지 않고 국내성의 궁궐로 달려온 지방의 관리의 노고가 있었기에 논 밭을 빼앗긴 지 5일째 되던 날 광개토대왕은 그 사실을 알게 되었다.

"어찌 그런 일이 일어났단 말이오. 국경을 지키는 병사들은 무엇을 하고 있었길래 이 고구려가 동부여인들에게 괴롭힘을 당한단 말이오. 도무지 참을 수 없는 모욕이로다."

화가 치밀어오른 광개토대왕의 눈에서 살기가 뿜어져 나왔다.

"폐하! 국경을 지키는 병사들 30여 명이 죽고 100여 명이 다쳤습니다. 현지에 주둔하는 병사수로서는 놈들의 공격을 감당할 수가 없었다고 합니다. 부디 병력을 지원하여 주시옵소서."

소식을 전하는 관리는 온몸이 움츠러드는 듯 떨리는 목소리로 말했다.

"아니 이런 몹쓸 놈들이 있단 말이오. 하룻 강아지 범 무서운 줄 모르고 있는 것들이로다. 내 그간 조용히 있는지라 침공을 하지 않았거늘 이제 와서 고구려를 넘보다니 용서할 수 없는 일이오. 오늘 밤 당장 그곳으로 갈 터이니 병사들을 집결시키시오. 이참에 본때를 보여주겠다."

그러자 곁에 있던 아들 거련이 입을 열었다.

"아바마마, 이번 전투에는 소자를 보내주시겠습니까? 우리 고구려를 얕본 그들에게 뜨거운 맛을 보여주고 싶으니 소인의 뜻을 받아주시옵소서."

하지만 광개토대왕은 아들의 뜻을 받아들이지 않았다. 아직 전투 경험이 미흡한데다 광개토대왕 나름대로의 생각이 있었던 터였다.

"이번 전투만큼은 내가 직접 나서겠다. 왕자는 궁을 지키거라. 동부여 그들을 아예 정복해버릴 작정이다."

왕은 전투에 나가는 장군들을 소집하여 먼저 대린사에 가서 부처님 앞에 100배를 올렸다. 살인은 가급적이면 하지 않겠으나 전투 중 어쩔 수 없는 살인은 부처님의 자비로 용서해달라고 빌었다. 적을 그냥 내버려두면 백성들이 괴로운 일이니 왕으로서 할 수 있는 것은 남의 나라이지만 그곳의 백성들은 가능한한 다치지 않게 하겠다는 생각이었다.

궁궐 앞에 집결한 병사들은 자그마치 만여 명에 달했다. 병사들이 많다보니 전투 중 먹을 식량을 나를 민간인들만도 수백여 명에 이르렀다. 한동안 큰 전투를 치르지 않았던 고구려의 병사들은 동부여쯤이야 거뜬하게 무찌르고 돌아오겠다며 사기가 충천해 있었다. 붉은 깃발을 휘날리며 말을 타고 달리는 병사들의 행렬은 가히 장관이었다. 어느새 소문이 퍼졌는지 국내성과 그 주변에 사는 백성들은 하나같이 길가로 나와 동부여를 향해 떠나는 병사들에게 수건을 흔들면서 승리를 기원해 주었다. 이미 왕의 동부여 완전정복 의지가 강하게 하달되었던 만큼 그 어느 때보다도 병사들의 표정은 당당하고 강력한 의지가 드러났다.

병사들은 3일이 채 지나지 않아서 동부여와의 국경인 변방에 도착했다. 먼저 변방의 마을에 들어와 약탈을 하고 있는 무리들을 일일이 산체로 잡아 묶었다. 수많은 병사들이 벌떼처럼 나타나자 그곳에 들어와 있던 동부여의 백성들과 병사들은 독 안에 든 쥐가 되어 도망치기에 바빴다. 하지만 도망을 친다 한들 멀리 가지 못하고 대부분 붙잡히고 말았다. 하지만 이는 시작에 불과했다. 왕은 동부여를 향해 진격했다. 이번 전투는 다른 때와는 달리 병사들을 몇 개의 무리로 나누어 각각 다른 곳을 공격하도록 지시하지 않았다.

32

하나둘씩 함락되는
동부여의 성

국경 지대에 있는 동부여의 성 5개를 함락시키는 데는 불과 사흘이 걸리지 않았다. 동부여에서는 가장 강한 병사들이 지키고 있던 성이었지만 일순간에 폭풍처럼 달려들어 소나기처럼 퍼부어대는 고구려 병사들의 화살을 그들로서는 당해낼 수가 없었다. 게다가 그들의 성은 비교적 견고하게 쌓았지만 높이는 그다지 높

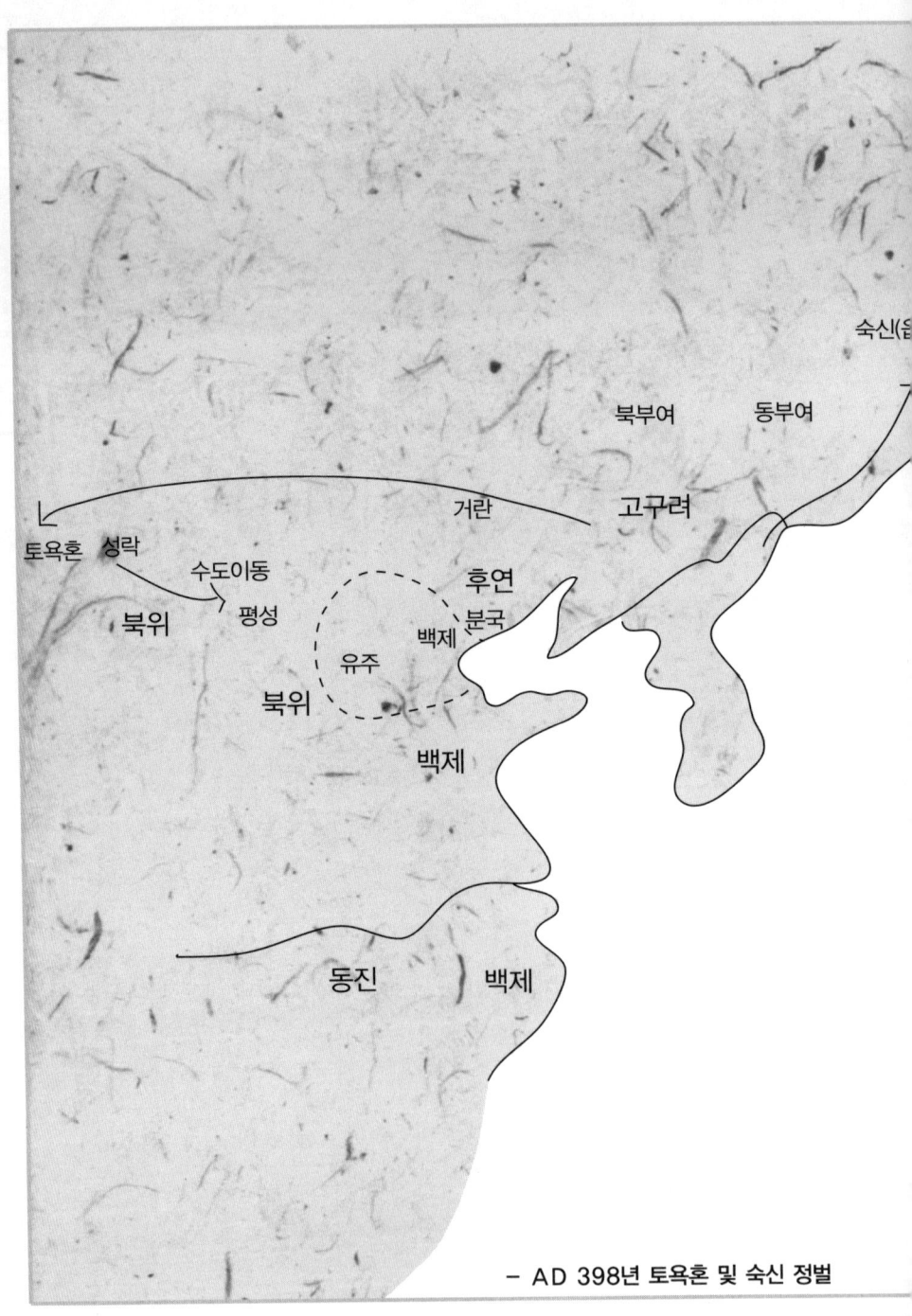

숙신(읍

북부여   동부여

고구려

거란

토욕혼 성락   수도이동   후연
                            분국
북위   평성   백제

                유주
        북위   백제

                동진   백제

- AD 398년 토욕혼 및 숙신 정벌

지 않았다. 때문에 성 안으로 병사들이 침투하는데 어려움이 덜했다. 또 국경의 성들이 위치한 지대는 험준한 산을 타고 이어졌으며 여름에도 불구하고 밤이 되면 추운 것이 장애요인이긴 했지만 기마병이 많지 않고 보병이 다수를 차지하는데다 적의 활솜씨는 고구려에 비하면 어린 애 수준에 불과했다.

일단 같은 지역을 공격하여 기선을 제압한 다음 적의 땅을 어느 정도 점령하였을 때 각 장군들이 이끄는 부대별로 각각 공격을 감행키로 했다. 전쟁이 시작된 지 10여 일이 지났음에도 불구하고 죽거나 다친 고구려의 병사들은 수십명 정도에 불과했으므로 만여 명의 병사들은 그대로 건장한 상태였다.

외곽의 성을 쉽게 함락시키고 동부여 땅으로 들어가자 왕은 백성들의 사는 모습을 보고 승리를 예측했다. 백성들은 아주 가난했고 곡식이라고는 대부분 산비탈에 달라붙다시피한 좁은 밭에서 옥수수, 감자 등이 대부분이었다. 먹고 사는 것이 형편없으니 군사력 또한 약할 수밖에 없다는 것을 감지한 것이었다.

고구려의 병사들은 국내성에서 변방으로 날라 온 식량이 넉넉했으므로 배고픔 없이 전투에 참여할 수 있었다. 게다가 맥없이 무너지는 동부여의 허약한 군사력에 고구려 병사들은 오히려 힘이 났다. 전체 병사수가 7천여 명을 넘지 못한다는 정보를 입수한 광개토대왕은 이미 초기 전투에서 2천여 명을 사로잡은 까닭에 남아 있는 각 성에 병사들이 많지 않을 것이라는 짐작을 했다.

이에 10여 개의 성을 함락시킨 후부터는 병사들을 각각 4명의 장군들이 이끄는 4개 부대로 독립시켜 각각 정복해야 할 곳을 지시했다.

　문제가 되는 것이 있다면 병사들의 식량 문제였다. 동부여 전체를 점령하려면 한 달 정도의 기간은 필요했기 때문이다. 이에 왕은 장군들에게 지시했다. 점령한 지역에 사는 동부여 백성들에게 전쟁이 끝나면 다시 돌려주겠노라고 약속을 하고 각 집 안에 절약해둔 곡식 중 일부를 내놓도록 하여 병사들이 충분히 먹고 전투에 응하도록 했다. 의외로 백성들은 순순히 따랐다. 왕은 백성들을 죽이거나 다치게 하지 말라고 명령을 해둔 터라 병사들은 백성들만큼은 잡아서 묶어 볼모로 삼는 일이 없었다. 특히 여자들을 범하는 병사들이 없도록 명령했던 터라 각 마을들은 전쟁 기간 중에도 조용했고 평화로웠다. 이쯤 되니 동부여의 백성들은 고구려군이 시키는 대로 따랐다. 밥도 짓고 물도 나르고 활과 화살도 날랐다.

　왕이 이끄는 군대는 동부여의 도읍지를 향해 공격을 감행했다. 성을 하나둘씩 함락시키는 가운데 웃지 못할 상황이 발생하기도 했다. 한 성에서는 검은 구름처럼 말을 타고 달려드는 고구려 군사들을 보고 놀란 동부여 병사들이 겁에 질려 아예 성곽 안의 낮은 곳과 건물 속으로 피신한 채 모습을 드러내지 않는 일이 발생했다. 이에 왕은 병사들에게 활 끝에 기름에 젖은 솜방만이를 붙여 활을 쏘도록 했다. 그러자 불이 붙은 화살들은 성 안으로 들어가 온갖 것들을 태우기 시작했고 불길 속에 갇힌 병사들이 두 손을 들고 자진해서 성 밖으로 뛰쳐나와 항복을 하는 일이 발생했다. 때문에 일부 성을 빼앗을 때는 병사 한 명 다치지 않고 가만히 앉아서 성을 함락시키는 일도 발생했다.

전쟁이 일어난 지 20일 만에 왕이 이끄는 군대는 제일 먼저 동부여의 도읍지까지 쳐들어갔다. 한밤중에 왕이 사는 궁을 향해 화살이 빗발치듯 쏟아졌다. 그러자 기다렸다는 듯 적들도 화살을 쏘아댔고 불망방이를 날리며 궁으로의 접근을 막았다. 하지만 그것도 얼마가지 못했다. 궁 전면에서 공격을 하는 동안 500여 명의 병사들은 어둠을 타고 궁 뒤편으로 이동하여 궁 안으로 들어가는데 성공했다. 이에 동서남북으로 각각 닫혀 있던 문들이 열리고 전투는 활이 아닌 칼싸움으로 바뀌었다. 적장이 있는 곳인 만큼 다른 전투와는 달리 치열했다. 하지만 병사 수에서 턱없이 부족한 적군은 결국 무릎을 꿇고 말았다. 하지만 어찌 된 일인지 동부여의 왕은 보이지가 않았다. 이에 광개토대왕이 직접 나서서 적의 신하의 목에 칼을 들이대고 말했다.

"왕이 어디 있는지 말해라. 너의 목숨을 건지고 싶다면 어서 밝히는 게 좋을 일이다. 남의 나라 백성들을 잡아가고 경작지를 빼앗은 벌 받아 마땅한 동부여의 도적 같은 왕은 어디에 숨어 있는지 말하라고 하지 않았더냐."

하지만 신하는 충성심이 대단한 자였다. 오히려 광개토대왕에 눈을 부릅뜨고 말했다.

"내가 네 칼에 죽을지언정 우리의 왕이 계신 곳을 말할 수는 없을 것이다."

이를 지켜본 왕의 부하가 칼을 들고 달려들어 호통을 쳤다.

"네 이놈. 어디 우리의 대왕 앞에서 주둥이를 함부로 놀리고 있느냐. 네 놈은 목숨이 서너 개라도 되는 것이냐. 내 너 같은 개수작을 떠는 놈들 죽이는데 당번이니 이참에 저승으로 가게 해주마."

말이 떨어지기 무섭게 칼은 그 신하의 가슴 깊숙이 들어갔다. 하지만 왕은 부하에게 말했다. 맞대결이 아니면 칼로 함부로 죽이지 말라고 했다. 고구려 병사들은 궁 안을 샅샅이 뒤졌다. 하지만 좀처럼 동부여의 왕을 찾아내지 못했다. 하지만 광개토대왕에게는 느낌이 다른 곳이 있었으니 그곳은 다름 아닌 왕의 식탁 아래였다. 왕의 침실 앞에 있는 식당의 식탁을 발로 걷어 차는 순간 그곳의 마루 바닥이 유난히 두껍게 솟아오른 듯했다. 부하를 시켜 나무판을 드러내고 그 아래 깔린 검은 천을 걷어 젖히자 아래로 나무 계단이 보였고 나무 계단 밑의 넓은 방에는 왕과 왕비 그리고 두 명의 어린 공주들이 놀란 눈으로 위를 쳐다보고 있었다.

광개토대왕은 적장을 바라보는 순간 반드시 죽이고야 말겠다는 결심이 더욱 강해졌지만 어린 두 딸들이 보는 앞에서 그를 죽이고 싶지는 않았다. 아무리 잘못을 한 원수라지만 그의 아내와 자식들이 보는 앞에서 죽인다는 것은 지나치게 잔혹하다는 생각을 했다. 잠시 후 적장은 토굴 같은 그곳에서 계단을 밟으며 올라왔다. 곧장 고구려의 병사들이 그를 에워싸고 줄로 몸을 묶었다. 여자와 아이들은 울부짖었고 그는 고개를 떨구었다.

33

고구려의 손아귀에 들어온 동부여

　동부여의 궁을 점령한 것은 이제 동부여를 차지한 것이나 다름 없었다. 궁이 고구려군에게 점령당했다는 소식이 퍼지자 나머지 성에 있던 동부여의 군사들은 자진 항복하는 사태가 잇따랐다. 하지만 유일하게 항복을 하지 않고 버티는 성이 있었다. 몽골 지역으로 이어지는 북방 요새 지역으로 동부여의 장군이 관무가 이

끄는 천비성으로, 관무는 적장의 친동생이었다.

관무는 왕궁이 점령됐다는 소식을 듣자 마지막은 자신이 이끄는 병사들과의 한판 승부만 남아 있다는 생각을 했다. 그는 병사들에게 살아남느니 차라리 온몸을 던져 싸울 것을 강요했다. 천비성은 동부여의 마지막 남은 자존심이라고 여겼기 때문이다. 하지만 병사 수는 고작 3백여 명뿐이니 현돌 장군이 이끄는 고구려의 병사 수보다도 훨씬 적었다. 더 큰 문제는 동부여 땅 중심에서 밖으로 밀어내듯이 고구려의 전투가 진행되었던 터라 동부여군 입장에서는 강을 뒤로 끼고 전투를 해야 하는 불리한 입장에 처했던 것이다.

고구려의 병사들이 성 가까이에 다다르자 보루에 선 관무의 목소리가 들려왔다.

"활을 당겨라."

"사정없이 당겨라."

화살이 사정없이 고구려군을 향해 날아갔다. 하지만 다른 전투와는 달리 이번 전투에서는 특별한 것이 있었다. 한참동안 화살을 쏘아대고나면 이어서 성 밖으로 냄새가 고약한 연기가 퍼져나왔다. 연기는 곳곳에서 동시에 나오더니 고구려군을 향해 날아들었다. 앞은 자욱한 연기로 가득하고 냄새는 코를 찌르고 속을 메스껍게 했다. 관무가 머리를 쓴 것이다. 병사 수가 적은 만큼 연막전을 펴면서 힘을 보충하는 식이었다. 고구려 병사들은 생각지도 않았던 냄새에 구토를 하는 등 여느 때와는 달리 어려운 상황에 봉착했다. 하지만 현돌 장군은 보다 강력하게 밀고 들어가야겠다는 판단을 내리고 병사들에게 오히려 연기를 거꾸로 이용하게 했다. 연기가 날아오면 낮은 포복 자세로 적을 향해 한 발 더 가까이 이동토록 했다. 또 병사들에게 천으로 코를 막고 냄새를 피하도록 지시했다.

고구려군이 성곽에 접근하려 하자 동부여군은 냄새를 더욱 지독하게 만들어 연기를 뿜어댔다. 하지만 병사의 수에서 비교가 안 되는 전투였다. 성곽 서너 곳이 뚫리면서 고구려군의 함성은 더욱 커져만 갔고 동부여군은 성 뒤편의 절벽으로 밀려나기 시작했다. 절벽 아래로 흐르는 강은 폭이 넓어 물을 건너 쉽게 도망치기도 힘든 상황이었다. 결국 천비성을 지키던 동부여군의 절반이상이 절벽에서 떨어져 강 속으로 빠졌고 나머지는 두 손을 머리에 얹고 항복을 하기에 이른다.

이리하여 고구려군은 동부여 64개의 성을 빼앗고 북으로 영토를 넓히는 계기를 마련하였다. 전쟁은 불과 한 달이 채 안 걸려서 막을 내렸고 생각외로 순조롭게 진행된 터라 부상자는 500여 명 정도에 불과했다.

광개토대왕은 동부여의 왕을 묶어서 국내성으로 돌아온 후 대신들과 의논을 했다. 동부여의 왕을 어떻게 처치할 것인가에 대해 신하들의 의견을 물어보았다. 10여 명의 대신들 중 7명이 사형을 시키라는 쪽이었다. 하지만 왕은 처음 생각과는 달리 동부여의 왕이 왕권을 포기하고 동부여 땅 일부분의 관리로서 일하며 고구려의 발전을 위해 힘을 써준다면 좋겠다는 생각을 했다. 동부여를 차지하긴 했지만 현지 문화나 생활상 등에 대해 아는 바

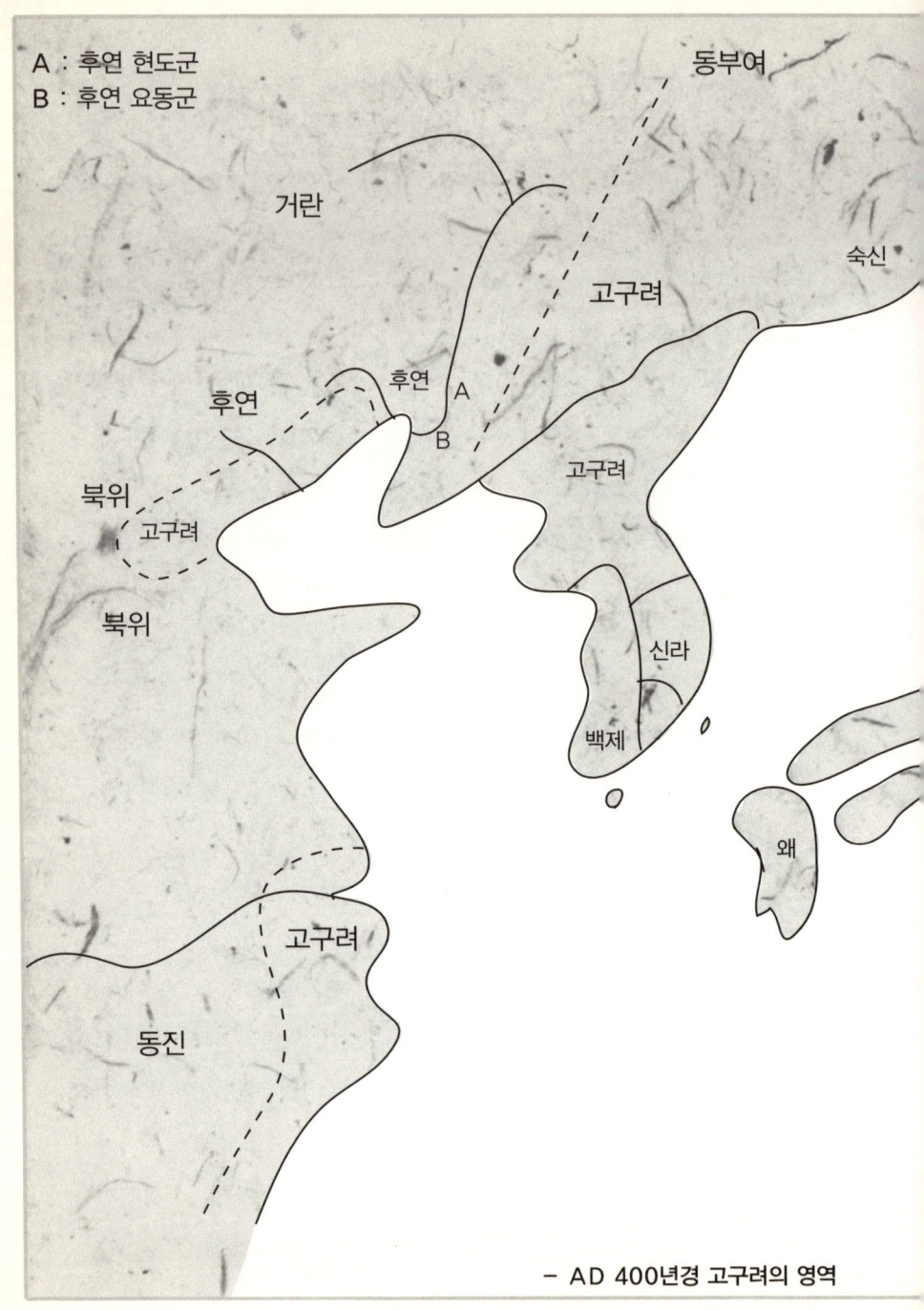

A : 후연 현도군
B : 후연 요동군

동부여

거란

숙신

고구려

후연   후연 A

B

북위   고구려

고구려

북위

신라

백제

왜

고구려

동진

− AD 400년경 고구려의 영역

가 없는 고구려인이 통치를 하기보다는 과거의 우두머리였던 그를 이용하는 것도 좋은 방법이라는 생각을 가졌다. 하지만 적장은 차라리 자신을 죽여 달라고 청했다.

왕은 화를 내지 않았다. 단 승리를 하고 돌아온 상황에서 피를 보는 것은 싫었다. 부처님을 뜻을 조금이라도 받들고자 그에게 칼을 휘두르지 않았다. 그를 궁에서 멀리 떨어진 산속으로 데려가 그곳에 움막을 만들어 가두고 마치 짐승처럼 음식을 주면서 몇 달 동안을 그렇게 살도록 했다. 그러던 어느 날 적장은 혀를 깨물고 뾰족한 나무로 자해를 하여 죽고 말았다.

동부여는 이렇게 멸망했지만 동부여의 백성들은 고구려의 백성이 되어 오히려 그 동부여 시절보다 더 넉넉한 삶을 살게 되었다. 왕과 관리들이 소유하던 땅을 땅 없는 이들에게 나누어주고 일정액의 세금만 부여했다. 이쯤 되자 백성들은 광개토대왕을 마치 오래 전부터 섬겨왔던 것처럼 "우리의 왕은 백성을 사랑하신다."는 소문이 떠돌았다.

34

만주 땅 주인공이 된 고구려

모용희가 죽은 지 5년 정도가 흘렀다. 후연의 영토 일부를 빼앗긴 했지만 고구려를 호시탐탐 노리던 모용희를 죽인 후로는 후연에 그다지 관심을 두지 않았던 터였다. 하지만 동부여를 빼앗자 고구려의 군신들은 국내성 서쪽에 자리한 후연마저 고구려 땅으로 만들자는 제의를 왕에게 한다. 그러자 왕은 일단 후연의 정세를 살핀 후 침공을 하더라도 해야 한다는 태도를 취한다. 이에 고구려에서는 후연에 첩자를 보냈다. 후연으로 떠난 첩자는 이십여 일에 걸쳐 후연의 동태를 파악한 후 다시 돌아왔다. 그리고 왕에게 보고했다.

"폐하, 후연은 지금 모든 게 혼란스러울 뿐이옵니다."

"그게 무슨 말이냐. 좀 더 상세히 말을 해보시오."

"후연은 모용희가 죽은 후로 새로운 우두머리가 나타났는데 그는 나라를 추스르는 일에는 관심이 없고 허구한 날 여색에 빠져 살고 있다고 하옵니다. 궁에는 왕을 보살피는 궁녀만도 백여 명에 이른다고 합니다. 게다가 백성들은 다들 제멋대로여서 가는 동네마다 도적떼가 들끓어서 선량한 백성들이 하소연을 하고 있습니다."

"허허 그거 안 된 일이로다. 하오면 후연의 군사력은 어느 정도나 되는지 아시오?"

"왕이 주색에 빠져들어 정신을 못 차리니 병사들을 이끄는 장군들 또한 매한가지인 듯싶습니다. 병사들은 하는 일 없이 식량만 축내고 있고 장군들은 여자들을 서넛씩 거느리면서 사냥만 즐긴다고 들었습니다. 나라꼴이 이러하다보니 백성들은 차라리 전쟁이라도 났으면 하는 심정이라고 하옵니다. 오죽하면 나라를 빼앗겨도 좋으니 새로운 지도자가 나오길 바라겠습니까."

"그렇다면 우리 고구려가 나서야 되지 않겠소. 이제 알겠다."

왕은 결심을 했다. 피를 보게 되는 전쟁은 좋은 일은 아니지만 남의 나라라도 백성들이 힘들고 어렵게 살고 있는 상황이라면 무

능한 지도자를 밀어내고 차라리 고구려의 백성으로 삼아 태평성
대를 누리도록 해주어야 한다는 생각이었다.

411년 고구려는 서쪽에 위치한 후연을 공격하였다. 무엇 하나
제대로 된 것이 없이 어수선한 후연은 백성들마저 왕과 관리, 군
대에 대한 신뢰가 없는 상태였다. 성을 공격하면 장군들은 도망
을 치거나 민가에 숨어들고 병사들은 활 한 번 쏘지 않고 항복을
했다. 게다가 백성들은 오히려 기다렸다는 듯이 고구려 병사들에
게 우호적이었다.

그나마 전투다운 전투를 한 곳이 있다면 단 한 곳 도읍지를 둘
러싸고 있는 성곽에서 뿐이었다. 하지만 전투에서는 이제 달인이
되어가는 고구려 병사들의 날렵한 몸놀림과 활쏘기 실력, 그리고
말을 타고 돌진하는 용맹함 앞에서 후연 병사들의 기세는 약해질
수밖에 없었다. 먼저 동쪽 성곽을 무너뜨리자 북쪽과 서쪽도 무
너져 내렸다. 성벽을 따라 50여 미터 간격으로 보초를 서고 있던
병사들의 수는 그다지 많지 않았다. 당시 후연의 도읍지를 지키
는 병사들은 천여 명이 넘었지만 실제로 전투에 능한 병사들은
절반도 되지 않았으며 그들은 화려한 색상의 옷을 입고 멋만 내
고 있을 뿐 갑옷 따위는 없었다. 그러니 활을 쏘아대면 곧장 살을
뚫고 들어가 푹푹 쓰러져 나뒹굴기가 일쑤였다. 성은 쉽게 함락
되었고 고구려의 병사들은 궁으로 쳐들어갔다.

참으로 믿기 어려운 사실은 바로 궁에서 벌어지는 향락이었다.
성이 함락된 것조차 모르는 후연의 왕궁에서는 기이한 볼거리가
펼쳐지고 있었다. 화창한 봄날 대신들은 궁의 정원에 둘러앉아

술을 마시며 무희들의 춤을 구경하고 있었다. 병사들이 들이 닥치자 춤판과 술판은 한순간에 아수라장이 되고 말았다. 궁 안을 지키는 병사들은 벌떼처럼 들어온 고구려 병사들 앞에서 칼이나 활을 제대로 사용해 볼 여유조차 없이 쓰러지곤 했다.

더욱 특별한 광경은 궁 가장 안쪽에 자리한 왕의 별실이었다. 왕은 나무로 만들어진 넓은 욕조에 나체로 몸을 담그고 있었고 세 명의 궁녀들 또한 나체로 왕의 몸을 어루만지는 그야말로 향락의 극치를 보여주는 일이 벌어지고 있었다.

왕은 눈을 지그시 감은 채 궁녀들의 손길에 흥분이 고조된 상태였으니 고구려의 장군이 문을 열고 들어갈 때도 태평세월 속 황제의 모습이었다. 두 명의 궁녀는 놀라 소리를 지르며 나무 욕조에서 나와 옷으로 몸을 가리고 몸을 구부린 채 어찌할 바를 몰라했다. 하지만 왕과 또 다른 궁녀는 이미 욕조 속에서 한 몸이 되어 있던 까닭에 밖으로 뛰쳐나오지도 못한 채 서로를 안고 있을 뿐이었다. 아무리 싸움을 잘하는 왕일지라도 발가벗은 몸으로 성교를 하던 상황에서 순식간에 밖으로 나올 수는 없는 일이었다. 후연의 왕은 눈을 감고 움직이지도 않았다. 왕의 무릎 위에 앉은 궁녀의 하얀 등이 태양 아래서 떨고 있었다.

이같은 장면을 지켜보는 고구려의 장군과 병사들은 자신들 또한 난감하기 짝이 없었다. 그대로 지켜보고만 있을 수도 없고 그렇다고 아무리 적이라 할지라도 발가벗은 사람들 앞에 다가가 그들의 알몸을 쳐다보며 칼을 들이대기도 망설여지는 일이었다.

고구려의 장군은 일단 그들에게 옷을 갖다 주도록 했다. 그리고는 왕을 묶어 포로로 끌고 갔다. 이때 궁 안에 들어갔던 병사들은 하나같이 입을 다물지 못했다. 왕이 기거하는 곳은 온통 휘황찬란한 물건들로 가득했다. 꽃병까지 금을 입혀 빛이 났으며 침실은 온통 화려한 것들로 치장이 되어 있었다. 백성을 보살피고 국력을 강화하는 데는 전혀 관심이 없고 향락과 사치에 빠져 있던 후연의 마지막 궁의 모습은 그러했다.

그해 가을 고구려는 부여마저 공격하여 속국으로 삼았다. 결국 요동 지역을 거의 다 완전하게 확보함으로써 만주의 주인공으로 등장하게 된 것이다.

35

불심으로 민심을 하나로 묶어라

동부여와 후연을 아예 자국 땅으로 만들어버린 고구려는 넓어진 영토와 늘어난 백성을 관리하는 일이 우선이었다. 이때 광개토대왕은 먼저 불교를 통해 민심을 하나로 만들었다.

새롭게 확보한 영토 곳곳에 30여 개의 절을 짓게 하였다. 대린사의 주지이자 왕실의 신임을 얻고 있는 청명스님은 이번에도 불

교 확장의 임무를 맡았다.

광개토대왕은 소수림왕의 통치 시절의 이야기를 자주 들었던 터라 불교를 확산시켜 백성을 뜻을 하나로 모으는 것이야말로 나라의 안정을 도모하는 일이라고 여겼다. 왕이 불교에 대한 애정이 각별하다보니 절이 지어지면 왕은 청명스님과 함께 절을 직접 둘러보기도 했다. 물론 멀리에 있는 사찰까지 다 둘러보진 못했지만 국내성에 가까운 곳의 사찰들은 안 가본 곳이 없을 정도였다. 사찰을 둘러보기 위해 왕이 행차할 때마다 백성들은 그것을 구경하려고 구름떼처럼 절로 몰려들었다.

"자네 들었는가."

"우리 영락대왕께서 우리 마을에 있는 사찰에 온다는 소식 말인가. 그야 물론 듣고 있지."

"영락대왕이 사찰을 직접 방문한다면 가까이서 직접 뵐 수도 있지 않을까."

"그렇지는 않을 걸세. 호위 군사들이 벌떼처럼 호위하고 있을 텐데 어찌 우리 같은 천한 것들이 감히 뵈올 수 있겠는가."

"그렇겠구만. 그래도 멀리서라도 그 훌륭한 모습을 뵐 수 있지 않을까."

"어찌 됐든 대왕은 못뵈더라도 왕이 행차하니 그 행렬이 얼마나 멋지겠나. 아마 어마어마한 수행원들이 따라붙을 거야."

"그야 물론이지. 얼마나 위대한 왕이신데, 그만큼 호위병들도 많을 거야. 기대되는구만."

하지만 왕의 행차가 아주 화려하고 대단할 것이라는 백성들의 기대는 늘 무너지고 말았다. 광개토대왕은 낭비하는 것을 매우 싫어했으며 모든 것에 검소함을 드러냈다. 이를 테면 사찰을 둘러볼 때에도 직접 말을 타고 이동하였으며 호위병들의 수도 10여 명 안팎으로 정해 움직였다. 왕이 행차한다 하여 사찰 인근 고을 백성들에게 부담이 되는 일은 전혀 하지 않았으며 오히려 그 고을의 관리들을 불러 효심이 지극하거나 나라를 위해 큰일을 할 만한 인재는 없는지 알아보곤 했다.

"자네 들었는가. 이번에 왕의 행차에 호위병들이 얼마 되지 않은 이유 말일세."

"글쎄, 나는 너무 실망하였다네. 기대를 엄청 했구만 그게 뭔가."

"그리 말하면 안 되네. 우리 백성들이 사는 게 얼마나 힘든데 왕이 행차하는 것을 화려하게 하느냐고 하셨다네. 백성들에게 부담주지 말라는 특별 명령이 있으셨다네."

"그래? 정말 우리 같은 무지랭이는 왕의 마음 하나 헤아리지 못하는구만."

그러던 어느 날 왕은 한 고을에 들렀다가 아주 특별한 이야기를 듣게 되었다. 406년 일찍이 고구려의 땅이 된 옛 후연의 땅에 지은 사찰 '충림사'라는 절을 지을 당시 부잣집의 4대 독자가 절터의 웅덩이에 빠져 죽었다고 했다. 4대 독자를 잃었으니 그 부모의 심정이 어떠했겠는가. 여느 사람 같았으면 절을 짓는 십장을 찾아가 멱살이라도 잡을 일이었다. 토목 공사를 위해 파놓은 웅덩이에 아이가 빠져죽었으니 절 측에서 책임을 져야 하는 게

당연지사였다. 하지만 그 부모들은 오히려 떡과 음식을 장만하여 절을 짓는 인부들에게 주었다. 그들 부부는 자신들의 아들을 부처님이 데려가셨으니 아마도 저승에서는 더 호강하며 살 것이라고 믿으려 했던 것이다. 또 절이 지어진 후에는 수시로 백일기도를 드리고 많은 쌀을 시주했다. 그러자 이들 부부의 나이가 50이 다 되었는데도 불구하고 아들을 다시 낳아 그 아이가 벌써 네 살이 되었다고 했다. 이는 부처님이 도와주시지 않고서는 불가능한 일이라는 소문이 퍼졌고 그 후로 충림사에는 수많은 백성들이 줄을 잇고 찾아온다는 얘기였다.

듣고 보니 왕으로서도 감탄해야 할 일이었다. 이에 왕은 남편에게는 관직을 주도록 명했고 부인에게는 불심이 깊고 자식에 대한 애정이 깊다는 이유로 큰 상을 내렸다.

부부의 이야기는 소문을 타고 전국 각지로 흘러들어갔다. '불심이 곧 천심이다'는 말이 생겨날 만큼 수많은 백성들이 부처님 대하기를 최고의 즐거움으로 삼는 분위기가 널리 퍼졌다.

이에 사찰에서는 단지 불심만 가르치지 않고 양반가나 권세가 자녀들을 불러 모아 한학을 가르치고 예와 덕을 가르치는 풍습까지 생겨났다. 국가에서 사찰에 대한 지원이 이루어지고 불교 강화에 대한 정책이 지속해서 펼쳐짐에 따라 박학다식한 승려들이 늘어났고 이에 따라 일부 큰 사찰의 한학당에는 공부하려는 아이들이 넘쳐나자 부잣집들은 시주를 많이 하는 대가로 자녀의 교육을 의뢰하는 일도 생겨났다.

더욱이 이국땅을 새롭게 차지한 지역에서는 새로 이주해간 고구려인들과 본래 토착민이었던 기존의 백성들 사이에 싸움이 일어나는 일도 잦았지만 그 고을에 절만 생기면 그같은 문제는 사라지고 고을은 풍년이 들어 잔치를 벌이는 일도 발생했다. 따라서 아버지 고국양왕 시대에 비해 사찰은 세 배 이상으로 늘어났다.

해마다 계절별로 사찰에서는 각종 행사가 열렸고 그때마다 음식을 풍성하게 하여 가난한 이들에게 나눠주곤 했다. 이에 갑자기 불행이 닥쳐 오갈 곳이 없어진 사람들은 일단 절에 들어가 숙식을 해결하는 일도 비일비재했다. 이를 테면 사찰에서 백성들의 고난을 다 해결해 주는 역할을 한 셈이었다.

이에 광개토대왕은 사찰의 주지스님들에게는 매월 일정액의 활동비를 지원해 주는 제조까지 만들어 불교 전파에 더욱 열성을 기하도록 이끌었다.

36

아버지와 아들의 같은 생각

　　광개토대왕과 태자 거련은 그 어느 시대 왕들의 부자지간보다
도 더 각별했다. 태자 거련이 어엿한 성인으로 성장하여 왕에게
는 아주 든든한 동반자 같은 역할을 해주었기 때문이다. 거련은
자신이 성장하는 동안 아버지 광개토대왕이 영토를 넓히고 백성
들이 편안하게 살 수 있도록 후덕한 정치를 하는 것을 눈여겨 보

아온 터라 늘 아버지를 존경했다. 또 한편으로는 훗날 자신도 아버지처럼 많은 것을 이루어놓아야 한다는 부담감도 갖게 되었다.

이들 부자는 평소에도 궁 안의 정원을 거닐며 허심탄회하게 대화를 하곤 했다.

해는 바야흐로 412년이었다. 찬바람이 불기 시작하는 가을 어느 날 광개토대왕은 태자를 정원으로 나오도록 했다.

"내래 살아 생전 요즘처럼 마음 편한 시절도 없었구려. 그래 태자는 요즘 무엇을 하고 지내오."

"아바마마 소자도 아바마마의 덕망으로 호시절을 보내고 있습니다. 소자는 태자로서 앞으로 해야 할 일이 많지 않겠습니까. 하여 병사를 거느리는 법을 진노기 장군으로부터 배우고 있으며 이 나라의 부국을 위해 소인이 할 수 있는 일을 찾아보고자 책을 읽고 백성들의 목소리에 귀를 기울이고 있습니다."

"허허. 태자가 그러하시다니 내 마음이 한결 가볍구려. 남아는 자고로 가슴이 넓은 만큼 마음도 넓어야 하고 부하를 거느리려면 늘 모범이 되어야 하는 법이니 이를 명심하시오."

"아바마마의 가르침은 언제든지 제 가슴에 와닿습니다."

"허나 태자는 술을 할 줄 압니까. 오늘같은 날은 태자와 잔을 나누고 싶소이다."

"아바마마의 뜻이라면 얼마든지 그리하겠습니다."

태자는 상궁들을 불러 궁 안의 정자에 술상을 보도록 하고 상이 차려지자 먼저 왕에게 잔을 올렸다. 궁 안에서 아들과 아버지가 이처럼 여유자적한 가운데 정을 나누는 모습을 보기란 쉽지 않은 일이지만 광개토대왕과 태자 거련에게는 아주 자연스러운 일이었다.

왕은 한 잔을 들이키고 나더니 태자에게도 잔을 건넸다. 그리고 하는 말이 정겹다 못해 장난스러울 정도였다.

"태자, 한 잔 받으시오."

"네, 아바마마."

"태자는 아직 혈기가왕성하지 않습니까. 하온데 어찌하여 내 손자가 하나밖에 없습니까 ?

"아바마마, 송구스럽습니다."

"나는 그 많은 전쟁을 치르면서도 네 명의 자식을 얻었는데, 태자는 손을 하나밖에 두지 않았으니 이 애비를 닮지 않았나 보구려. 아직은 청춘이니 왕자비의 침실을 차갑게 만들지 마시오."

태자 거련은 왕의 이 말에 무안스러워 얼굴이 달아오를 정도였다. 사실 왕자비와의 정은 두텁지만 둘째 아이가 생기지 않아 자신도 왕자비의 잉태를 기다리고 있는 터였다.

어떤 대화든 이처럼 왕은 스스럼없이 솔직하게 아들에게 말하곤 했다. 이날 왕은 태자와 다양한 얘기를 나누었다. 특히 훗날 태자가 왕이 되어 어떻게 나라를 다스릴 것인지에 대한 생각을 미리 들어보는 자리가 되기도 했다. 왕은 말했다.

"태자는 왕으로서 가장 중요한 세 가지가 무어라 생각하시오."

"첫째는 백성들을 굶기지 않게 하는 일이 아니겠습니까. 둘째는 우리의 영토를 잘 지켜내는 일입니다. 그리고 세 번째는 부국강병 정책으로 더 많은 영토를 확보하여 천하의 대왕이 되는 일이라고 생각하고 있습니다."

광개토대왕 자신의 생각과 태자의 생각은 똑같았다.

"우리 고구려 사람들을 하나로 만들어주는 것은 무엇이고 앞으로 우리가 영토 확장만이 아니라 또 관심을 쏟아야 하는 것이 있다면 어느 것이라고 생각하고 있느냐?"

"소자의 생각으로는 불교야말로 우리 백성을 하나로 묶어주는 끈이라고 생각합니다. 또 새롭게 관심을 기울여야 하는 일은 인재를 많이 만들어내는 일이 아니겠습니까."

태자의 대답에 왕은 매우 만족스러웠다. 아직은 자신이 나라를 다스리는 입장이지만 태자의 생각이 이토록 깊다는 것에 새삼 놀랐고 설령 자신이 죽더라도 나라를 이끌어가는 데는 별 문제가 없겠다는 확신을 갖게 했다.

37

동부여 순찰 길에 오른 광개토대왕

미수를 앞둔 청명스님은 간밤에 이상한 꿈을 꾸었다.

왕과 함께 산 좋고 물 좋은 내몽골의 한 고장을 지나는데 어여쁜 여인네들이 길가에 꽃잎을 뿌려가면서 따라오라는 시늉으로 미소를 짓는 게 아닌가? 그런데 어찌 된 영문인지 평소 여자라고는 왕비만을 찾던 왕이 여인네들의 웃음에 눈을 크게 뜨고 정신

- AD 402년경 고구려의 영역

없이 따라가는 거였다. 청명은 아니되겠다 싶어 왕에게 돌아가자고 했건만 왕은 여느 때와는 달리 자신의 제안을 받아들이지 않았다. 하여 그는 소리쳤다.

"아, 아니되옵니다. 폐하, 폐하, 폐하."

하지만 왕은 뒤돌아보지 않고 여인네들을 따라갔다. 그때 갑자기 하늘이 온통 구름바다로 변하더니 장대 같은 비가 쏟아져 앞을 가렸다. 어디선가 여인네들의 웃음소리가 퍼져 나오는데 사방을 둘러보아도 사람은 보이지가 않았다. 청명은 호통쳤다.

"에잇, 이 요망한 것들 어디 우리의 왕을 홀리려 하느냐."

그러자 갑자기 누군가가 뒤에서 청명의 머리를 때리듯 치는 게 아닌가. 하지만 뒤를 돌아다보아도 놈은 보이지 않았다. 그리고 꿈에서 깨어났다. 새벽 예불을 올리고 청명스님은 황급히 대린사에서 나와 궁을 향했다. 하지만 어찌 된 일인지 갑자기 천둥번개가 치면서 장대비가 쏟아졌고 앞이 보이지 않을 만큼 쏟아지는 빗속을 헤치며 가다가 그만 돌부리에 걸려 넘어져 이마에 피가 나는 어처구니없는 일이 발생했다. 참으로 이상한 일이다싶어 청명스님은 발길을 더욱 재촉하여 궁으로 들어갔다. 그리고 왕을 만났다.

청명스님을 만나자 왕은 반갑게 맞이하더니 이렇게 말했다.

"스님, 어서 오시오. 우리 태자 거련을 데리고 동부여 땅을 갔다올 작정이오."

가뜩이나 꿈자리가 이상해서 달려온 청명스님으로서는 왕의 갑작스런 동부여 땅 유람이 뭔가 석연치 않게 느껴졌다.

"폐하, 아직 2월입니다. 동부여 땅은 삼월은 되어야 온기가 도는 곳입니다. 하오니 정 가시려거든 춘삼월이 오거든 그때 가시지요."

하지만 왕은 생각을 바꾸지 않았다.

"그렇지 않소. 그동안 너무 전쟁을 자주 치른 탓인지 추위는 그다지 상관없습니다. 스님은 함께 가시기는 힘드시겠지요."

"황공하옵니다만 소인은 늙은이가 되어서 이제……."

청명은 여전히 왕의 동부여 방문이 마음에 걸렸다. 꿈 얘기는 차마 할 수 없어서 추위 탓을 댔지만 왕은 그의 제안을 쉽게 받아들이지 않았다. 하는 수 없이 왕비를 찾아가 왕의 동부여 방문을 늦춰달라고 간청했다. 하지만 광개토대왕은 자신이 한번 마음먹은 일은 쉽게 포기하는 법이 없었다. 동부여를 속국으로 만든 이상 그곳은 이제 고구려나 마찬가지이므로 백성들의 사는 모습과 이런 저런 상황을 살펴보는 것은 당연한 일이라는 생각을 했기 때문이다.

게다가 태자와 함께 먼 길을 떠나본 적이 없던 터여서 한 번쯤은 함께 유람하듯 떠나볼 참이었고 훗날 어차피 태자가 왕이 되면 동부여도 고구려와 같이 거느려야 할 것이라는 판단에 미리 돌아보는 게 좋겠다는 생각을 한 것이었다.

413년 2월. 아직 눈이 녹지 않은 백두산을 바라보면서 왕과 태자 그리고 신하 30여 명은 동부여 순찰길에 올랐다.

왕이 떠나는 날부터 청명은 불안한 마음을 감출 길 없어 100일 기도에 들어갔다. 행여라도 왕에게 어떤 일도 벌어지지 않도록 간절하게 비는 마음으로 부처님 전에 절을 올렸다. 이 소식을 전해들은 왕비와 왕자비도 청명의 100일 기도에 같이 참여했다.

이처럼 간절하게 부처님 앞에 왕의 무사안녕을 기원하는데도 불구하고 불길한 조짐은 나타났다. 왕과 함께 떠난 일행은 일주일 만에 동부여 땅에 다다랐다. 멀리 동부여의 마을이 보이는 산길에서 잠시 쉬었던 일행은 계곡으로 이어진 길을 따라 내려갔다. 아직 눈이 쌓여 있어 말발이 한 자씩 푹푹 들어갔다. 그런데 이게 어찌 된 일인가.

계곡의 내리막길에서 왕의 앞길을 안내하던 두 병사 중 한 병사의 말이 1미터쯤 되는 눈구덩이 속으로 빠져 들어가 헤어나지 못하는 상황이 발생했다. 이에 왕과 그 뒤를 따르던 일행은 황급히 옆으로 방향을 잡아 화를 면했으나 결국 병사만 가까스로 살려내고 말은 눈구덩이 속에서 빠져나오지 못했다. 평소 자주 오가던 길이 아니었기에 이같은 일이 발생한 것이었다. 눈구덩이 속에서 살아나려고 몸부림을 치던 말은 결국 싸늘하게 죽어만 갔다. 전혀 생각지도 못했던 사고에 일행은 불길한 전조를 느낄 수밖에 없었다.

하지만 말 한 마리 죽었다고 해서 왕의 먼 길 여행을 포기할 수는 없는 일이었다. 게다가 험한 산길은 이제 다 지나온 상황이었다. 일행은 우울한 분위기를 바꾸고자 말의 걸음을 좀 더 빠르게 재촉했다.

38

때를 기다렸던 동부여의 옛 신하

이튿날 국내성의 왕궁에서도 예측하지 못한 불길한 일이 발생했다.

해가 중천에 다가갈 무렵 왕의 침소를 청소하는 궁녀 연생과 보옥은 황급히 서두르는 발걸음으로 왕의 처소로 가고 있었다.

"너희들은 어딜 그리 급히 가고 있는 게냐."

마침 그곳을 지나던 큰 상궁이 두 궁녀를 불러 세웠다.

"아, 네. 저희들은 지금 폐하의 침소를 청소하러 가는 길이옵니다."

"오, 그래. 그런데 지금이 몇시각인데 이제야 청소를 하러 간단 말이냐."

"그게 저, 지난 밤에 일이 늦게 끝나는 바람에……."

"그래서 이리 늦었단 말이냐. 어서 서둘러라. 폐하께서 궁을 비우셨다고 해서 게을리해서는 아니되느니라. 더욱 세밀하게 청소하거라. 알겠느냐?"

"네, 잘 알겠사옵니다."

종종걸음으로 왕의 침소에 도착한 궁녀 연생과 보옥은 서둘러 청소를 하기 시작했다.

"연생아, 오늘은 더욱 세밀하게 청소를 해야겠다."

"그래, 이왕이면 벽에 걸린 나무액자들도 깨끗하게 청소하자. 그동안 먼지를 닦는다고 해도 구석구석 닦기가 힘들었거든."

"그래, 그러면 저기 걸려 있는 나무액자부터 닦자."

연생이 나무액자를 닦는데 역시나 높은 곳의 구석까지는 손이 잘 닿지 않았다. 보옥이 연생을 받쳐주고 연생이 한쪽 손으로 나무액자를 붙잡고 다른 한 손으로는 닦기 시작했다. 좀더 구석진 곳을 닦기 위해 나무액자를 잡은 손에 힘을 주었다.

"우찌끈!"

"아~악!"

"연생아!"

순식간에 벌어진 일이었다. 벽에 걸려 있던 대형 나무액자가 그대로 쓰러지면서 연생이 밑에 깔리고 액자 모서리에 머리를 맞아 그 자리에서 죽어버렸다.

"연생아! 연생아! 사람 살려."

비명소리를 듣고 사람들이 몰려들어 액자를 치웠지만 연생은 다시 살아나지 못했다.

다른 곳도 아니고 왕의 침실에서 이같은 일이 발생했으니 궁 안은 벌집을 쑤셔놓은 듯 소란스러웠다. 왕비 역시 알 수 없는 불안감에 휩싸였다. 행여 왕에게 무슨 일이라도 일어난 게 아닌가 싶어 노심초사할 수밖에 없었다.

왕비는 안정을 되찾고자 큰 상궁을 불러 말했다.

"궁녀의 죽음은 원통하기 짝이 없으나 폐하가 먼 길을 떠난 상황이니 모두들 조심하게 행동하고 삼삼오오 모여 앉아 수군대는 일이 없도록 지시하시오. 그리고 궁녀가 죽은 폐하의 침실은 이제 불길하여 사용할 수 없으니 폐하의 침실을 새로운 곳으로 정하도록 하시오."

여느 때와는 달리 왕비의 얼굴에 핏기가 없고 무언가 불안함에 떠는 것 같았다. 이에 큰 상궁의 마음도 혼란스러웠다.

"네, 마마. 말씀대로 이행하겠사옵나이다. 마마 염려 마시고 마음의 평안을 되찾으십시오."

사실 큰 상궁도 불길한 느낌을 지울 수가 없었다. 열두 살에 궁으로 들어가 50여 년이 지난 지금까지 벽에 걸린 액자가 떨어져 사람이 죽는 어처구니없는 일은 본 적이 없었기 때문이다.

동부여 땅에 도착한 왕의 일행은 마중 나온 관리들의 보호를 받으며 각 고을을 돌아다녔다. 속국이라고는 하지만 고구려의 힘이 워낙 센 까닭에 동부여의 관리들은 머리를 조아리며 최상의 대접을 했다. 하지만 광개토대왕은 대접을 받기 위해 방문한 것이 아니고 일단 동부여의 이런저런 상황 파악을 위한 것이었고 훗날 태자 거련이 왕위에 올랐을 때 동부여를 다스리는데 도움이 되도록 하기 위한 것이었다. 때문에 관리들은 밤마다 기생들을 불러 술을 따르게 하려 했지만 왕은 일언지하에 거절했다. 더욱이 아들이 있는 자리인지라 더더욱 조심스러웠던 것이다.

　왕의 이같은 곧은 자세는 동부여의 지방 관리들을 더욱 주눅들게 하기도 했지만 백성들이 살아가는 모습이라든가 고구려와는 다른 문화와 풍습을 두루두루 접하는 광개토대왕의 면모에서는 너그럽고 자비로운 왕의 모습을 엿볼 수 있어 그들은 역시 대국 고구려의 왕답다는 생각을 했다.

　하지만 열 중 아홉은 좋아해도 한 사람을 싫어하는 일이 어디서든지 발생하기 마련이었다.

　하루는 광개토대왕의 방문에 대한 대접으로 동부여의 신하들과 한 자리에 모이는 잔치가 벌어졌다.

　동부여 대신들이 관리들 대부분이 광개토대왕을 반갑게 맞이하였건만 유독 한 사람만은 광개토대왕의 보는 낯빛이 굳어 있었다.

　부왕의 곁에 앉아 부왕과 동부여 신하들과의 대화를 하나도 놓치지 않고 듣고 있던 거련이 뭔지 모를 시선을 느꼈다.

　거련이 고개를 든 순간 탁자의 한쪽 끝에 앉아 있던 동부여의

신하 한 사람이 광개토대왕과 거련을 뚫어지게 쳐다보고 있는 것
이었다.

그 눈빛이 예사롭지 않고 살기 같은 것이 느껴졌다. 거련의 눈
빛과 마주친 순간 동부여의 신하는 입가에 알 수 없는 미소를 띠
며 얼굴을 돌렸다. 거련은 그의 눈빛이 보통이 아니라는 생각에
거리감을 느끼면서 자기도 모르게 몸에 긴장감이 도는 것을 느
꼈다.

'음, 폐하를 바라보는 눈빛이 보통이 아니군. 살기까지 감도는
데, 내가 잘못 본 걸까. 그래 이렇게 동부여와 사이좋은 사이가
되고 있는데……, 내가 잘못 본 걸 거야. 하지만 긴장을 늦추어
서는 안 되겠어.'

그는 다름 아닌 동부여의 왕의 둘째 동생이자 신하였던 관영이
라는 자였다. 그는 국가에서 기르는 말의 사육장을 관리하는 마
사장으로서 당시로서는 고을 수령에 못지 않은 힘을 지니고 있었
다. 거련과 눈이 마주친 관영의 눈에서는 살기가 느껴졌다. 때문
에 알 수 없는 거리감이 느껴졌다. 그때까지도 거련이나 왕은 그
가 전 동부여왕의 동생이라는 사실을 알지 못했다. 자신의 형이
고구려에 잡혀갔다가 죽은 것에 원한을 품고 있었던 터였다. 다
른 신하들과 관리들은 고구려가 동부여 정복 당시 백성들을 죽이
지 않고 신사적으로 전쟁을 한 것에 대해 오히려 광개토대왕의
사람됨을 높이 평가했던 터이지만 관영의 입장은 달랐던 것이다.

하루는 도읍지에 도착하여 동부여 대신들과 술잔을 나누었다.
대신들이 건넨 술잔에 여느 때와는 달리 술이 오른 광개토대왕은

속국의 신하들이 미리 마련한 침실에서 깊은 잠에 빠져들었다. 태자 거련은 물론이고 다른 사람들도 편안한 마음으로 곤히 잠이 들어 있었다. 그 누구도 이날이 광개토대왕의 마지막 밤이 될 줄은 몰랐다.

왕이 깊은 잠에 들자 관영은 왕의 침실에 있던 병풍 뒤에서 나와 칼을 들었다. 술자리에서 미리 빠져나온 관영은 미리 잠복을 하고 있었던 것이다. 그리고 곧장 광개토대왕의 심장을 향해 꽂았다.

"으~악!"

한밤중에 "으 – 악." 하는 외마디 비명소리가 울려 퍼졌고 옆 침실에 있던 호위병과 고구려 장군 신하 일행이 왕에게로 달려왔다.

"폐하, 무슨 일이시옵니까." 아니, 폐하."

"자객이다. 자객이 들었다."

거련과 고구려 신하들이 뛰어오고 호위병들은 자객을 따라 밖으로 뛰어나갔다.

다급해진 관영은 칼을 뽑지도 않은 채 뒷문을 향해 달아나고 있었고 호위병이 뒤쫓았으나 이미 담을 넘어버린 상황이었다.

"게 섰거라."

"네 이놈. 게 당장 서지 못할까."

그러나 아무리 용맹무쌍한 고구려 병사들이지만 담을 넘어버린 자객을 뒤쫓기에는 역부족이었다. 동부여에 처음 온 호위병들로서는 자세한 지리를 알 수 없어 그의 뒤를 쫓는데 한계가 있었던 것이다. 다만 그가 입은 옷을 보고 분명 저녁 술자리에 있던 사람 중 하나라는 것을 알 수 있었다.

왕은 가슴에 칼이 꽂힌 채로 피를 흘리면서 몸을 뒤척였다. 하지만 때는 이미 늦은 상황이었다.

"아바마마, 아바마마. 눈을 뜨시옵소서."

"폐하, 폐하."

태자 거련의 다급해진 목소리와 신하들의 목소리가 뒤엉켜 적막했던 밤은 난장판처럼 소란스러웠다. 동부여의 신하와 관리들이 달려오고 유명하다는 한의를 불러왔지만 심장을 관통한 칼에 의해 광개토대왕의 목숨은 결국 끊어지고 말았다. 동부여에 도착한 지 열흘도 안 되어서 일어난 참극이었다.

뒷문으로 달아난 관영은 민가의 광으로 뛰어들었지만 도둑으로 오인한 집주인에 의해 발각되어 동이 트기도 전에 온몸이 묶인 채로 끌려왔다.

거련은 놈을 보는 순간 칼을 빼들었지만 이대로 죽일 수는 없다고 판단하였다. 온몸을 끈으로 묶고 입에는 자갈을 물렸다. 슬픔과 화가 뒤범벅이 된 태자는 동부여 궁궐 앞에서 수많은 백성들이 지켜보는 가운데 보란 듯이 관영의 목을 쳤다.

39

슬픔에 잠긴 백성들

413년 이른 봄 광개토대왕은 그렇게 39세의 젊은 나이로 일생을 마감했다. 왕을 잃은 백성들은 모두 흰옷을 입었고 각 고을마다 왕궁을 향해 엎드려 목 놓아 우는 이들이 허다했다. 백성들은 진심으로 슬퍼했다. 고구려의 모든 사찰에는 왕의 가는 길을 불심으로 달래는 백성들의 발길이 한 달 내내 이어졌다.

신라와 동부여에서는 사신이 오고 후연의 사람들 중에는 몇 백
리 길을 걸어와 국내성 왕궁 앞에 엎드려 통곡을 하는 이들도 있
었다.

왕비는 왕이 죽어 돌아오자 목 놓아 울다 그만 실신을 하였고
청명스님은 왕의 동부여 방문을 끝까지 말리지 못한 자책감으로
몹시 괴로워했다. 광개토대왕의 죽음 앞에서는 모두가 슬퍼했다.

국내성에 사는 한 노인은 왕의 죽음을 전해 듣고 실신한 후 깨
어나지 못해 죽었는가하면 해주 땅에 있는 한 사찰에서는 승려
두 명이 왕의 죽음을 슬퍼하여 불길 속에 자신들의 몸을 던지기
도 했다. 게다가 신하들과 관리들은 왕의 죽음을 애도하고자 100
일 동안 여자와 술을 멀리하기까지 했다. 오죽하면 왕이 죽던 날
에는 국내성의 닭들마저 울지 않고 숨을 죽였다.

왕비는 왕의 묘를 국내성이 한눈에 보이는 북쪽의 대우산 중
턱의 언덕에 쓰라고 했다. 국내성은 광개토대왕이 태어나서 죽
을 때까지 있던 곳이고 이곳에 있는 동안 영토 확장이 대대적으
로 이루어지고 태평성대를 일구었기에 국내성을 매우 아꼈다는
것을 누구보다도 잘 알고 있었기 때문이다. 왕의 무덤은 길이
66m의 정방형에다 높이 15m로 만들었다. 태왕릉의 정상은 아
래서 계단을 밟고 올라갈 수 있도록 되어 있었고 왕릉 위에는 무
덤을 비와 눈으로부터 막아주기 위해 기와를 얹혀 지붕을 만들
어주었다.

왕의 무덤이 만들어지기까지 10여 일이 걸렸고 수많은 국내성
남자들이 자발적으로 나와 왕릉 만들기에 동참을 했다. 왕은 어

처구니없게 암살을 당했지만 백성들의 애도는 고구려를 더욱 강하게 만들어주는 단결의 계기가 되었다.

하지만 문제는 왕비였다. 생전의 왕은 왕비를 끔찍이 여겼으며 호남형에 대장부였지만 궁녀들을 건드리는 일이 없었다. 아무리 젊고 어여쁜 궁녀가 들어와도 눈길 한번 주지 않았으면 오직 한 사람 왕비만을 사랑했다. 이토록 부부의 사랑과 정이 두터웠으니 왕비의 슬픔이 쉽게 사라질 리가 없었다. 왕비는 비가 오나 눈이 오나 하루도 거르는 법 없이 가마를 타고 왕의 묘를 찾았다. 오고 가는데 걸리는 시간만도 세 시간이 족히 걸렸지만 왕비는 왕의 무덤 앞에서 침묵하며 눈물을 흘렸다. 고구려 불교계의 최고 권위자로서 군림했던 청명스님 또한 왕과의 각별했던 인연을 되새기며 전국의 모든 사찰에 왕의 명복을 기원하는 제를 1년 동안 올리도록 했다.

광개토대왕이 죽던 그해 여름 국내성에는 유난히 비가 자주 내렸다. 육칠월 여름 동안 비가 오지 않은 날은 손을 꼽아야 할 만큼 비가 오자 백성들은 왕의 죽음을 슬퍼한 백성들이 너무 많은 눈물을 흘린 까닭에 부처님도 감탄하여 비를 내려준다고 믿었다.

시작에 능했던 태자 거련은 부왕의 죽음을 슬퍼하며 시를 지었다. 그 시는 대신들을 통해 외부에 알려졌고 백성들은 그 시에 슬픈 가락을 입혀 노래를 불렀다.

임 그리는 비(雨)

장마 지났는데
여름비는 그칠 줄 모르옵니다.

뉘가 흘린 눈물이 저리많아
비에 젖은 곡식들마저 고개 숙여 흐느낀답니까.

님이시여!
님이시여!
비가 그친다한들 떠난 님을 어이 잊으리오.

님을 향한 눈물들 오곡백과 풍성하게 만들어주니
백성들 향한 님의 마음 변함이 없으시구려.

40

부왕의 뒤를 잇는 장수왕

413년 태자 거련이 스무 살의 나이로 그는 부왕의 뒤를 이어 왕위에 즉위하였다. 바로 장수왕이다. 나이가 결코 어리지도 않은데다 부왕 못지 않게 기골이 장대하고 호탕한 남아적 기질이 많은 터라 그 누구도 태자의 즉위에 반대하는 이가 없었다.

광개토대왕이 죽었다 해도 고구려의 기세는 조금도 꺾이지 않았다. 대신들이 장수왕을 신뢰하거니와 이미 부왕 시절 측근이었던 진노기 장군과 현돌 장군이 장수왕의 양팔이 되어 주었기 때문이다.

장수왕은 자신이 가장 먼저 할 일은 부왕이 확장시켜놓은 영토를 잘 지키는 것이라고 판단하고 외교 정책을 폈다. 신라는 속국이나 다름없고 백제는 더 이상 고구려를 넘보지 못하였으니 행여라도 영토 분쟁이 일어난다면 동진이 가장 유력한 존재였다. 후연을 이미 고구려 땅으로 만들어버린 까닭에 후연의 서쪽으로 경계 지점에 있던 동진과 우호 관계를 맺어놓는 것이 중요하다고 판단했다. 이에 장수왕은 유능한 사신 3명을 파견시켜 국교를 맺었다.

당시 동진은 중국의 옥토나 다름없는 북경 이남의 땅을 차지하고 있던 터라 장기적으로 볼 때 국력이 커질 수밖에 없는 장점을 지니고 있었다. 국교를 맺자 동진과 고구려의 학자들이 서로 교환되어 상대의 문물을 배우도록 이어갔다. 장수왕으로서는 일단 상대에 대한 정보를 많이 알고 있어야만이 어떤 상황에서든지 경쟁력을 확보할 수 있다는 생각을 했다.

또한 장수왕은 왕위에 오른 직후 내적으로는 가장 먼저 교육기관에 대한 변화를 시도했다. 소수림왕 2년인 372년에 설립된 국립학교로서 국내성에 자리한 태학이 있었다. 이곳에서는 11세 이상의 귀족의 자제를 대상으로 교육하였다. 한국 역사상 학교 교육의 시초였다. 하지만 한 해에 60여 명을 뽑아 5년간 가르치는 것으로는 인재 발굴에 어려움이 있었다. 이미 영토 확장이 되었던 터라 상류계급의 자제들만 입학할 수 있도록 하는 것은 더

많은 인재를 발굴하는데 걸림돌이 되었다.

이에 장수왕은 대신들과의 논의를 통해 평민의 자제들도 우수한 자는 입학을 허용토록 했고 모집 인원을 100여 명으로 대폭 늘렸다. 또 경학·문학·무예 등만이 아니라 불교를 추가시켰다. 태학의 변화는 부왕 재위 시절 장수왕이 생각을 갖고 있던 것이었기에 한결 빠르게 추진되었다. 왕은 시간을 두고 점차적으로 태학의 학생 수를 늘려나갈 생각을 하고 있었다.

대신들 또한 나라가 강해지려면 인재가 많아야한다는 것에 의견을 같이했다. 더욱이 주요 관직이나 왕의 일가친척 등 귀족의 자녀들만 다닐 수 있다 보니 그중에는 학문에는 관심이 없거나 아예 뒤쳐지는 아이들도 나타났다. 그들은 오히려 전체 학습 분위기만 해치는 등 말썽이 많아 일부는 도중하차하는 일도 있었다. 이런 면에서 평민의 자녀들 중 머리가 좋은 아이들을 찾아내 교육시키는 것은 매우 현실적이고 진취적인 판단이었다.

태학을 다니는 아이들은 기숙사 생활을 하면서 공부에 전념했다. 단 그들에게는 학비나 기숙사 비용이 전혀 들지 않았다. 다만 각자에게 필요한 종이와 붓 그리고 옷은 개인 부담이었다. 이같은 좋은 조건이고 보니 평민 자녀에게는 더없이 좋은 기회가 온 것이었다.

이에 장수왕이 즉위하던 해 태학에 입학할 평민 자녀 50여 명을 뽑는 시험에는 전국 각 고을에서 대표격으로 온 평민자녀들 500여 명이 몰려들어 경쟁을 벌이는 진풍경이 일어났다. 그런가 하면 시골의 빈농일지라도 평민 계급의 가정에서는 대여섯 살만

되면 미리 한학을 가르치기 시작했다.

이에 각 고을에서는 한학에 밝은 선비들에게 한학을 배우려는 아이들이 몰려들었다. 태학을 졸업하면 곧장 관리나 중앙의 요직에 들어갈 수 있는 지름길이 되므로 욕심을 내지 않을 수 없는 일이기도 했다.

하지만 왕은 너무 허무하게 세상을 떠난 부왕에 대한 그리움과 안타까움을 전할 길이 없었다. 한동안 고민에 빠져 있던 장수왕은 비바람에 시달려도 변치 않고 불에도 타지 않는 비를 생각해 냈다. 이에 이듬해인 414년에는 광개토왕비를 건립하였다. 그때부터 광개토대왕비는 '국강상광개토경평안호태왕(國岡上廣開土境平安好太王)'이라는 광개토왕의 시호를 줄여서 '호태왕비'라고 불리었다. 이 비는 태왕릉에서 동북 방향으로 약 300m 지점에 세워졌다. 높이가 5.34m, 각 면의 너비가 1.5m로 네 면에 걸쳐 1,775자의 글자를 새겨 넣었는데 부왕의 업적을 기리고 존경하는 의미에서 세워진 비이지만 그 내용에는 고구려의 건국 신화와 동명왕, 유리왕, 대무신왕에 대한 내용도 포함시켰다.

태왕비 건립으로 마음의 안정을 되찾은 장수왕은 이때부터 본격적으로 각종 제도 정비와 국력 강화를 위해 대신들과 머리를 맞대고 회의를 여는가하면 동부여에서 일어난 어처구니없는 사고가 다시는 발생하지 않도록 이민족이었던 거란, 동부여, 후연 지역의 백성들 관리에 들어갔다. 그 지방의 관리들을 전격 교체하고 불교수호 정책을 강화시켰다. 또 도적, 강간, 살인 등을 저지르는 자들은 용서하지 않았다. 특히 동부여 백성들은 고구려 땅을 밟을 때 철저하게 조사를 받아야만 이동이 가능토록 했다. 나이는 많지 않지만 세심한 부분까지 재정비를 시도하는 장수왕을 보면서 나이든 대신들도 고개를 끄덕이지 않을 수가 없었다.

41

한을 푸는 신라의 태자 눌지

실성왕은 내물왕의 어린 세 왕자들 중 둘째 미사흔은 일본에, 막내 복호는 고구려에 볼모로 보내고 태자인 눌지만 남게 하였다. 401년 신라의 왕이 된 실성왕은 훗날 어린 태자였던 눌지가 청년이 되자 자신의 딸과 결혼을 시켰다. 일찌감치 자신의 손아귀에 넣고 다른 생각을 갖지 못하게 하기 위해서였다. 하지만 27

세가 된 눌지는 박학다식하고 무예도 뛰어났다. 이런 눌지에게 외가의 친척들이 하나둘씩 접근을 시도했다. 본래 왕이 되었어야 할 태자였기에 외가의 식구들은 눌지가 어른이 된 만큼 실성왕이 왕위에서 내려오고 눌지가 왕위에 올라야 한다는 입장을 고수했다. 하지만 눌지는 외가의 친척과 일부 주변 사람들의 이같은 견해를 그저 듣고 웃어넘길 뿐이었다. 이미 오랫동안 왕권을 차지한 장인인 실성왕이 쉽게 왕위를 내놓지도 않을 것이란 것을 너무도 잘 알고 있던 터였다. 왜나라와 고구려에 볼모로 간 형들을 생각하면 실성왕이 한없이 미웠지만 이미 실성왕의 일가친척들이 정권을 쥐고 있는 터라 왕권을 빼앗는 일은 그리 쉬운 일이 아니라는 생각을 했다. 자칫 잘못하여 일이 잘못되는 날에는 장인과 원수지간이 되어 자신의 목숨마저 위태로울지도 모를 일이니 명의 단축을 자처하는 일은 의미 없는 일이라는 데 못을 박았다.

하지만 실성왕은 달랐다. 눌지가 스무 살이 넘은데다 그가 문무에 고루 뛰어난 능력을 지녔고 그를 추종하는 무리들이 적지 않다는 판단에 늘 그를 견제하였다. 이런 생각이 극에 치닫자 실성왕은 사위인 눌지를 죽이려고 돈을 주고 고구려의 자객을 비밀리에 불러들였다.

검은 두건을 쓰고 눌지를 살해하기 위해 눌지의 집 담장을 넘어간 고구려의 자객은 발을 잘못 디디어 발목이 부러지는 통에 일을 성사시키지 못하고 다시 담을 넘어 밖으로 도망치려 했다. 이때 검은 그림자가 담을 타고 넘어오는 것을 눈치 챈 눌지는 쏜살같이 뛰어나가 자객을 잡았다. 붙잡힌 자객의 몸을 묶어 마당한가운데 앉혀놓은 눌지는 분명 누군가가 자신을 해치기 위해 그를 보낸 것이라는 생각을 지울 수가 없었다.

"네 이놈. 네놈은 대체 누구길래 한밤중에 남의 집 담장을 넘었느냐."

졸지에 생과 사의 갈림길에 처한 자객은 벌벌 떨기만 할 뿐 입을 열지 않았다.

"네가 진정 이 칼에 죽고 싶은 게로구나. 어리석은 놈."

눌지를 날이 시퍼런 칼을 자객의 몸 위에 올려놓았다. 그러자 자객은 입을 열었다.

"와, 와, 왕이 시킨 일이오."

순간 눌지의 눈에 불이 번쩍이는 듯했다. 장인이 되어 사위를 죽이라고 했다면 그로서도 더 이상 장인을 살려둘 가치가 없었다. 게다가 가뜩이나 외가의 사람들이 이제는 왕권을 차지할 때가 되었다고 부추기는 판이 아닌가. 허나 눌지는 순간적인 감정을 억누르고 외가 출신의 장군들과 측근들을 불러 모았다. 날이 밝기 전에 실성왕을 죽이기로 한 것이다.

아침에 일어나면 눌지는 죽어 있을 것이라고 철썩같이 믿은 실성왕은 새로 들어온 어린 궁녀를 불러 밤새 술을 마시다가 취해 자기도 모르게 잠이 들었다.

아직 동이 트려면 이른 새벽인데 궁의 문이 열렸다. 다른 사람도 아닌 사위가 문을 열어달라는데 감히 문지기가 반항을 할 수는 없는 일이었다. 눌지는 잠에 취한 실성왕의 침실 문을 발로 거칠게 차고 들어갔다. 꿈인지 생시인지조차 분간을 하지 못하는 실성왕은 목으로 다가온 사위의 칼날의 차가움을 느끼며 그제서야 정신을 차렸다.

"더러운 자, 남의 자리를 빼앗고도 모자라 자객을 시켜 날 살해할 생각을 하다니 이 천벌을 받을 인간아 어찌 그러고도 네가 내 장인이더냐."

분노에 찬 눌지의 칼은 실성왕의 가슴을 베어버렸다. 순간 침실은 붉은 피로 범벅이 되고 실성왕은 말 한 마디 남기지 못하고 그대로 최후를 맞이했다. 자신이 벌인 일 때문에 거꾸로 자신이 화를 입게 되었으니 제 꾀에 제가 넘어갔다는 말이 딱 맞았다.

이렇게 눌지는 왕위에 올랐으나 문제는 아내였다. 어떤 상황에서였든지간에 자신의 아버지를 죽인 남편을 용서할 수가 있었겠는가. 설령 용서를 한다 할지라도 마음이 불편하여 그녀를 왕비로 곁에 둘 수는 없다는 생각이었다. 그러나 눌지의 아내는 달랐다. 비록 자신의 아버지를 살해했지만 그것은 정당한 방위나 다름없으니 문제삼을 가치조차 없다는 것이었다.

하지만 눌지왕은 아내가 미웠던 것은 아니지만 아내를 보는 자체가 마음 편치 않았다. 죽은 왕의 얼굴을 그대로 닮은 아내를 보면 마치 실성왕이 살아 돌아올 것만 같은 착각을 일으키게 했다. 하는 수 없이 그는 아내를 궁 밖으로 내쫓고 새로운 왕비를 들였다.

이렇게 하여 신라의 19대왕 실성왕은 이슬처럼 사라지고 20대왕에 내물왕의 태자 눌지가 왕이 되었다. 이같은 사실은 고구려의 국내성에까지 전해졌다. 이 소식을 들은 장수왕은 크게 놀라지 않았다. 속국에서 일어난 일인데다 분명 잘못은 실성왕에게 있었기 때문이다. 하지만 자객이 고구려인이었다는 것은 자존심을 상하게 하는 일이었다. 이에 사신을 보내 자객을 데려오게 하여 그를 옥에 가두었다.

하지만 뒤늦게 자신의 자리를 찾은 눌지왕은 젊은 혈기가 끓어오르면서 오랜 세월 동안 고구려의 속국이 되어온 신라의 상황을 못마땅히 여겼다. 이에 이듬해인 418년 고구려의 영향력에서 벗어나고자 볼모로 간 동생 복호를 데려왔다. 또 박제상을 일본에 보내 역시 볼모로 간 다른 아우 미사흔을 탈출시키도록 했다. 이리하여 미사흔은 신라로 돌아오지만 박제상은 일본을 속이고 미사흔을 빼돌린 사실이 발각되어 죽임을 당하고 말았다.

미사흔이 탈출에 성공하여 귀국하자 왜구의 침입이 몇 차례 이어졌다. 하지만 고구려의 도움을 받지 않고 스스로 왜나라의 침입을 막아냈다. 훗날 고구려의 묵호자는 눌지왕 재위 시절 신라에 불교를 전파하였다.

42

여색은 멀리하되
음식은 다양하게 즐기다

　　장수왕은 아버지 광개토대왕이 39세의 젊은 나이로 생을 마감
한데 반해 고구려의 왕 중 가장 장수했던 왕이다. 97세까지 살았
던 장수왕의 비결은 그의 일상생활에 그 비밀이 숨어 있었다.

　　장수왕의 성격은 호탕하고 사교적이며 적극적이었다. 이런 그
를 가까이하는 궁녀들 대부분이 처음에는 심장이 멎는 듯했다고

저들끼리 수군댈 정도였다. 부왕 광개토대왕 역시 보기 드문 건
장한 호남아였기에 그 아버지의 그 아들이었던 것이다. 외모뿐만
아니라 두 부자에게는 공통점이 또 하나 있었으니 그것은 다름
아닌 호색가 기질이 없었다는 것이다. 때문에 두 왕이 살던 시절
에는 궁에서 왕비의 눈에 거슬려 내쫓기는 궁녀들이 없었다. 한
마디로 오로지 왕비 한 여자만 사랑했던 것이다.

한 번은 이런 일도 있었다. 장수왕이 20대 중반 시절 왕비가
몇 달 동안 몸이 아파서 왕과의 잠자리를 멀리했다. 이에 왕비는
혈기왕성한 젊은 남자가 몇 달 동안 독수공방을 한다는 것은 오
히려 건강에도 좋지 않을 뿐더러 온갖 국사로 복잡한 머리를 식
힐 만한 일이 없으니 바라보기 안타깝기 그지없었다. 왕비는 큰
상궁을 불러 괜찮은 궁녀 한 사람을 왕의 침실로 보내주라고 지
시했다. 이에 큰 상궁도 그 뜻을 헤아려 미모가 뛰어나고 총명한
궁녀를 와의 침실로 보냈으나 왕은 그 궁녀를 쳐다도 보지 않고
호통을 쳤다. 그리고 큰 상궁을 불러 이렇게 말했다.

"나에게 왕비가 있는 한 여자는 단 한 사람뿐이오."

수많은 왕들이 궁녀들과의 잦은 성교로 몸이 쇠약해져 나이 오
십을 제대로 넘기지도 못하고 죽은 것을 생각하면 장수왕은 일편
단심 민들레 같은 왕비 사랑으로 자신의 건강을 지킨 셈이다.

또 한 가지 장수왕은 호탕한 성격과는 달리 음식에는 매우 까
다로웠다. 고기 중에서도 쇠고기, 돼지고기는 좋아하지 않고 생
선과 산에서 잡은 날짐승의 고기를 즐겼다. 또 도라지, 더덕, 연
근, 무와 같은 뿌리로 된 반찬을 즐겨먹었는데 음식은 늘 맵거나

짜지 않고 담백한 맛을 좋아했다.

하루는 장수왕의 상에 당시로서는 좀처럼 맛보기 힘든 고기반찬이 올라왔는데 왕은 담백한 맛에 빠져 그것을 맛있게 먹었다. 그리고는 상궁에게 그 고기가 무슨 고기냐고 물었다. 상궁이 말하기를

"폐하 그 음식은 신라에서 보내온 게라고 합니다."

상궁의 말이 끝나기 무섭게 왕은 구토를 하여 먹었던 음식을 온통 다 쏟아냈다고 한다. 그리고는 호통치기를

"아니 부처님께 절을 올리는 이 나라의 왕이 어찌 불가에서 삼가는 개고기를 먹을 수 있는가. 누가 이런 무례한 짓을 하였느냐."

왕은 음식을 만든 수랏간 상궁을 불러들였고 어찌 된 일인지 그 사실을 밝히라고 했다.

"폐하, 폐하께서 드신 개고기는 사람이 키우는 개가 아니옵고 바다에서 잡은 게라고 하옵니다. 살이 연하고 보양식으로 좋다하여 신라의 사신이 선물로 가져온 것이옵니다. 이 년의 잘못을 용서하여 주시옵소서."

듣고 보니 개가 아니라 게였던 것이었다. 하지만 바다에서 잡은 게를 먹어 본 적이 없는 왕으로서는 오해할 수밖에 없었던 것이다. 그후로 왕은 오히려 게찜이 밥상에 올라오면 조금도 남기지 않을 만큼 그릇을 비웠다. 이처럼 몸이 축나는 일은 삼가고 건강에 좋은 음식만을 즐기며 살았으니 장수는 어쩌면 당연한 일이었는지도 모른다.

43

경제 문화의 황금기를 맞이하는 고구려

즉위 초기 국내 제도 정비에 관심을 집중시키면서 백제와 신라의 움직임에 그다지 관심을 두지 않았던 장수왕은 백제와 신라에 대해 새로운 방향을 모색하였다. 신라의 눌지왕은 나이가 비슷한데다 고구려를 대하는 태도가 예전같지 않았다. 해가 바뀔 때마다 보내오던 조공은 흉년이 들었다는 핑계로 갈수록 줄어들었다.

백제의 구이신왕은 423년, 425년 송나라에 사신을 파견한데 이어 그 이후에도 매년 사신을 파견했다. 고구려가 북조와 동맹 관계를 맺고 세력을 확장하려는 데에 맞서는 외교 정책을 펴고 있었다.

이같은 백제와 신라의 움직임은 장수왕의 신경을 건드리는 일이었다. 이를 테면 얌전히 있으면 도움을 줄 판인데 나름대로 국력강화에 집중하고 있으니 그냥 내버려 두어서는 안 되겠다는 판단이 섰다. 더욱이 국내성과 한강 이남의 거리가 워낙 멀어서 두 나라의 동태를 파악하는 것도 힘들었던 데다 북방의 나라들을 손아귀에 넣는 동안 두 나라에게 너무도 편안한 존재가 되어 위상은 거꾸로 낮아진 것이었다.

427년 장수왕은 과감한 결단을 내렸다. 도읍지를 국내성에서 평양으로 옮기기로 한 것이었다. 더 이상 신라와 백제를 내버려 두지 않겠다는 입장이었다. 고구려의 적극적인 남하 정책이 시작된 것이었다. 그러나 이때 몇몇 신하들은 왕의 뜻에 반대의사를 표시하였다. 그 이유는 남하하여 조무래기 같은 백제와 신라를 차지하려고 애쓰기보다는 차라리 끝이 보이지 않는 대륙을 조금씩 조금씩 고구려 영토로 만들어가자는 것이었다. 하지만 장수왕의 생각은 달랐다. 신라와 백제를 이대로 내버려둔다면 언젠가는 왜국이 그들의 땅을 넘보게 될 거라는 생각에서였다. 왜국에게 신라와 백제를 내주는 것은 곧 고구려가 위기에 처하는 일이라는 게 장수왕의 지론이었다. 이 일로 인해 장수왕은 왕위에 오른 후 처음으로 두 명의 대신을 관직에서 끌어내렸다. 평소 신하들의 말에 귀를 기울일 줄 알고 타협에 능했던 장수왕으로서는 새로운 모습을 보여준 일이었다. 한편으로는 이른 나이에 왕위에 올라 초창기에 자신의 입장만 고집하지 않고 나이든 대신들의 의견을 존중해 주었더니 왕권에 대한 도전의 기미가 역력했으므로 이에 대해 단호한 결단을 내린 셈이었다.

군이 도읍지를 평양으로 옮긴 데는 특별한 사연이 있었다. 부왕 시절 불교 전파의 일등공신이었던 대린사의 주지 청명스님이 죽은 후 그의 방을 치우던 젊은 스님이 그림이 그려진 종이 한 장을 발견하였는데 그곳에는 평양의 지도가 그려져 있었다. 부왕이 재위하던 시절 평양에 9개의 절을 지으라는 명령을 받고 이를 실행으로 옮겼던 청명스님은 땅이 비옥하지 않고 척박한데다 기후 조건이 그다지 좋지 않은 국내성보다는 평양이 도읍지로서 좋다는 것을 알고 있었으나 부왕이 영토 확장을 하느라 천도를 준비할 여유가 없다는 것을 알고 말하지 않았던 것이었다.

이때부터 고구려는 다시 신라와 백제에게 무서운 호랑이가 된다. 신라를 속국으로 삼았고, 백제와 가야를 굴복시켜 조공을 받았다. 백제는 고구려의 남하 정책으로 도읍지를 공주로 옮기고 백제의 용병이었던 왜나라는 공격할 때마다 대파시켰다. 이로써 고구려는 북쪽과 동쪽으로는 숙신과 동부여를 속국으로 삼고, 서쪽으로 서요하 중상류에 있는 거란족을 정벌하였다. 여기에 후연을 멸망시키고 부여를 속국으로 만들었으니 그야말로 5세기 내내 평정의 시대를 열어갔다.

이 시기에는 유목 세계의 유연, 황하 유역의 북위, 양자강 유역의 송 등과 함께 동아시아 국제 정치를 좌우하는 4강의 한 자리를 차지했다. 영토가 넓어짐에 따라 함께 인구도 크게 늘었고, 경제, 문화적으로도 크게 발전했다.

고구려의 이같은 정복 활동은 넓은 농경지를 확보하게 했고, 엄청난 소와 말을 확보해 농업의 발전과 군대의 질적 향상을 가져왔다. 그뿐만이 아니었다. 동해와 서해의 지배권을 장악하여 동아시아 바다의 주인공으로 떠올랐다.

광개도태왕 역사 기록

진나라 때 고구려는 이미 요동을 차지하여 다스리고 있었고, 백제 역시 요서, 진평 2곳에 군을 가지고 있었다. (요서에 있는 군은) 지금(당나라 때)의 유성과 북평 사이에 있었다.

晋時句麗旣略有遼東 百濟亦據有遼西晋平二郡今柳城北平之間 —通典 百濟傳

그 나라는 본래 고구려와 더불어 요동의 동쪽 천여 리에 있었다. 진나라 때 고구려는 이미 요동을 차지하여 다스리고 있었고, 백제 역시 요서, 진평 두 곳을 차지하여 이때부터 백제군을 두었다.

其國本與句麗在遼東之東千餘里 晋世句麗旣略有遼東 百濟亦據 有遼西晋平二郡地矣 自置百濟郡—南史 百濟傳

그 나라는 본래 고구려와 함께 요동의 동쪽에 있었다. 진나라 때 고구려는 이미 요동을 차지하여 다스리고 있었고, 백제 역시 요서, 진평 2곳을 차지하여 이때부터 백제군을 두었다.

其國本與句驪在遼東之東 晋世句驪旣略有遼東 百濟亦據有遼西 晋平二郡之地矣 自置百濟郡—梁書 百濟傳

백제는 본래 고구려와 더불어 요동의 동쪽 천여 리에 있었다. 그 후 고구려는 요동을 차지하여 다스리고, 백제는 요서를 차지하여 다스렸다. (중국 동해안 방면의) 백제의 치소는 (송나라 때) 진평군 진평현이 있던 곳이다.

百濟國本與高驪俱在遼東之東千餘里 其後高驪略有遼東 百濟略

有遼西 百濟所治謂之晋平郡晋平縣—宋書 百濟傳

[註 진평군은 백제의 군현 이름이 아니고 송나라가 A.D 468년에 복건성 복주 방면에 설치했다가 A.D 471년에 폐지한 군현의 이름이다.]

고국양왕 3년(A.D 386년) 봄 정월 왕자 담덕을 세워 태자로 삼았다. 가을 8월 왕은 군사를 내어 남으로 백제를 쳤다. 겨울 10월 복사꽃(桃) 오얏꽃(李)이 피었다. 소가 말을 낳았는데 발이 여덟, 꼬리가 둘이었다.

三年 春正月 立王子談德爲太子 秋八月 王發兵南伐百濟 冬十月 桃李華 牛生馬 八足二尾

건흥 원년(A.D 313년) 전략. 4월 요동의 장통이 낙랑, 대방 2군에 있으면서 고구려왕 을불과 상공하여 여러 해 동안 풀리지 않더니..

後略, 遼東張統據樂浪.帶方二郡 與高句麗王乙弗利相攻 連年不解.後略—資治通鑑 晋紀10

미천왕 14년(A.D 313년) 겨울 10월에 대방군을 침략하여 남녀 2천여 명을 사로잡았다.

十四年 冬十月 侵樂浪郡 虜獲男女二千餘口

미천왕 15년(A.D 314년)봄 정월에 왕자 사유를 태자로 세웠다. 가을 9월에 남쪽으로 대방군을 침략하였다.

광개토태왕 역사 기록

十五年 春正月 立王子斯由爲太子 秋九月 南侵帶方郡—三國史
記 高句麗本紀

미천왕 20년(A.D 319년) 겨울 12월에 진 평주자사 최비가 도
망쳐 왔다. 이전에 최비가 은밀히 우리나라(고구려)와 단씨, 우문
씨를 달래어 함께 모용외를 치게 하였다.

二十年 冬十二月 晉平州刺史崔毖來奔 初 崔毖陰說我及段氏宇
文氏 使共攻慕容   .後略

건흥 원년(A.D 313년) 전략. 4월 요동의 장통이 낙랑, 대방 2
군에 있으면서 고구려왕 을불과 상공하여 여러 해 동안 풀리지
않더니, 낙랑의 왕준이 장통에게 권고하여 그 백성 1,000여 가를
이끌고 모용외에게 귀부케 하였다. 모용외가 이들을 위하여 낙랑
군을 두고 장통을 낙랑태수에, 왕준을 낙랑군 참군사로 삼았다.

遼東張統據樂浪.帶方二郡 與高句麗王乙弗利相攻 連年不解 樂
浪王遵說統帥其民千餘家歸   爲之置樂浪郡 以統爲太守 遵參
軍事—資治通鑑 晉紀10

함화 8년(A.D 333년) 여름 5월 모용외가 졸하였다. 6월 세자
황이 평북장군행평주자사로 부내를 독섭하고, 죄인을 사면하고,
장사 배개를 군자제주에, 낭중령 고후를 현도태수에, 대방태수
왕탄을 좌장사에 각 삼았으나, 왕탄은 요동태수 양목이 재능이
있다 하여 미루므로, 이를 받아들여 우장사로 삼았다.

夏 五月 甲寅 遼東武宣公慕容　卒 六月 世子　以平北將軍行平
州刺史 督攝部內 赦系囚 以長史裵開爲軍諮祭酒 郎中令高　爲玄
太守　　以帶方太守王誕爲左長史 誕以遼東太守陽　爲才而讓之
從之 以誕爲右長史一資治通鑑 晋紀17

　내물이사금 37년(A.D 392년) 정월 고구려에서 사신이 오니 왕
은 고구려가 강성한 까닭에 이찬 대서지의 아들 실성을 보내 인
질로 잡혔다.
　三十七年 春正月 高句麗遺使 王以高句麗强盛 送伊飡大西知子
實聖爲質

　진사왕 5년(A.D 389년) 가을 9월 왕은 군사를 보내어 고구려의
남변을 침략하였다.
　五年 秋九月 王遺兵 侵掠高句麗南鄙

　진사왕 6년(A.D 390년) 가을 9월 왕은 달솔 진가모를 시켜 고
구려를 쳐 도곤성을 빼앗고 2백 명을 사로 잡으니 왕은 진가모에
게 병관좌평을 제수하였다.
　九月 王命達率眞嘉謨 伐高句麗 拔都坤城 虜得二百人 王拜嘉謨
爲兵官佐平一三國史記 百濟本紀
　[註 삼국사기 백제본기에 의하면 온조백제는 A.D 387년 9월에 말갈과
관미령에서 싸웠으나 이기지 못하였고, A.D 391년 4월에는 말갈에게 북
변의 적현성을 빼앗겼다. 같은 내용이 삼국사기 고구려본기에는 없는 것

광개토태왕 역사 기록

으로 보아, 이 말갈은 고국양왕이 보낸 고구려의 주력 부대가 아니고 당시 고구려에 복속한 강원도 지방 기마족으로 추정된다. 당시 온조백제는 말 갈과의 싸움에서도 이기지 못할 정도였는데도 고구려는 온조백제의 공격에 도곤성을 빼앗겼다. 이는 온조백제를 교만하게 만들어 온조백제와 구태백제를 이간시키려 했기 때문으로 추정된다.]

진사왕 7년 가을 7월 서울 서쪽에 있는 큰 섬에서 사냥하면서 왕이 친히 사슴을 쏘았다. 8월 다시 횡악(삼각산)의 서쪽에서 사냥하였다.

秋七月 獵國西大島 王親射鹿 八月又獵橫岳之西─三國史記 百濟本紀

광개토왕 원년 겨울 10월 백제 관미성을 쳐서 함락시켰다. 그 성은 사면이 깎은 듯 가파르고 바닷물에 둘러싸여 있었으므로, 왕은 군사를 일곱 방향으로 나누어 공격한 지 20일만에야 함락시켰다.

冬十月 攻陷百濟關彌城 其城四面초絶 海水環繞 王分軍七道 攻擊二十日 乃拔─三國史記 高句麗本紀

진사왕 8年(A.D 392年) 겨울 10월 고구려가 관미성을 쳐서 함락시켰다. 왕이 구원에서 사냥하였는데 열흘이 지나도 돌아오지 않았다.

冬十月 高句麗攻拔關彌城 王田於狗原 經旬不返─三國史記 百

268

濟本紀

[註 삼국사기 백제본기에는 이해 온조백제가 광개토왕에게 항복한 내용
이 나오지 않으나, 온조백제는 광개토왕에게 항복한 것으로 보인다. 왜냐
하면 온조백제는 수도 방어의 요지인 관미성이 함락당한 후 고구려의 공
격에 수도를 방어할 힘이 없었는데도 고구려는 온조백제의 수도를 점령하
지 않고 그냥 돌아갔다. 이는 온조백제가 광개토왕에게 항복하였기 때문
으로 보인다.]

응신천황 3년(A.D 392년) 이 해 백제의 진사왕이 귀국의 천
황에게 무례하였다. 그래서 기각숙니, 우전시대숙니, 석천숙니,
목토숙니 등을 보내어 그 무례함을 책하였다 이 때문에 백제국
(註 온조백제)은 진사왕을 죽여 사죄하였다. 기각숙니, 우전시대
숙니, 석천숙니, 목토숙니 등은 아화(註 아신왕)를 왕으로 세우고
돌아왔다.

三年 是歲 百濟辰斯王立之失禮於貴國天皇 故遣紀角宿　　羽田
矢代宿　石川宿　木　宿　　讓其无禮狀　由是　百濟國殺辰斯
王以謝之 紀角宿　等便立阿花爲王而歸.一日本書紀

[註 일본서기 응신천황기 3년조에는 구태백제왕과 온조백제 진사왕과
의 관계가 응신천황과 진사왕과의 관계로 적혀 있다. 즉 응신천황과 구태
백제왕이 동일 인물로 적혀 있다. 이는 일본서기를 만들 때 구태백제 존재
를 말살하고, 구태백제 왕이 한 일을 마치 大和倭 天皇이 한 것처럼 일본
서기를 왜곡하였기 때문이다. 광개토왕비문이나 환단고기 고구려국본기
에는 한반도 백제 지역에 百殘(온조백제)과 伊殘(구태백제)이 있었다고 적

혀 있고, 倭는 백제의 보좌였다고 적혀 있다.]

진사왕 8년 겨울 11월 왕이 구원의 행궁에서 돌아갔다.
冬十一月 薨於狗原行宮─三國史記 百濟本紀

백잔과 신라는 예로부터 우리의 속국이어서 조공을 바쳐 왔는데 왜가 신묘년(A.D 391년) 이래로 바다를 건너와 백잔.○○.신라를 깨뜨리고 그들을 신민으로 만들었으므로, 영락 6년에 왕은 친히 수군을 이끌고 이잔국을 토벌한 후 대군을 남진시켜..중략.. 왕은 발연히 대노하여 대군을 거느리고 아리수(한강)를 건너 선봉부대를 보내어 그 도성을 핍박하니 백잔왕이 곤핍하여 남녀 1천명과 세포 1천필을 바치고 귀복하였다. 백잔왕은 스스로 맹세하기를 "지금 이후부터 영원히 노객이 되겠다"하였다. 태왕은 은혜를 베풀어 백잔왕이 처음에 깨닫지 못한 허물을 용서하고 뒷날 정성스레 순종할 것을 다짐받았다. 이 싸움에서 백잔국의 58성 700촌을 얻고 백잔왕의 동생과 대신 10명을 데리고 군사를 되돌려 도성으로 돌아왔다.

百殘新羅舊是屬民 由來朝貢而○ 以辛卯年倭來渡 破百殘○○新羅 以爲臣民以 六年丙申 王躬率水軍 討伊殘國 軍南進..中略.. 其國城○不○義敢出○○ 王威赫怒渡阿利水 遣刺迫城○○○○○便國城 百殘王困逼 獻○男女生九一千人細布千匹 殘王自誓 從今以後永爲奴客 太王恩赦先迷之愆錄 其後順之誠 於是 取五十八城村七百 將殘王弟并大臣十人 旋師還都─廣開土王碑文 永樂六

年條

[註 구태백제를 비하하여 伊殘으로 적혀 있고, 온조백제를 비하하여 百
殘으로 적혀 있다. 그리고 응신조 왜는 倭로 적혀 있으며, 구태백제도 응
신조 왜와 동일세력이라고 비하하여 倭로 적혀 있다.]

제는 몸소 수군을 이끌고 웅진(註 공주), 임천(註 부여 임천), 와산
(註 보은), 괴구(註 괴산), 복사매(註 영동), 우술산(註 대덕), 진을례(註
금산), 노사지(註 유성) 등의 성을 공격하여 차지하고 도중에 속리
산에서 이른 아침을 기해서 제천하고 돌아왔다.

帝躬率水軍 攻取熊津.林川.蛙山.槐口.伏斯買.雨述山.進乙禮.
奴斯只等城 路次俗離山期早朝祭天 以環一桓檀古記 高句麗國
本紀

[註 이때 광개토왕이 거느린 고구려 수군이 점령한 지역은 구태백제의
수도가 있는 공주를 중심으로 한 충청도 지방이고, 금강 이남 전라도 지
방은 점령하지 못하였다. 이때 구태백제의 지배 계층은 일본열도로 피신
하였다.]

응신천황 8년(A.D 397년) 봄 3월 백제인이 내조하였다[백제기
에 말하였다. 아화가 왕이 되어 귀국에 무례하였다. 때문에 우리
의 침미다례, 현남, 지침, 곡나, 동한의 땅을 빼앗겼다. 이 때문에
왕자 직지를 천조에 보내어 先王의 수호를 다시 하였다.

八年春三月 百濟人來朝〈百濟記云 阿花王立 无禮於貴國 故奪
我枕彌多禮 及峴南 支侵 谷那東韓之地 是以遣王子直支于天朝

以脩先王之好也〉―日本書紀

　[註 이때 광개토왕이 가야 지방과 제주도 등지를 빼앗았던 것은 백제와 일본열도간의 해상통로 남해의 제해권을 장악하기 위한 것이었다.]

　영락 9년(A.D 399년) 기해 백잔은 맹세를 어기고 왜인과 더불어 화통하였다. 왕이 남쪽으로 평양에 내려가 순시하는데, 마침 신라가 사신을 보내어 왕께 고하되 왜인들이 그 국경에 가득하고 성지를 파괴하니 노객은 백성을 위하여 왕을 찾아 뵙고 명을 청한다고 하였다.

　九年 己亥 百殘違誓與倭密通 王巡下平穰 而新羅遣使〇王云 倭人滿其國境 潰破城池 以奴客爲民歸王請命太王〇〇〇其忠〇 〇遣使環告以〇〇―廣開土王碑文

　10년 경자년에 보병과 기병 5만을 보내어 신라를 구원하게 하였는데, 관병이 남거성으로부터 신라성에 이르기까지 왜가 가득하였다. 관병이 이르자 왜가 물러가기 시작하였다. 관병이 왜의 자취를 밟고 넘어 급히 쫓아 임나가라에 이르러 성을 치니 성은 귀복하였다. 안라인 수병이 신라성을 점령해 있었다. 왜가 가득차 있었으나 왜가 무너졌고 6성이 우리의 공격을 받아 궤멸되어 남은 것이 없었다. 왜가 드디어 거국으로 항복하니 죽은 자가 십중팔구나 되었으며 신하를 모두 데리고 왔다. 안라인 수병이 〇〇에 가득차 있었다. 왜가 훼기탄, 탁순의 제적과 더불어 감히 싸우고자 하여 〇〇을 꾀하였으나 관병이 먼저 이들을 제압하여

바로 탁순을 빼앗았다. 이어 좌군은 담로도를 경유하여 단마에 이르고, 우군은 난파를 경유하여 무장에 이르고, 왕은 바로 축사에 도착하니, 제적이 스스로 무너졌다. 드디어 이를 군으로 삼았다. 안라인 수병. 전에는 신라 매금이 스스로 와서 조공하는 법이 없었는데, 이제 국강상광 개토경호태왕 때에 이르러 신라 매금이 스스로 와서 조공하고 고구려에 복속하였다.

十年 庚子敎遣步騎五萬往救 新羅從男居城至新羅城倭○其中官(兵)方至倭賊 退(第2面9行)官兵　跡而越來攻來背 急追至任那加羅從拔城 城卽歸服安 羅人戌兵拔 新羅城○城 倭滿倭潰城六(第2面10行)被我攻○滅 無遺倭逐擧 國降死者十 之八九盡臣　率來安羅人 戌兵滿假○ ○倭欲敢戰與喙己呑卓淳 (第3面1行) 諸賊謀○○ 官兵制先直取卓淳而佐軍由淡路島 到但馬右軍經難波至武藏王直到竺 斯諸賊悉自潰 (第3面2行) 遂分爲郡安羅人戌兵昔新羅寐錦未 有身來○○ ○國岡上廣 開土境好太 王○○新羅寐錦○○僕勾 (第3面3行) ○○○○朝貢.」

한번 스스로 바다를 건너서는 이르는 곳마다 왜를 격파하였다 (註 영락 10년 사실). 왜인(註 응신조 왜 지칭)은 백제(註 구태백제 지칭)의 보좌였다. 백제가 먼저 왜와 밀통하여 왜로 하여금 신라의 경계를 계속해서 침범하게 하였다(註 영락 9년 사실). 제는 몸소 수군을 이끌고 웅진, 임천, 와산, 괴구, 복사매, 우술산, 진을례, 노사지 등의 성을 공격하여 차지하고 도중에 속리산에서 이른 아침을 기해서 제천하고 돌아오다(註 영락 6년 사실). 때(註 영락 10년)에 백

제, 신라, 가라의 여러 나라가 모두 조공을 끊임없이 바쳤고 거란, 평양도 모두 평정 굴복시켰다. 임나와 이, 왜의 무리는 신하로서 따르지 않는 자가 없었다.

一自渡海 所至擊破倭人 倭人百濟之介也 百濟先與倭密通 使之聯侵新羅之境 帝躬率水軍 攻取熊津 林川 蛙山 槐口 伏斯買 雨述山 進乙禮 奴斯只等城 路次俗離山 期早朝祭天 以還 時則 百濟新羅駕洛諸國 皆入貢不絶 契丹平凉皆平服 任那伊倭之屬 莫不稱臣 ―桓檀古記 高句麗國本紀

[註 환단고기 고구려국본기에는 영락 6년조, 9년조, 10년조 사실이 함께 뒤섞여 적혀 있다. 광개토왕비문에는 구태백제가 이잔 또는 왜로 적혀 있고, 환단고기 고구려국본기에는 구태백제가 伊 또는 倭로 적혀 있다. 이 伊는 부여 무리라는 뜻으로 부여 무리가 이주하여 세운 구태백제 또는 구태백제계 무리가 이세, 대화 등지로 이주하여 나라를 세우고 근국의 명칭을 사용한 무리를 가리킨다. 그리고 倭는 서.남해 섬, 대마도, 일본열도 등지에 거주한 왜 무리 또는 이들과 같은 세력인 마한이나 구태백제를 지칭할 때 사용되었다.]

광개토왕 원년(A.D 392년) 9월 북으로 거란을 쳐 남녀 5백명을 사로잡고 또 본국에서 흩어진 인구 1만명을 타일러 데리고 돌아왔다.

九月 北伐契丹 虜男女五百口 又招諭本國陷沒民口一萬 而歸

영락 5년은 을미였다. 王은 비려가 조공하지 않으므로, 몸소

274

대군을 거느리고 토벌하였다. 부산을 지나 ○○에 이르러 염수(註 시라무렌하 방면) 가에서 비려의 3부족 6,7백 부락을 격파하고 소와 말, 양떼 등의 노획은 이루 헤아릴 수 없었다. 이에 왕은 수레를 돌려 ○평도를 거쳐 동으로 ○성, 역성, 북풍의 영토를 두루 살피고 사냥을 하면서 돌아왔다.

永樂五年 歲在乙未 王以碑麗不貢 ○○躬率往討 過富山○○ 至鹽水上 破其三部族六七百營 牛馬 羊不可稱數 於是 旋駕因 過 ○平道 東來○城力城北豊 王備獵遊觀土境田獵以還—廣開土王碑文

[註 광개토왕이 A.D 395년에 후연의 북쪽에 있는 거란을 정벌한 것은 백제 정벌이 끝난 후 후연을 정벌하기 위한 원대한 포석이었다.]

광개토왕 11년(A.D 402년) 왕이 군사를 보내어 숙군(註 북진 방면)을 치니 평주자사 모용귀가 성을 버리고 도망갔다.

十一年 王遣兵 攻宿軍 燕平州刺史慕容歸 棄城走

[註 이때 고구려 군사들은 후연의 요동태수(요양방면), 현도태수(심양방면) 관할 지역에서 후연 군사들과 싸우지 아니하고 바로 숙군을 공격하였고, 앞에 나온 고분벽화에 현도태수와 요동태수가 나오는 것으로 보아, 광개토왕은 이 공격 전에 이미 후연의 현도태수와 요동태수를 귀복시킨 것으로 보인다. 그리고 현도태수와 요동태수가 유주자사 진 옆에 서 있는 것으로 보아, 후연의 현도태수와 요동태수를 귀복키는데 유주자사 진의 역할이 컸던 것으로 보인다.]

영락 17년 정미년에 보병과 기병 5만을 출병하여 ○○○○○
○○○○에서 우리의 군사가 4방에서 적을 공격하여 베어 죽이
고 쓸어버리고 개갑 1만여 령을 로획하였으며, 군수물자와 기계
의 획득은 그 수를 헤아릴 수 없었다. 돌아오면서 사구성, 루성,
○○성, ○○○○○○○성을 격파하였다. 十七年 丁未 教遣
步騎五萬 ○○○○○○○○師 四方合戰 斬煞蕩盡所 穫鎧鉀
一萬餘領軍資器械不可稱數 還破沙溝城.婁城.○○城.○○○○
○○○○城—廣開土王碑文

[註 이 무렵 고구려는 후연을 북으로는 거란 방면에서, 남으로는 전에
백제의 요서분국 방면에서, 서쪽으로는 전에 후연의 유주 방면에서, 동으
로는 북진 방면에서 각 포위하고 있었으므로, 고구려는 이때 후연을 4방
에서 공격한 것으로 보인다. 후연은 이 공격으로 막대한 타격을 입고 내분
이 일어나 멸망하고 고구려계 고운이 왕이 된 북연이 세워졌다. 진서에 의
하면 이 해 모용희가 죽고 고구려 왕족 고화의 손자 고운(모용보가 양자로
삼음)이 왕이 되었고, 왕의 성씨를 후연의 '모용' 씨가 아니라 고구려의
'고' 씨를 사용한 것을 보면, 후연은 이때 고구려의 위성국으로 변한 것으
로 보인다. 그러나 2년 뒤인 A.D 409년에 풍발이 북연을 세우므로서 북
연과 고구려의 관계는 멀어졌다. 한 가지 흥미로운 사실은 모용희를 제거
하고 고운을 왕으로 추대한 풍발의 고향이 유주자사 진과 같은 장락군 신
도현이고, 유주자사 진이 A.D 408년 12월에 죽자 다음해 A.D 409년에
북연을 세우고 고구려의 세력권에서 떨어져 나갔다. 이를 보면 광개토왕
의 후연 공격 때 유주자사 진과 같은 고향인 풍발이 유주자사 진의 영향력
으로 모용희를 죽이고 고운을 왕으로 추대하였다가 유주자사 진이 죽자

다음해 북연을 세우고 고구려와 결별한 것으로 보인다.]

전략. 조부 대형 염모(재모?)..중략..조부○○, 대형 자○, 대형 ○○를 거치기까지 대대로 관직의 은혜와 물품을 하사받아 왔다. 조부는 벼슬길에 나가 성민과 곡민을 함께 다스렸다. 전왕들의 보살핌이 이와 같았다. 광개토왕 대에 이르러 조부의 인연에 따라 노객인 모두루와 ○○모에게 북부여를 다스리도록 하였다.

前略.祖大兄염牟壽盡○○於彼喪亡사由祖父○○大兄慈○大兄○○○世遭官恩恩賜祖之○道城民谷民竝領前王○育如此還至國岡上大開土地好太聖王緣祖父0爾恩敎奴客牟頭婁○○牟敎遣令北夫餘守事

8년은 무술년이었다. 정예부대를 백신과 토욕에 보내어 동정을 살피고 막구라성과 가태라곡을 쉽게 차지하여 그곳의 남녀 300여 명을 포로로 잡아왔다. 그들은 이때부터 조공을 바쳐오게 되었다.

八年戊戌 敎遣偏師觀帛愼土谷 因便抄得 莫○羅城 加太羅谷 男女三百餘人 自此以來 朝貢口事——廣開土王碑文 永樂八年條

[註 백신과 토욕의 정확한 위치는 사학자들 사이에 다툼이 있으나, 백신은 숙신을 지칭한 것이다. 숙신은 서천왕 11년(A.D 280년) 10월에 고구려의 변경을 침범하였다가 달가의 역습을 받아 추장이 죽고 단로성이 점령당하여 6-7개소의 부락이 고구려에 항복하였다. 그후 영락 8년(A.D 398년)에 고구려가 정벌한 백신도 동부여의 동쪽인 연해주 방면이다. 그리고

토욕은 위서 토욕혼전에 나오는 토욕혼을 지칭한 것이다. 이 토욕혼은 선비족 모용외의 일파였는데, A.D 4세기 초에 시조 토욕혼이 이복동생인 모용외와 사이가 벌어져서 모용외 무리에서 떨어져 나와 서쪽으로 이동하였는데, 광개토왕이 토욕혼을 정벌한 A.D 398년경에는 북위의 서쪽인 감숙성, 청해성 방면에 있었다. 비문에 의하면 광개토왕은 A.D 398년에 토욕혼과 숙신 2방면으로 군사를 보냈다. 이때 광개토왕이 북위의 서쪽에 있는 토욕혼을 정벌한 것은 북위가 후연과의 싸움에서 이긴 후 수도를 성락(내몽고 呼和浩特 부근)에서 평성(산서성 대동)으로 옮기고 후연의 유주를 압박하자 북위의 배후에 있는 토욕혼을 정벌하여 북위를 포위 견제하기 위한 것이었고, 숙신을 정벌한 것은 동부여의 배후에 있는 숙신을 정벌하여 동부여를 포위.견제하기 위한 것이었다. 만약 광개토왕의 죽음이 몇 년만 늦었더라면 광개토왕은 북위마저 정벌하여 북중국을 고구려의 세력권에 넣었을 것이다.]

「영락 20년은 경술년이었다. 동부여는 옛부터 추모왕의 속민이었는데, 중간에 배반하고 조공하지 않으므로 왕은 몸소 대군을 거느리고 토벌하러 갔다. 대군이 부여성에 도착하자 동부여 전국이 두려워 하여 복종하고 ○○○○○○을 바쳤다. 왕의 은덕이 동부여에 넓게 미치게 됨에 이에 회군하여 돌아왔다.

　後略. 二十年 庚戌 東夫餘舊是鄒牟王屬民 中叛不貢 王躬率往討 軍到餘城 而餘城國駭○○○○○○○○ 王恩普○ 於是旋還」廣開土王碑文